社畜令嬢は国
のお気に入り

十帖

Jyujo Presents

JN077239

fairy kiss

この作品はフィクションです。
実際の人物・団体・事件などに一切関係ありません。

社畜令嬢は国王陛下のお気に入り

第一章　もう社畜にはならないはずでした

同じ轍《てつ》は踏まないはずだったの。今生こそ唯一の取り柄である仕事能力に頼らず、労働とは無縁なところで人付き合いを上手《うま》くやって、幸せに生きていきたいって思っていた。

前世の私は誰かに必要とされたくて得意な仕事に没頭し、働きすぎてぽっくり過労死してしまったから。今世では仕事以外の居場所を見つけて、幸せな人生を送りたいと考えていた。


だけど、ねぇ――――私ってば、また失敗してしまったの？


「シアリエ・ロセッティ、お前との婚約を破棄する」

その宣言は、天をつくほど高らかに響く。そしてその瞬間、シアリエはまたしても仕事抜きでは上手く生きていけないのだと確信した。

まるで敵対するかのように向かい合って立つ婚約者、ユーイン・シュトラーゼからの冷ややかな通告はシアリエを硬直させる。それればかりか、広間に居合わせた全員の動きを止めることとなった。

流れていたダンスの音楽を無視して、大勢の視線が一斉にこちらへと向く。好奇の視線にさらされたシアリエは、長い睫毛《まつげ》に縁どられたアメジストの瞳を瞬いた。動揺に震えた身体《からだ》が、背に垂れた柔らかいミルクティーブラウンの髪を揺らす。指通りのよいそれが、宣言を受けてからすっかり青ざめた頬にサラサラと当たった。

「私に何か落ち度が、ありましたか……？」

提出した書類の不備を尋ねるような口振りで、シアリエは問う。

儚《はかな》げに伏せられた睫毛や線の細い肩が落胆に沈むのを見た学友の男性陣は、気まずい場面であるにもかかわらず、シアリエの幸が薄そうな美貌にゴクリと息を呑《の》む。

――そう、シアリエの周りにいるのは今日まで勉学を共にした学友たち。シェーンロッド王国の貴族の子女が十五の年から通う四年制の学び舎《や》『フィンメル学院』では本日卒業式が執り行われ、今は式の後に開かれる卒業パーティーの真っ最中だった。

会場となった学院の敷地内の迎賓館には卒業生をはじめ、彼らを見送る在校生、それからごく少数ではあるが来賓が見受けられる。何百もの不躾《ぶしつけ》な視線を浴び、ガラス張りの天井から美しい星々にまで覗《のぞ》き見られながら、シアリエは婚約破棄を言い渡される恥辱を味わった。

繊細な黒のレースがあしらわれた藤色のドレスを握りしめていれば、形のよい耳に周囲の声が飛びこんでくる。

「何事ですの？　婚約破棄って……されたのはロセッティ子爵令嬢？」

「まあ、四年間ずっと学年首席だった、あの優秀なシアリエ様ですの？」

「気の毒だな……。どうして卒業の……よりによってパーティーのタイミングで……いや、待て。シュトラーゼ侯爵令息の隣にいるのって……シアリエ様の妹君ではないか？」

野次馬の一人が言った通り、ユーインの隣にはシアリエの実の妹であるモネが彼と腕を組んで立っていた。その状況もまた、シアリエが棒のように突っ立っている原因の一つだ。

(どうしてモネが、ユーイン様の隣に……?)

会場の真ん中で困惑の色の浮かべるシアリエに向かって、ユーインは輝く金髪を波打たせ、鼻で笑った。

「不思議で仕方ないって顔だな。可愛《かわい》げがなくつまらないお前よりも、僕は愛嬌《あいきょう》のあるモネと付き合うことにした。彼女はお前の妹とは思えないほど可愛らしいからな」

そう言って、ユーインは翡翠《ひすい》を思わせる瞳を甘く和らげてモネの頬をなぞる。モネはといえば、小動物のように愛くるしい笑みを浮かべて甘受していた。彼らの仕草から親密さが窺《うかが》えて、シアリエはもうずっと前から二人の関係は続いていたのだと悟る。

「シアお姉様。ごめんなさい、お姉様には気の毒だけど、モネがユーイン様と結ばれますね」

ピンク色のフワフワした髪を揺らして、可愛らしい妹は婚約者の腕にギュウギュウ絡みつく。

「…………」

言葉が出てこない。呆《あき》れと、失望と、絶望もある。

正直、貴族同士の婚約なんて親同士が互いの利益のために決めた勝手なもので、シアリエはユーインに一ミリも惹《ひ》かれてはいなかった。緩いウェーブのかかった金髪と碧眼《へきがん》を持つ彼はおとぎ話の王子様のように格好よかったけれど、それだけ。

高慢でプライドが高く、侯爵家の三男坊であるため兄たちへの劣等感がすさまじい短気な男というのがユーインの本質だと、シアリエは十二分に理解している。

が、婚約者になったからには彼に気を遣い、ちゃんとそれらしく振る舞ってきたつもりだった。

まあ、シアリエとしてはそうしているつもりでも、不十分だったということだろう。彼は天真爛漫《らんまん》で愛嬌のある妹を選んだらしい。よっぽどシアリエのことを腹に据えかねていたのか、こんな衆人環視の中で婚約破棄を宣言までして。

多大な哀れみと好奇の視線が矢のように降り注いで、そろそろ穴が空きそうだ。シアリエは菫色《すみれ》の瞳で、浮かれた様子の妹を見つめる。

彼女にしたって、特別仲がよかったとはいえないが決して不仲ではなかったはずだ。それなのに、ユーインと一緒になって妹にまで皆の前で恥をかかされるとは。ああ、本当に――……。

「……『今世』でも上手く生きていけないのね、私」

ざわつく会場の中、誰にも拾えないほど小さな声で独りごちる。

「これが仕事なら、ちゃんと上手くいくのに。やっぱり私には、『アレ』しか道が――……」

「おい！　何とか言ったらどうなんだ？　泣いて縋《すが》りもしないとは、本当に可愛くない女だな！」

ユーインの苛立《いらだ》った声が、シアリエの頭上に落ちる。

婚約者になってから、何度罵声を浴びせられただろう。会う度に態度や仕草、やることなすことを理不尽になじられて、でも空気を悪くしないために一度も反論しなかった。ただ耐えて、耐えて、耐えていたのに。

（公の場で婚約破棄されるほど嫌われていたなんて。結婚が向いてないなら、私にはもう……）

「聞いているのか？」

がらんどうのように生気を失った瞳のシアリエに、ユーインの罵倒は続く。

「聞こえています。婚約破棄の件は承知しました。ですがまず両親に報告してから……」

「はっ！　仕事をしているかのように義務的な答えだな。そういうところが気に障るんだ！」

ユーインは鼻で笑い、シアリエをドンッと突き飛ばした。華奢《きゃしゃ》な身体がよろけたことで、周囲がまたしてもざわつく。それを気にも留めず、ユーインは吐き捨てた。

「婚約者の僕を立てることも知らない、空気の読めないお前なんて――」

「――空気が読めないのはどちらだ？」

肺腑《はいふ》に響くようなテノールが、会場のざわめきをたった一言で静める。

低いのに澄んだ声は、驚くほど耳に心地がよい。けれどわずかな怒気がこもっているせいか、せっかくの美声にはひれ伏したくなるような威圧感が付与されていた。

次いで、革靴の小気味よい音がカツンと響く。シアリエや会場の人間が音の出所に視線をやると、夜空を彷彿《ほうふつ》とさせる黒の外套《がいとう》を翻した男が、二階の観覧席から大階段を下りてくるところだった。髪と顔を隠すように、フードをすっぽりと被《かぶ》っている。

「……誰だ、貴方《あなた》は。在校生か？　誰かは知らないが、邪魔をしないでもらえないか。言っておくが僕はシュトラーゼ家の人間で、卒業後は王宮の秘書課に内定も決まっているエリートだぞ」

ユーインは高圧的な口調で言い放つ。彼が強気なのは、出世街道まっしぐらの官吏として就職が決まっているかららしい。

けれどそれを聞いた男は、フードの下で酷薄そうな唇を持ちあげた。

「へえ……。貴様みたいな無能が、俺に仕えることになるのか」

その言葉に、ユーインが眉を吊《つ》りあげる。男はそれを無視し、おもむろにフードに手をかけた。

パサリ、と衣擦《きぬず》れの音がして、フードの下から鋭角的な美貌が露《あらわ》になる。

すると近くにいた何人かが驚きから、口元を手で覆った。

（……っ嘘《うそ》でしょう？　あの方が、こんな場所にいらっしゃるなんて……）

シアリエはアーモンド形の目を見開いた。その視線は、階段を下りてこちらに向かってくる美しい男に縫いとめられている。

「……アレス陛下よ……！　どうしてこちらに……？」

最初にそう呟《つぶや》いたのは、パーティーに参加していた卒業生の一人だ。

――外套を脱いで姿を現したのは、アレス・シェーンロッド。三年前、齢《よわい》十八にして大国シェーンロッドの王に即位した我が国の王である。

言動こそ王族らしくなく粗野なものの、政治手腕は舌を巻くほど見事で、大胆不敵。貴賤《きせん》を問わず有能な者を登用する姿勢が国民から人気を集めている名君だ。

そんな彼が、何故《なぜ》貴族の子女が通う学院の卒業パーティーにいるのか。シアリエは啞然《あぜん》とする。

（それにしても……）

気だるげな流し目一つで、随分と絵になる男だ。不機嫌そうにひそめられた凛々《りり》しい眉も、切れ長の吊りあがった緋色の瞳も、筋の通った高い鼻梁《びりょう》も神が贔屓《ひいき》して創ったとしか思えない。

仕立てのよいベストを押しあげるほど逞《たくま》しい胸板や均整のとれた肢体は、彫刻と見まがうほどだ。

彼が無機質な芸術品でないと判別がつくのは、長い手足が動き、目にかかったアッシュグレーの髪がなびいているから。

（以前一度だけお会いしたことがあるけど、その時よりも色男になってらっしゃる……）

「怪我《けが》はないか？」

「え――――は、はい」

ユーインに突き飛ばされたことを指しているのだろう。アレスに問われたシアリエは慌てて頷《うなず》く。

酒で例えるなら芳醇《ほうじゅん》なウィスキー。動物に例えるならしなやかな黒豹《くろひょう》。危険な色香を孕《はら》んだアレスは大股で会場を横切ると、シアリエの隣に立ち、ルビーを想起させる双眸《そうぼう》でユーインを睥睨《へいげい》した。

「さて、貴様にはまだ、最初の質問に答えてもらってないな」

「へあ……？」

突如現れた国王に度肝を抜かれたユーインは、間抜けな声を出す。

「聞こえなかったのか？　空気が読めないのは卒業パーティーを私的な理由で混乱に陥れ、特に落ち度もない彼女を侮辱し理不尽に婚約破棄を迫る貴様だと言ったんだが」

（え……さっきはおっしゃってないでしょ、そんなこと）

凄絶な美しさを持つ顔でユーインにすごむアレスに、シアリエは呆気《あっけ》に取られつつも内心で突っこむ。おそらく会場中の人間がそう思ったに違いないが、訂正しようとする猛者はいなかった。

不機嫌なアレスの両耳から下がったシルバーのピアスがシャラリと音を立て、豪奢《ごうしゃ》なシャンデリアの明かりを弾《はじ》いて光る。それだけでユーインが怯《ひる》むのが分かった。

威勢のよさはどこへ行ったのやら。学院の人間ばかりだと高を括《くく》って公的な行事を私物化していたユーインは、まさかの一国の元首の登場に、先ほどからずっと首が絞まったような顔をしている。

「シェーンロッドに栄光の光あれ。……陛下、お見苦しいところをお見せしてしまい、申し訳ございません」

婚約破棄から突然の国王乱入に思考が追いつかないが、それは不敬を働く理由にはならない。シアリエは胸の前に片手を当てて礼の姿勢をとると、優雅に王への決まった挨拶と謝罪を述べた。

「皆様も、門出となる日にお騒がせしてしまいお詫びのしようもございません。どうぞパーティーを続けてください」

居合わせた面々にも謝っていると、高い位置からアレスの視線が降ってくる。彼の薄い唇がうっすらと開き、そして――……。

「ジェイド！　お前の管理する秘書課に配属予定の新人は外れだぞ」

二階の観覧席に向かって、アレスは叫んだ。シアリエが目を白黒させていれば、煌《きら》びやかな金の手すりから身を乗りだした銀髪の男が「そのようですねぇ」と穏やかに相槌《あいづち》を打つ。

薄いフレームの銀縁眼鏡がよく似合う、三十代のハンサムな男だ。

「この春から王宮に勤める優秀な人材をお忍びで見に行くとおっしゃった陛下について参りましたが、残念です」

そう言う男もアレスがさっさと脱いだ外套と同じものを羽織っていたが、階段を下りる際に覗いた制服は、王宮の官吏が着用する白地に金糸のラインが入ったものだった。

袖口は淡い藤色で、手首を囲むようにグルリと入った金糸のラインは三本。ということは……。

「王宮秘書課の秘書官長、ジェイド・イクリス様……っ！」

キョトンとするモネを腕にくっつけたまま、ユーインは呻《うめ》くように言った。

就職先の上司と、仕えることになる王の登場に、彼の顔色は青色を通り越してもはや土気色になっている。シアリエはアレスとジェイドを見比べながら、なるほど、彼らはこっそり内定者の様子を視察に来ていたのかと納得した。それならば王がここにいた疑問も解消する。

けれど調子に乗りすぎたユーインに視線を戻したところで、むきだしの肩を力強い腕に引き寄せられた。途端に、上品でありながら艶のある香りに包まれる。耳元で話されて初めて、シアリエはアレスに抱き寄せられたのだと気が付いた。

（え……えっ⁉　何⁉）

「そう悲観するなよ、ジェイド。そこの身勝手な男より、もっといい秘書官候補を見つけたぜ」

アレスはワイルドな見た目に反して、悪戯《いたずら》っぽく笑う。

「なあ？　シアリエ？」

「へ、あ……わ――私でしょうか？」

気安く名前で呼ばれて、シアリエはつい口ごもってしまう。それ以上に、発せられた言葉が衝撃的すぎるあまり、頭を殴られた気分になった。

（ちょっと、ええ？　何をおっしゃるのよ、陛下！）

「お前、不貞も何もしてないいんだろう？　それなのに、いきなり大勢の前で捨てられた」

「あ、はい……。そうですね」

改めて言われると胸に重しを載せられたような気分になる。

「それでも冷静に立ち振る舞い、周囲にまで配慮して謝罪した。王宮で働くなら、場をかき乱すような者よりも臨機応変な対応ができるシアリエのような者が相応《ふさわ》しい。そう思わないか、ジェイド？」

「ふむ……。成績優秀な卒業生はリスト化し、国を支える人材として目をつけておりましたが……ああ、シアリエ・ロセッティ殿は首席を四年間キープしておられたのですね」

ジェイドは懐から羊皮紙のリストを取りだすと、シアリエについて纏《まと》めた項目を読みあげた。

「ご結婚が決まっているので諦めておりましたが、可能なら是非とも秘書課にほしい人材です」

「ま、待ってください！　僕はどうなるのですか⁉」

モネの手を振り払って、ユーインがアレスに詰め寄る。

「秘書課には僕が内定していたはずです！」

「卒業パーティーを台無しにし、身勝手な理由で婚約を破棄するような無責任な男と知った今、内定が取り消されないと思うのか？　お前は必要ない」

アレスは取りつく島もなく言った。

冷眼を向けられたユーインは、ヒクリと喉を引きつらせる。それから顔を歪《ゆが》め、シアリエを指さして叫んだ。

「そんな……っ。僕はただシアリエに縋らせようと……っこの女が悪いんです！　たかが子爵令嬢が、ずっと僕よりも優秀な成績を収めて、僕を立てなかったから！　だから――……」

「ああ。だから僻《ひが》んで相手を貶《おとし》めるしかできない貴様より、優秀な彼女がほしい。――シアリエ」

アレスの鋭い目元が優しげな弧を描き、シアリエを真っすぐ射貫いた。

「俺の手を取れ」

まるでプロポーズのように熱のこもった声で囁《ささや》かれ、シアリエは言葉に詰まる。瞬きを忘れて彼に見入っていると、洋酒のようにクラクラする魅惑的な声が続いた。

「俺の下で、秘書官として働け。……以前お前が言っていた望みを叶《かな》えてやる」

「私の、望み……？」

あまりにも色々なことが起きてショートを起こしかけた頭で、シアリエは考える。あれよあれよという間に起きた展開に流されて放置していた気持ちは、何だった？

（まずショックだった。恥をかかされて嫌だった。今世でも上手く人と付き合えないのだと絶望もした。これが仕事なら上手くいくのにって……そう、人間関係じゃなく、仕事なら上手くいくと思ったの）

「私……」

考えて、シアリエ。私の望みは……好きでもない婚約者と、望まない結婚をすること？　違う。ではその婚約者に捨てられないよう、惨めに縋ること？　それも違う。

（私、私の望みは……）

「三年前に、言っていただろう？　『働きたい』って」

「……！」

背を押すように発せられたアレスの言葉は、シアリエをハッとさせる。

そう、私の望みはただ一つ。

（ショックだったけど、ユーイン様と妹のモネが結ばれるなら、シュトラーゼとの関係は切れないからロセッティに迷惑はかからない。それに私が話を受けようが受けまいが、陛下によるユーイン様の内定取り消しの意志は固い。そうなれば王宮の秘書課の席が一つ空く。なら、実家に留《とど》まるよりも――）

「……働きたいです」

転がるように、口から本音が滑り出ていた。シアリエの紫水晶よりも美しい瞳が、爛々《らんらん》と輝く。

ユーインが何か怒鳴っていたが、もう耳には入らなかった。

「仕事をください。私には――……働く以外、道はありません」

死なない程度に、死ぬまで働きたい。だって前世では働きすぎて、うっかり死んでしまったから。

「決まりだな」

肩から手を離したアレスは、今度はシアリエの繊手《せんしゅ》を引き寄せる。力強く握られた手を見つめながら、シアリエは前世から続く記憶を思い返していた。

第二章　秘書官ならお任せください

　シェーンロッド王国の商家に生まれたシアリエには、前世の記憶がある。しかも、限界社畜ＯＬだったというものだ。

　借金を抱えていた両親とは折り合いが悪く、実家に金を入れなければ見向きもされなかった自分には、残念ながら他人と繋《つな》がれるような趣味もない。

　年の離れた妹のことは可愛がっていたけれど、彼女が反抗期を迎えてから疎遠になってしまった。

一人暮らしの家に帰宅しても、無味乾燥なだけ。

けれど、成果が目に見え、唯一他人から認められる仕事は楽しかった。もはや生きがいと言えるくらいに。事務も営業も経験したけれど、どちらもやりがいがあって好きだった。だから上司に押しつけられるがまま大量の仕事をこなし、成績を上げれば会社に貢献している充足感を味わって、それを糧にまたひたすら身を粉にして働く日々を送る。

たとえ終電を逃そうと、早朝から仕事に向き合おうと、一カ月連勤が続こうと平気だった。心は。

とにかく人の役に立っていると、社会に貢献していると実感できる仕事が好きで好きで――けれど無茶が祟《たた》って気付いた時には、身体が限界を迎え、過労死していた。

　そんな死因を抱えて転生した世界は、十九世紀のヨーロッパを思わせる街並みが美しいところで。

大きな戦争もない大国で裕福な家に生まれたことに感謝しながら、前世の反省点から今回は労働とは無縁の生活を送るのだと考えていた。

けれど……。

『お父様』

『お前に構っている暇はない。部屋に戻って勉強でもしていなさい』

酒類のバイヤーだった父は事業が上手くいかないことでいつも苛立っており、母親もしかり。裕福だろうと前世同様、両親はシアリエに見向きもしてくれない。

『僕より少し勉強ができるからって調子に乗るな。可愛くない女』

九歳の時に宛てがわれた婚約者のユーインには、初対面から小生意気で賢《さか》しい女だと見なされ、以来ずっと冷たくあたられることになった。今思えば絶望的に相性が悪かったのだろう。三男坊で侯爵家の跡取りにはなれないユーインは劣等感がすさまじいので、両親に言われた通り勉学に励んで成績のよいシアリエといると、プライドを余計潰されただろうから。

妹のモネは可愛かったが、人に愛されるのが上手でいつも多くの人に囲まれている彼女と親密になることもなく。シアリエは生まれ変わっても、人付き合いが下手なのだと痛感させられるばかりだった。

だから、つい。

『お父様、お仕事のことでご提案があるのですが。今度のワインの買いつけにご同行しても?』

十歳の時、今世では同じ轍を踏まないようにと敬遠していた仕事に手を出してしまった。だって仕事をしていると、達成感を味わえたから。

（働きたい）

でもダメだ。職に就くのではなく手伝うくらいで我慢しないと、働きすぎて前世、うっかり死んでしまったのは誰だった？

シアリエが仕事を手伝うようになったことで事業は大成功を収め、国家に多大な繁栄をもたらした功績で父親は異例ともいえる子爵の地位を賜った。自分に、両親の笑顔が初めて向けられる。「よくやった」と褒められると、必要とされていると感じられた。

（働きたい）

前世から仕事をこなすことで得られてきた承認欲求が、日に日に首をもたげる。けれどダメ。学院を卒業したら、シュトラーゼ家に嫁ぐ身なのだから。そうすることが、前世みたいに早死にしない、孤独でもない最適な生き方だ。だけど、でも――……。

婚約は破棄された。自分なりにユーインが好む従順で聞き分けのよい婚約者として振る舞ってきたつもりだったが、捨てられた。落胆したのは彼に振られたからでなく、今生でも上手く人と付き合えなかったから。

ならばもう――やっぱり働くことでしか、自分の居場所を確立することはできないんじゃない？

過労死した？　なら、死なない程度に加減して働けばいいんでしょう？

働くことでしか自身の価値を見出《みいだ》せないシアリエはそう心に決め、アレスの手を取ったのだった。

大混乱の卒業パーティーが終わり、学院を後にしたアレスは雅《みやび》な細工の施された馬車に揺られて王宮に引き返していた。向かいの席には、温和そうな雰囲気のジェイドがかけている。

目尻の下がった空色の瞳は眼鏡のレンズを通し、自らが纏めたフィンメル学院の成績優秀者リストを眺めていた。

「シアリエ嬢は語学、経営学、商業学、その他すべてにおいて優秀な成績を収めているようですが、それにしたって貴方様が我々に面接もさせることなく秘書官に選ぶとは驚きました」

「……おそらく仕事はできる女だ」

「でしょうね。以前ロセッティ子爵が爵位を授与された時に王宮でお見かけしたことがありますが、同席されていたシアリエ嬢の方がずっと流暢《りゅうちょう》な受け答えをしていて、商才があるようにお見受けしました。父親が子爵の地位を得られたのは、彼女の助力があってのことでしょう」

ぶっきらぼうに頬杖《ほおづえ》を突いているアレスに向かって、ジェイドはニコニコと言った。

「なら、それが雇った理由だ」

「では彼女を庇《かば》った理由は？　お忍びで来ていたのに姿をさらして庇った理由をお聞きしたいです」

柔和な笑みを浮かべて尋ねる秘書官長に、アレスはうんざりしながら言った。

「何が言いたい？」

「言いたいのではありません。お聞きしたいのです」

「そのニコニコ顔をやめろ。うざったい。ああもう、話せばいいんだろう？」

アッシュグレーの髪を鬱陶しそうに掻《か》きあげたアレスは、半ば捨て鉢に唸《うな》った。

「俺はシアリエ・ロセッティに惚《ほ》れてる。好いた女が貶められていたから庇った。これで満足か？」

「それは……驚きましたね。大陸に敵はいないと言わしめる大国シェーンロッドの国王が、子爵令嬢に懸想しておられたとは……確かにシアリエ嬢は憂い顔の似合う美人ではありますが」

せいぜい気に入ったとか美人だったからという返答を期待していたジェイドは、予想の上をいく返答に面食らった様子で言った。

「でしたら欲張ればよかったのに。昨今は婚約破棄されたご令嬢に華々しくプロポーズする貴公子が増えているそうですから、秘書官ではなく王妃になるよう勧めればよろしかったのでは？」

「おい……。そんなにあちこちで婚約破棄が横行してるのか……？」

鋭い美貌を歪め、アレスが問う。「世も末だな」と呟いた彼は、ガス灯に照らされた王都を眺めながら続けた。

「あの場で妃《きさき》にできるもんならしたかった。けど、あいつが……」

柘榴《ざくろ》色の瞳が、遠い記憶を思い出して細められる。

「シアリエが望んでるのは、働くことだからな」

アレスは三年前の出来事に、思いを馳《は》せて囁いた。


今から三年前。

フィンメル学院の卒業を目前に控えていた十八歳の王太子アレスは、突然の父親の訃報に愕然《がくぜん》としていた。どうやら外遊中に海難事故に遭ったらしい。それによって次期国王としての即位が決まっているアレスの周囲はたちまち騒がしくなり、取り入ろうとする者も多く現れた。親から「今のうちに次期王と良好な関係を築け」と口酸っぱく命じられているのだろう。元から貴族の子女の取り巻きは多かったが、王が亡くなってからは比べ物にならないくらい増えた。

王宮にいる間は即位の段取りと国葬の予定を頭に詰めこまれ、学院にいる間は学友からのねっとりとしたお悔やみの言葉と哀れみの視線が鎖のように纏《まと》わりつく。

心休まる暇もなければ、悲しみに打ちひしがれる間も与えられない。するとどんどん猜疑心《さいぎ》が膨らんでいって、誰も父の死を悼んでいないのではないか、悲しみの仮面をつけた下で虎視眈々《こしたんたん》と自分に取り入ろうとしているのではないかと、追悼の言葉も素直に受けとめられなくなった。

（地獄だ）

限界を感じたアレスは、一人になりたくて逃げ場を求め、旧校舎に繋がる中庭に向かう。賑《にぎ》わいを見せるカフェテラス近くの庭園とは違い、こちらは人気《ひとけ》がなくて昼間でも寂しい。けれどまめに手入れはされているのか、低木は切り揃《そろ》えられていたし、オベリスクに絡まる花々は大輪を咲かせていた。昼休みが終わるまでここで一人感傷に浸ろうと思っていたアレスは、ベンチを探す。しかしそこには先客がいた。

『お前は……』

透き通るような白い肌と、陽光に照らされたミルクティーブラウンの髪に品のよさを感じる十五歳のシアリエが、ベンチに腰かけていた。線の細い儚げな美人が一年生にいると耳にしたことがあったアレスは、彼女がそうだろうと思い至る。

大人びて見えるが三つ年下だ。人形のように整った横顔がこちらを向くと、小さな唇が「あ」と声を漏らした。

『シェーンロッドに栄光の光あれ。アレス殿下、こちらをお使いになられますか？』

制服のプリーツスカートを揺らし、シアリエが立ちあがる。ベンチには彼女が持ち寄った本が数冊重ねられていた。席を譲ろうとそれらの荷物を纏めはじめた彼女に、アレスは首を振る。

『いや。いい。お前が先客だ。あー……』

『シアリエと申します。シアリエ・ロセッティ』

『子爵家の令嬢か。ここで何を？』

読書に勤《いそ》しんでいたにしては本の量が多すぎるし、羊皮紙の束まである。一人になる計画は失敗した、と内心で舌を打ったアレスは、大して興味もない質問をした。

そういえば、ここ数日誰もから開口一番に言われるお悔やみや哀れみの言葉を、この子爵令嬢からはまだ聞いていないなと思いながら。

『父の仕事の手伝いで、調べ物をしておりました。この休みにワインの買いつけに同行する予定なので、その準備も』

『――――は……？』

シアリエの口から淡々と語られる内容に、アレスは耳を疑う。見え透いたおべっかや気遣いの言葉にも辟易《へきえき》していたが、国の元首が亡くなったというのに、仕事の準備だと？

（うんざりだ。吐き気がする。自分たちの出世や保身ばかり考えて媚《こ》びへつらってくる奴《やつ》らにも、目の前の利己的な女にも）

元々吊りあがっている眦《まなじり》が、ますます鋭くなる。不快感が露になっていたのだろう、シアリエが気後れする様子を見せたがもう遅い。アレスはベンチの背に手をつくと、身体とベンチで彼女を挟むようにして皮肉った。

『国中が喪に服し、店を閉めているというのに仕事か。随分と働き者の家だな』

自分よりもずっと背の高いアレスに睥睨されて、怖くないはずがない。しかしシアリエはアメジストの瞳で見つめ返してきたかと思えば、落ちつき払った声で言った。

『悲しみに満ちた時だからこそです。お亡くなりになった陛下の愛する民が、つつがなく生活を送るためには、どんな困難な時でも社会の歯車を回さなくてはなりません。そして私が』

『……は』

『微力ではありますが私がそうすることで、これから即位なさる殿下のためにもなると信じています』

『―――俺の、ため……？』

『ええ。仕事とは、人の助けとなるためにするものですから』

柔らかな風が吹いた心地がした。シアリエから向けられる微笑《ほほえ》みと、彼女の真意を知って、アレスの毛羽立っていた心は優しく撫《な》でられていく。ずっと曇天の下を歩いていたのに、陽光が差しこんだみたいだと思った。

（こいつは、俺に群がってくる奴らとは違う）

下手な慰めで恩を売ってくるわけでもなく、媚びへつらってくるわけでもない。ただできることをして、これからアレスが治める国をよくしようと、支えようとしてくれている。

（何だ、俺は独りじゃないのか）

シアリエが――――彼女がそう、思わせてくれた。

春風のような優しさをくれるシアリエに、ストンと恋に落ちた瞬間だった。

『……八つ当たりして悪かった』

ベンチの背から手を離してアレスが謝ると、シアリエは年下とは思えないほど寛容に微笑む。

『いいえ。でも殿下には、ご自分の心を休める時間が必要です。やはりここをお使いください。私はお暇《いとま》いたしますので』

まるでアレスの心の内までお見通しと言わんばかりの気遣いを受け、むず痒《がゆ》くなる。出会ったばかりのシアリエと離れるのが惜しくて、本を抱えた彼女の腕を摑《つか》んだ。

『……いい。ここにいろ』

けれど――――……。

『ですがこちらにあまり長居しますと、婚約者に叱られますので』

転がり落ちるような恋をアレスが自覚してからものの三分。玉砕するのもすこぶる早かった。

『婚約者が、いるのか』

犬歯をギリリと嚙《か》みしめ、唸るように尋ねる。険しい表情を浮かべたアレスの心の内など知りもしないシアリエは、『はい。卒業後に嫁ぐ予定です』と答えた。

『そうなると家業が継げないので少し残念ですが。本当はどんな仕事でもいいから働きたいので……あ、今の、内緒にしていただけますか？』

花弁のような唇に人差し指を当てて心配そうな顔をすると、シアリエから年相応の子供っぽさを感じる。せっかく知り合ったばかりの彼女の魅力に気付いたのに、早速失恋するとは。

アレスの立場なら婚約者からかっさらうこともできるが、それをシアリエが望むかどうか。彼女とユーインの親密度がどんなものか知らないアレスは、シアリエの笑顔が曇るのは本意ではないと思った。

出会ったばかりの相手だから、今ならまだ引き下がることができる。芽吹いてしまった恋心に、当時のアレスは苦渋の思いで目を逸《そ》らしたのだ。

けれど現実は、そう上手く気持ちを切り替えられないもので。中庭での会話から三年経《た》った今も、アレスはシアリエのことが好きなままだ。あの場でたった一度きり言葉を交わしただけだというのに、気持ちは膨らんでいくばかりで。お忍びで卒業パーティーに臨席したのも、ちゃんとした別の目的はあったが、シアリエを一目見たいという下心も大いにあった。

出会いから三年、今日は彼女にとって門出の日だ。笑っていてくれたらいい。そう思っていたけれど、どうだ。卒業パーティーでのシアリエは、つまらない男に罵倒されて、傷つけられていた。

(ならもう、我慢しなくていいよな?)

自分ならシアリエの望むものを与えてやれる。彼女の望みは――……。

「働きたいなら、俺のそばで働けばいい」

アレスは、卒業パーティーで再会し以前よりも美しさの増したシアリエの姿を瞼《まぶた》の裏に思い浮かべて呟く。ガタゴトと揺れる馬車の音が、そんな彼の独り言を吸いこんでいった。

卒業パーティーを終えた翌日、シアリエは面接と筆記試験を受けたいと申し出た。王宮側からの回答は必要ないというものだったが、働いて給料を得るからにはちゃんと正規の手順を踏むべきだと思ったのだ。なのでユーインが受けたものと同じ試験を受け、彼以上の成績で見事合格を決めたシアリエ。

その後、煩雑な事務手続きに追われた彼女は、婚約破棄と王宮勤務を知った両親やシュトラーゼ家の反応に気を揉《も》む間もなかった。

彼らの声が届かないよう、上司となる秘書官長のジェイドによってさっさと王宮内にある官吏用の寮に引っ越しを勧められたのも理由として大きい。王宮に勤める官吏は王都に構えた家から通う者もいれば、寮に住みこむ者もいるらしいが、後者を選んだシアリエは入寮手続きも引っ越しも終え、契約書のサインや制服の採寸もすべて済ませ――――本日とうとう、秘書官としての第一歩を踏みだすこととなった。

「制服のサイズはどう？」

「ピッタリです。イクリス秘書官長」

清廉な純白を基調とした制服を着たシアリエは、その場で遠慮がちにクルリと回りながら、質問してきたジェイドに答えた。

両肩や袖口、身体の横で切り替えられた布地は、シアリエの瞳の色によく合った藤色をしている。

よくよく見ると深い紫でつる草模様が描かれており、金糸で縫われたラインがアクセントとして目立つ。ジェイド曰く藤色は秘書課の所属を表すカラーで、経理課や法務課、騎士団など課によって色は違うらしい。

大ぶりな金のボタンがついた制服は前世で見た軍服を彷彿とさせるが、腰から裾に向かってAラインに広がる様はワンピースみたいで可愛らしいとシアリエは思った。

「よく似合っているよ。さあ、案内を続けようか。今まで巡った場所は覚えられそうかい？」

前世の新入社員よろしく、初日の午前はジェイドによるオリエンテーションから始まった。懐かしい感覚に浸りながら、シアリエは職場となる王宮をキョロキョロ見回す。

到底一日で見て回れないほど広い王宮は、先ほどからジェイドが、王と秘書官がよく使用する場所を掻い摘《つま》んで案内してくれている。バロック建築に似た絢爛《けんらん》豪華な外観はもちろん、内部の壁や柱まで煌びやかな装飾が施され、シェーンロッドの威光が窺えた。

「すべて覚えました」

シアリエが勇んで答えると、穏やかな面差しのジェイドは口元に手を当てて「ふふ」と笑みを零《こぼ》す。アレスはワイルドな美形だが、こちらはハンサムと言った方がしっくりくる。

「気合十分だね。すでにメモもいっぱい取っているし……本当に陛下のおっしゃる通り、働くことを望んでいたみたいだ」

「はい。沢山働きたいです」

シアリエはとペンと羊皮紙を手に、語気を強めて言った。

（陛下にはとても感謝してる。私は働くことでしか、やりがいも生きがいも見出せないから）

三年前、たった一度学院の中庭で話した内容をアレスが覚えてくれていたことにはとても驚いたが、それ以上に嬉《うれ》しかった。お陰でやる気がみなぎっている。

「意欲がある子は大歓迎だよ。ただ――――私が長を務める秘書課……そして君が配属される秘書課は、曲者《くせもの》揃いだから気をつけて」

（曲者揃い……？　秘書課って、前世でよく見る秘書とか政治家の隣に控えている秘書官みたいなイメージだけど、違うのかしら？）

ジェイドの発言が魚の小骨のように喉に引っかかったが、それ以上の説明がなされないまま、いよいよ主な仕事場となる秘書課へ導かれる。王宮の西棟に位置するそこは、大きな樫《かし》の扉の向こうにあるらしい。ジェイドが扉を押して入っていくのに続きながら、シアリエは背筋を伸ばした。

「皆、少し手を止めてくれるかな。こちらは今日から秘書課で一緒に働くことになった仲間だ」

「シアリエ・ロセッティです。よろしくお願いいたします」

ジェイドからの紹介に続けて、シアリエが挨拶した。

ざっと二十人といったところか。値踏みするような視線が、頭を下げたシアリエに降り注ぐ。しかしそれは一瞬のことで、何事もなかったかのように各々作業に戻ってしまった。

秘書課は王宮内でも花形の仕事なので、忙しいのだろう。分刻みの仕事に追われる彼らは、新人のシアリエに興味の一つも寄越さない。大理石の敷きつめられた通路は人の行き来が激しく、シアリエは邪魔にならぬよう自然と壁際に追いやられた。

さて、普通の新人なら、ここで気後れするはずだが……。

（うわ……このピリピリした感覚、懐かしい。納期に追われている時の職場みたいだわ。即戦力しか必要ないって新人を締めだす空気感すら懐かしいもの……）

前世でバリバリの社畜だったシアリエにとっては、お馴染《なじ》みの光景でしかない。むしろ自分が新卒の子を同じ部署に迎えた時も、このくらい無関心でいたと思う。上司に声をかけられたから仕方なく手を止めて、挨拶一つで仕事ができそうな子か見定めて、教育係にならぬよう祈って業務に戻る。まさに今、シアリエを出迎えた秘書課の面々と同じだ。

しかし彼女の前世を知らぬジェイドは、気遣うように声をかけてくれる。

「悪い子たちではないんだ。通常業務に加え、四カ月後に控えた隣国レイヴンとの会談準備に追われていて、皆余裕がないんだよ。あ、ちなみにここでは貴族の階級より役職や勤続年数が重んじられるから、貴族令嬢でも特別扱いは期待しないこと」

「分かりました」

「……落ちついてるなぁ」

淡々と答えるシアリエが新人らしくないせいか、ジェイドは眼鏡の奥の瞳を見開く。ちょっと苦笑を浮かべた彼は、パンと一つ手を叩《たた》いて言った。

「まず席に案内しようか。場所はそこ。荷物は足元の箱に入っているよ」

島型に並んだマホガニーの机の一つを指さされたシアリエは、そちらに向かう。掃除は前もって誰かがしてくれたらしい。磨きあげられた机をひと撫でると、自然と頬が緩んだ。

（……働くんだ。本当に、やっと今世でも働ける。家業の手伝いとは違って、正式に職に就けたんだもの）

シアリエは机から目線を上げると、隣の席を見やった。そこで目をパチクリさせる。鮮やかな赤髪と琥珀《こはく》色の瞳が印象強い、アイドルみたいな容貌の同僚が座っていたからだ。

（陛下といい、イクリス秘書官長といい、この国は本当に綺麗《きれい》な顔立ちの人が多いのね……）

大きな猫目と小さな鼻に血色のいい唇。前世のテレビでよく見たアイドルグループのセンターを張れそうなくらいのルックスだ。無表情なところが、若干もったいなくはあるのだが。

（とっつきにくそうだけど、隣の席なら関わる機会も多いかしら）

シアリエは礼儀正しく頭を下げた。

「本日からお世話になります」

「ディル・レグマ」

「はい？」

「ソロイ」

「えーと……」

まさか、外国人？

シアリエが異国語を話す美男子に戸惑っていると、ジェイドが困ったように笑った。

「はは。早速ロロの洗礼を受けたね。シアリエ、彼はロロ・リッドマンだ。君より一つ上の十九歳。ロロはマルチリンガルで、主に外交担当。陛下の通訳をしている。けれど勉強熱心なあまり普段から異国語でしかコミュニケーションをとってくれないんだ。今日はアジャータ語みたいだね。理解できる言語の日はいいんだが、全く分からない異国語の時が多くて困りものでね」

ジェイドの口振りからして、相当手を焼いているようだ。なるほど、曲者という彼の発言はここから来ているのね、とシアリエは納得した。

「荷物を片付けたらおいで、シアリエ。部屋と一緒に、仕事内容を説明するよ」

「あ。もう片付いています、イクリス秘書官長」

「え？　もう⁉　早いね？」

ジェイドと話している間にデスク周りに必要な道具は配置したし、筆記用具も引き出しにしまった。必要なメモとペンを手に、シアリエは彼の後を追った。

ジェイドは咳払《せきばら》いを一つしてから、説明を始める。

「秘書官の仕事は多岐にわたるが、主なものは陛下のスケジュール管理や来客対応、王宮内外の文書と資料の作成、外遊や視察の手配と調整と同行、現場での通訳業務だ。その他に会議室の手配や秘書業務全般だね。それから我が国で絶対におろそかにしてはいけない仕事の一つが……」

秘書課内にある資料室や休憩室をシアリエに内見させせながら説明していたジェイドは、温かいクリーム色の壁が印象的な続きの間へと案内する。そこには……。

「アレス陛下へのお茶くみと、お茶菓子の用意だ」

「わあ……っ」

落ちついた性格のシアリエでも興奮した声を上げてしまうくらい、足を踏み入れた部屋には、梯《はし》子《ご》のかかった壁一面の棚に世界各国の茶葉が収まっていた。

茶葉はクリスタルの瓶に入れられ、金色の文字で名前の書かれたラベルが貼られている。その向かいにはガラス製の大きなキャビネットがあり、波を模したデザインのティーカップをはじめ、華やかな茶器がズラリと並んでいた。

宝物庫のように煌びやかだが、ここは給湯室なのだろう。四つのスペースに区画が分けられており、一つ目は茶葉の貯蔵室、二つ目にはヴィクトリア時代を彷彿とさせるキッチンがあった。その隣には下ごしらえをするスペースと、お菓子を作るスペースがある。

その一つ一つを案内しながら、ジェイドが質問を投げかけてきた。

「我々は毎日ティータイムになると、ここの給湯室を使い陛下にお茶出しをしている。シアリエ、それは何故か分かるかい？」

「シェーンロッドの国教『ティゼニア教』の唯一神、ティゼニア様が『豊穣《ほうじょう》、炉、茶』を司《つかさど》る女神だからですよね？」

シェーンロッドは八割を超える国民がティゼニア教の信徒である。そのため女神の司る茶は民にとって特別な意味を持ち、この国では毎日ティーブレイクの時間が設けられていた。

転生してから毎日繰り返されるお茶の時間は、無宗教のシアリエにとっても馴染み深い慣習だ。

「正解。このお茶くみは交代制で持ち回っている。もちろん、その際は我々秘書課の仲間にもティータイムにお茶を淹《い》れてもらうよ。今日の担当は……キースリーか……うーん」

初日ながら、シアリエはジェイドの困り顔をよく見る。接してみたところ面倒見がよく常識人の彼が唸る相手とは一体……？　シアリエは首を捻《ひね》った。

「シアリエ、私は秘書課の統括を担っているから、君にはずっとついていられない。教育係にはキースリーをつけるよ。おっと、心配しないで。秘書課でも一、二を争う優秀な人材だ。ただ少し……」

「少し？」

「変わってるかな」

爽やかな笑顔で言われても、不安しかない。そんなシアリエの胸中など露知らず、ジェイドは給湯室から執務室へ向かって、「キースリー！」と名前を呼ぶ。背の高い彼の後ろからシアリエがひょっこり顔を出すと、ちょうどロロの向かいの席の美人が立ちあがって尋ねた。

「秘書官長、何か御用ですか？」

（うわ……迫力美人……！）

声は少しハスキーだが、セクシーな左顎の黒子《ほくろ》が真っ先に目を引く妖艶な美人だ。毛先にかけて紫がかった黒髪が、背中で豊かに波打っている。瞬き一つで風を起こせそうなくらい長い睫毛も、キュッと引き締まった手足も、モデル顔負けだとシアリエは思った。

（名前から勝手に男性だと思ってしまったけど、すごいセクシーな美女……）

「シアリエ。こちらキースリー・ゾアだ。キースリー、この子の教育係を君に任せるよ。まずはお茶の淹れ方を教えてあげてくれるかな」

「はあ!?　嫌よ、何でアタシが!?」

「頼むよ。秘書官長命令だ。じゃあ私は行くから。シアリエ、しっかり仕事を教わるんだよ」

艶やかな口紅の塗られた唇を、キースリーはぐっと噛みしめる。ポンと肩を叩いて去っていってしまったジェイドの背中から視線をはがし、シアリエは教育係に向き直った。

めちゃくちゃ睨《にら》まれている。

（う……気まずい。でもこの人に仕事を教えてもらうんだし、印象悪くならないようにしなきゃね）

自分は働きに来たのだ。仕事を円滑に進めるためには、最低限でもコミュニケーションをとらねばならない。シアリエはできるだけ感じのよい笑顔を心がけて、キースリーに手を差しだした。

「男性ばかりだと思っていましたので、同じ部署に女性がいて心強いです。────あれ？」

渋々伸ばされたキースリーの手は、自分よりも一回り大きい。ヒールを履いているせいかと思ったけれど、背も女性の平均身長と同じシアリエより、ずっと高い気が……。

「……もしかして、男性、ですか？」

「あら、悪い？　女なんて、一言も言ってないわよ」

それはそうだ。シアリエと同じく制服を女性風に着こなしていようと、化粧をしていようと、女性とは限らない。シアリエは己を戒めた。

（社内規定……じゃなくて王宮の規定？　に反してなければ、身なりは自由。先入観で性別を判断してはダメよね）

「なぁに。子猫ちゃん。教育係に女装癖があって引いた？」

蟻《あり》と見まがうほど細い腰に手を当て、皮肉を放つキースリーはやはり艶麗だ。ズイと顔を寄せてきた彼と距離を取るべくのけ反りながら、シアリエは言った。

「いえ、全く……」

引きはしていないけれど、衝撃は受けた。

（イクリス秘書官長は、『曲者揃い』って言ってたものね……。当然ロロさん一人じゃないか）

それにしても個性のきつい面々がいる職場に来たものだと、シアリエは圧倒された。

針山のようにツンツンしているキースリーは、意外にも説明上手だった。こういう手合いは仕事ができるが故に素人向けの説明ができなかったりすることが多いイメージだが、彼はシアリエの質問にすべて理論立てて答えてくれるし、大事なポイントを教えてくれる。ただ……。

「アタシ、グズは嫌いなのよ。一回で覚えなさいね。二回は説明しないから」

　随分と苛立っているように見える。それから腰に下げた金の懐中時計をひっきりなしに確認しては、口調が早くなっていくのも気になった。

「大丈夫です。キースリーさんの説明がとても分かりやすいので。お茶と一緒にお出しするお茶菓子は手作りでもいいし、あらかじめ王宮のパティシエに頼むのも可で、王家御用達《ごようたし》のパティスリーに注文するのも有りなんですよね」

「そうよ。パティスリーのリストは給湯室の壁に貼ってあるから、後で確認しなさいね。ああ、もう……アンタへの説明で七分ロスしたわ。本当はこの時間に午後の会議の資料と経理課に提出予定の予算申請を纏めたかったのに」

「お忙しいのにお時間を割いていただいて、申し訳ありません」

「本当にね。十三時にはパティスリーまでケーキを買いに行く予定もあるのに、今からいちいちお茶の淹れ方も教えなきゃならないなんて……とにかく時間がないの、急いで覚えなさい」

「あの……」

　茶葉の棚を眺めてからガラス製のキャビネットを開けて美しい白磁のティーカップを出すキースリーの後ろ姿へ、シアリエは声をかけた。ちょっとでしゃばりな提案をすることに躊躇《ためら》いながら。

「お急ぎなら、よければ私がこの後、パティスリーまでお使いに行きましょうか?」

　シアリエの本音をぶっちゃけるなら、王宮お抱えのパティシエにケーキを作ってもらった方が時短になるのに、である。ティータイムを重んじるシェーンロッドの国民がお茶菓子にこだわりがあるのは承知しているが、余裕のない日はそうも言っていられないだろう。キースリーはタイムロスを嫌うタイプだ。ならば王宮のパティシエが作ったお菓子を取りに行く方が、王都のパティスリーに出向くより時間の節約になる。けれど彼はそれを選択しない。ということは……。

(そうしない理由があるってことよね)

「キースリーさん本人が街に出たい理由がお有りなら、もちろんご遠慮しますが」

「……っ！」

図星なのだろう。キースリーのシャープな頬に、そっと朱色がさす。さて、彼の機嫌を損ねただろうかと危ぶむシアリエだったが……。

「……ケーキを買いに行くついでに、娘の様子を見に家に寄るつもりなの」

素直な性格ゆえか、キースリーはそっぽを向いて、早々に白状した。

「あの子、今朝から熱が出てるから……もし具合がよくなってなければ、お茶出しが終わり次第、秘書官長に早退を申し出るつもりだったわ。だからどうしても午前中に他の仕事を片付けたかったのよ！　八つ当たりして悪かったわね」

キッチンで小鍋にお湯を沸かしながら、キースリーはばつが悪そうに言った。

「キースリーさん……」

「何よ。謝ってるでしょ。仕事はちゃんと教えるから」

「お子さんがいらっしゃったんですね？」

苛立ちをぶつけられたことよりも、どう見ても二十代後半の高嶺《たかね》の花なキースリーが父親であることに、シアリエは驚愕《きょうがく》した。鳩《はと》が豆鉄砲を食ったような顔をしていると、伸びてきたキースリーの指にギュッと鼻を摘まれる。

「悪い？　女装している男に子供がいたら。言っておくけど、別に女になりたいわけじゃないわよ。妻と早くに死別したから、母親を恋しがる娘のために女性らしく振る舞ってるだけ。平民であるアタシの娘には女の使用人もいないから、母親代わりが必要なの。女装して働くことだって陛下の許可は得ているし、別に批難されるいわれは――」

「はい。とても素晴らしいと思います」

キースリーの心情を表すようにボコボコと沸騰した鍋を火から下ろし、シアリエは言った。すると今度は、彼の方が不意を突かれたような顔をする。

「え……、は……？」

「娘さんのためを思って行動なさるキースリーさんは素敵な父親ですし、優しい母親でもあると思います」

前世のシアリエの両親は、一言で片付けるなら『どうしようもない人たち』だった。他力本願で自分のことにしか興味がなく、連絡を寄越してきたと思えば金の無心。今世の両親は金銭面ではまともだったが、子供に対して無関心で、愛情を注がれたことはない。ただ、仕事で役に立った時だけ認められた。シアリエに利用価値があると判断したからだ。決して愛ではない。

二度の人生で、そんな身勝手な両親と接してきたシアリエから見て、キースリーは子供思いの立派な親だ。きっと彼の娘は愛情深く育てられて、他者を慈しむ心を持った大人に育つに違いない。

シアリエが尊敬の眼差《まなざ》しを送ると、キースリーは戸惑ったように視線を泳がせて呟いた。

「アンタみたいな澄ました美人には……馬鹿にされるかと思った……」

「美人？　美人なのはキースリーさんの方ですよ？」

「あー……自覚ないのね」

乾いた笑みを零すキースリーにシアリエは、今度は別の提案をしてみることにした。

「ご事情は分かりました。では、本日の陛下へのお茶出しは、私に任せていただけませんか？　キースリーさんは午前で早退なさってください」

「は？　何言ってるのよ。アンタ、ロセッティってことは子爵家の令嬢よね？　貴族令嬢がまともにお茶を淹れられるわけ？」

「はい。散々淹れていたので人並みにはできるかと思います」

まあそれは、前世の社畜時代の話だが。

来客対応を嫌がる同僚たちに代わりいつもお茶出しをしていたので、これには少し自信がある。

しかしシアリエの前世の記憶など知るわけがないキースリーは、怪訝《けげん》そうに腕組みして言った。

「何で子爵令嬢が散々お茶を淹れた経験があるわけ……？　アンタ分かってる？　陛下へのお茶出しは最も大切な仕事の一つなのよ。アタシだって陛下を納得させるお茶を淹れるまでに時間が……って、ちょっと、もう勝手にやってるし！」

「あ、すみません。話しながら手を動かした方が、効率がいいので。ちなみにお茶ですが、こちらのロジェ公国産フィルルマリンでいいでしょうか？」

シアリエは棚の中段に並べられた瓶を手に取って、蓋を開ける。すると、かすかに酸味のある香りが鼻腔《びこう》をくすぐった。

「は？　ちょっと、何でアタシが今日淹れようとしているお茶が分かったわけ？」

目をむくキースリーに、シアリエは造作もなさそうに答える。

「キースリーさんがキャビネットからティーカップを取りだす前、茶葉の棚の中段辺りに視線をやっておられましたので。隣のフレーバーティーのレイシアと迷いましたが、ケーキとのペアリングを考えると、味のついたものはないだろうな、と。その点、フィルマリンはすっきりとした飲み口で癖がなく、紅茶の優等生とも呼べるくらい、どんなケーキとの相性もいいですから」

「……そうだけど、アンタの洞察力って……探偵並みね……」

大したことではないとシアリエは思う。前世では効率よく仕事を進めるためフロア全体を見回して進捗を確認していたから、周りの動きを気にする癖が染みついているだけだ。もちろん、それをキースリーに言うわけにはいかないけれど。

彼が目を丸めている間に、シアリエはポットとカップにあらかじめお湯を注いで全体を温める。それからポットに、ティースプーンで掬《すく》った茶葉を二杯、手早く入れた。沸騰したてのお湯を注ぎ、すぐにポットに蓋をして蒸らす。その時間を利用し、シアリエは盆にティーセットを載せると、ジェイドの元へ向かった。状況の呑みこめないキースリーを連れて。

「待ちなさい！　アンタどこに……！」

「お忙しいところ失礼します。イクリス秘書官長。アレス陛下への本日のお茶出しは、僭越《せんえつ》ながら私が担当いたします」

秘書官長の事務室に引っこんで書類とにらめっこをしていたジェイドに、入室するなりシアリエは要件を告げた。

「は……？　え？　シアリエ、キースリーも、どういうことだい？」

「アタシは納得してないわよ！」

ジェイドとキースリーの声が重なる。王宮の官吏の証《あかし》として腰から下げている金の懐中時計を確認したシアリエは、茶こしで茶葉をこしながら、濃さが均一になるよう回してお茶を注ぎ淹れた。

「ええ。私が淹れたお茶を飲んでからお決めください。今がちょうど飲み頃ですよ」

「無茶苦茶よ、アンタ……」

すっかりシアリエのペースに呑まれたキースリーが、疲れた声で言った。

当惑しつつも、キースリーとジェイドはシアリエが淹れたお茶に唇を寄せる。香りが広がりやすいよう浅い形をした白磁のカップには、鮮やかな色をした紅茶がなみなみと注がれていた。

コクリと、二人の喉が上下するのをシアリエは見守る。するとたちまち、キースリーとジェイドの目が二倍ぐらい見開かれた。

「うっそでしょ⁉　アンタどんな淹れ方したの？　フィルルマリンは雑味がないけど、それにしてもこんなにも香り高くてあっさりした飲み口になるなんて……！」

「渋さがなくて飲みやすいな。うん、このお茶なら、陛下も認めてくださるよ」

先に言ったのはキースリー、太鼓判を押してくれたのはジェイドだ。

手放しで褒めてくれる二人に、シアリエは微笑む。前世でも、厳《いか》めしい来客がお茶を飲んだ途端に目を輝かせる瞬間を見るのが好きだった。いい仕事をしたな、と思えるから。

「ふふ。ありがとうございます。では、キースリーさんに代わって私が陛下にお茶をお淹れする許可をいただけますか？　それからイクリス秘書官長には、キースリーさんの早退許可もいただきたいです」

そのためにジェイドの元を訪ねたのだ。説明を求める彼に理由を明かせば、すぐさま両方のことについて許可が下りた。

「……シアリエ！　ありがとう！」

感極まったように、ガバッとキースリーがシアリエに抱きつく。出会ってからずっと『アンタ』呼びだった彼が初めて名を呼んでくれたことに、シアリエは瞠目《どうもく》した。

「お役に立てて光栄です」

「本当に、恩に着るわよ。もう……アンタって、いい子ね……。きつく当たって悪かったわ……。そうだ、早退する前にパティスリーへの地図、描いて渡すから」

「あ、いえ」

シアリエはちょっと考えてから、花咲くような笑顔で言った。

「せっかく仕事を任せていただけたので、陛下には、私の手作りしたお茶菓子を召し上がっていただこうかと」

（秘書官としての初仕事だもの。目いっぱい力を尽くしたい）

「シアリエ、君はお菓子も作れるのか？」

ジェイドが「貴族令嬢なのに？」という疑問を滲《にじ》ませて問う。言葉の裏に隠れた意味を読みとりながら、シアリエは答えた。

「はい。人並みには」

「いや、だからアンタ、子爵令嬢なのに何で作れるのよ……。秘書課にも作れる子は少数いるけど、彼らだって、ここに勤めてから練習しだしたのよ？」

包丁一つ持ったことがなさそうな見た目のシアリエに向かって、キースリーが突っこむ。が、それには答えず、シアリエは何を作ろうかと目をキラキラ輝かせる。そんな彼女を見たジェイドとキースリーは、不思議そうに顔を見合わせた。

初日から王へのお茶出しを任されるのは、緊張もあるが光栄という気持ちの方が大きい。仕事を任せてもらえればもらえるほど、シアリエの気分は高揚するし、充足感を得られるのだ。

「陛下、お茶をお持ちしました」

深呼吸を一つしてから、シアリエはアレスの執務室の扉をノックする。

そういえば、彼に会うのは卒業パーティー以来初めてだ。

(あの場で味方になってくれて、心強かった。でも何より、仕事を与えてくれたのが嬉しかったの)

アレスがせっかくヘッドハンティングしてくれたのだから、期待に沿えるよう頑張らねば。

シアリエは粗相のないようにすべく気を引き締め、彼の返事を確認してから入室した。

が、バサバサバサッと書類の落ちる音がして吃驚《びっくり》してしまう。驚いたのは向こうも同じようで、窓際の執務机で政務に勤しんでいたアレスは、幽霊でも見たような顔をしていた。

相変わらず危険な色気を孕んだ美丈夫だが、唖然とした表情は子供っぽさもあって可愛らしい。

(って、ワイルドな陛下に抱く感想じゃないわよね。それにしても本当に整ったお顔)

華のある容貌は、一晩中眺めていても飽きが来ないだろう。シアリエは彫刻のように美しい彼をしげしげと眺めた。

「あ、書類を落としてしまわれたのですね。私が拾いますので、陛下はどうかそのまま」

突然現れたシアリエに動揺して書類を落としたアレスは、「は？　いい」と、低い声で言った。

そのあまりの低音にシアリエが肩を震わせると、彼は自己嫌悪に陥ったように呻く。

「いや、あー……。ビクつくな、怒ってねえよ。それより、今日の当番はキースリーのはずだが？」

「キースリーさんは急用ができましたので、私が代役を買ってでたんです」

「あァ？　優しいとか最高かよ。可愛すぎる」

「何かおっしゃいましたか？」

シアリエが首を傾《かし》げると、アレスは誤魔化すように眉間を揉む。それから彼は、棒読みで「何でもない。茶、くれ」と頼んだ。

「ただいまお淹れしますね。そちらでお召し上がりになられますか？」

「いや、この机じゃなくてそっちのテーブルに用意してくれ。……珍しい茶器だな」

指示通りウォールナットのローテーブルにお茶の用意を始めたシアリエの手元を見つめ、アレスは呟く。

シアリエが手に持っているのは、急須によく似た鉄器製のティーポットだった。この世界に日本は存在しないけれど、大陸の東には似たような文化の国がある。この急須もどきも、その国の職人が作ったものだろうと、底に刻まれた異国語を見てシアリエは推測した。

「急須……じゃなくて、遠い東の国で作られたティーポットです。お淹れするのもその国のお茶ですよ」

「へえ……」

物珍しそうにするアレスが可愛らしくて、ついクスリと笑みを零す。シアリエが急須もどきのティーポットから湯呑《ゆのみ》に注ぎ淹れたのは、煎茶に味も見た目もよく似ている透き通った緑のお茶だ。

(社畜時代に最も淹れていたのが煎茶だから、よく似たこのお茶が一番美味《おい》しく淹れられる自信があるのよね。うん、色も香りもいい感じ)

長い足で部屋を横切りローテーブルの前のソファにかけたアレスは、興味深そうに湯呑を見た。

「緑の茶は初めて見る」

「給湯室にあった茶葉が減っていませんでしたから、そうかと思いました」

「……ん、変わってるけど、すごく美味《うま》いな。これ……渋味と苦味の中に、わずかに甘さも感じる。飲みやすい」

ゴクリ、とお茶を喉に流しこんだアレスからの絶賛を受け、シアリエはホッと胸を撫でおろした。

(よかった。自信はあったけど、この世界の人の好みとマッチしているかは分からなかったから)

初仕事の掴みは上々だ。シアリエはニッコリして言った。

「後味に清涼感があるので、甘味といただくと口がサッパリしますよ」

「その甘味は何なんだ?」

「わらび餅です。添えてある串でお食べください」

「わら……び……?」

片栗粉で作った水のように瑞々《みずみず》しいわらび餅を、アレスの前に差しだす。さすが王宮。食材や調味料が豊富なので、きな粉までバッチリ手に入った。

（さて、こちらは陛下のお口に合うかしら？）

実はお菓子作りにもそれなりの自信がある。前世で年の離れた妹にせがまれ、なけなしのバイト代で材料を買ってはよくお菓子を作っていたからだ。それも妹が反抗期を迎える前の話ではあるが。

緊張が顔に出ないよう努めて、シアリエは様子を見守った。

透き通ったわらび餅を串で突き刺したアレスは、モチモチした弾力に目を爛々と輝かせる。その様子がマジックを目の当たりにした子供みたいで、やっぱり可愛らしい。ついキュンと母性本能をくすぐられながら見守っていると、犬歯の覗く彼の口に、柔らかいわらび餅が吸いこまれていった。

たちまち、アレスの切れ長の目が興奮で見開かれる。

「うま……っ！」

「よかった。手作りだったので心配でしたが、お口に合ったようで何よりです」

「手作り？　お前の？」

涼やかな器に載ったわらび餅とシアリエを交互に見つめ、アレスが手を止める。甘味を凝視する王に、シアリエは少し焦って言った。

「やっぱりお口に合いませんでしたか？　好き嫌いやアレルギーはないと、事前にキースリーさんからお聞きしましたが……」

「……違う。お前の手作りなら、もっとちゃんと噛みしめればよかった」

「へ……？　あ、わらび餅ですからね。喉に詰まらないようによく噛んでいただいて……」

「そうじゃねえよ。食うとなくなるから、もったいねぇ」

「……まあ」

焦《じ》れったそうに言ったアレスの言葉を、褒められているのだと一拍置いてから解釈したシアリエは、蕾《つぼみ》が綻《ほころ》ぶような笑みを咲かせた。

(陛下はきっと甘い物がお好きなのね。卒業パーティーでは威厳があって猛々《たけだけ》しいイメージだったけど、意外と可愛らしい人なんだわ)

そのギャップに親しみやすさを感じたシアリエは、緊張を解いて言った。

「気に入っていただけたなら嬉しいです。陛下さえよろしければ、またお作りしますよ」

確かお茶くみは当番制だとジェイドが言っていた。新人なので今はまだ研修中の身だが、それが終われば当番はそのうち回ってくるだろう。

「おう。……楽しみにしてる」

「はい。あ、陛下。口元にきな粉が……失礼します」

制服のポケットからハンカチを取りだし、シアリエはアレスの口の端についたきな粉を拭う。すると宝石をはめこんだように美しい緋色の瞳と至近距離で目が合って、心臓が大きく跳ねた。

(か、可愛いって思ったけど、撤回。やっぱり格好いいの方がしっくりくる……美形のドアップは心臓に悪いわ……！)

「し、失礼しました」

「ああ……いや、ありがとな」

「はい。――――あの、陛下」

アレスのそばに膝をついたシアリエは、居住まいを正して言った。

「私、実はずっとお礼を言いたくて。その、秘書官に指名してくださったことについてです」

「あ？　礼を言われるには及ばねぇよ」

アレスはシアリエの腕を引いて立ちあがらせると、ポスッとソファの隣に座らせた。王の隣に並ぶことに恐縮して距離を置こうと浮かせかけたシアリエの腰は、彼に手を回されて制される。

「むしろ秘書課でよかったか？　あそこはエリート揃いだが問題児が多いからな。キースリーやロロに手を焼いて、ジェイドは胃薬を手放せないくらいだ。お前も圧倒されたんじゃないか」

まるでその場で見ていたように言い当てられて、シアリエは苦笑を零す。けれど――――確かに個性のきつい面々だが、悪い人たちではないし、何より働けることが嬉しいのだ。

「優秀な方たちだと感じました。キースリーさんとロロさんは、陛下がヘッドハンティングなさったのですか？」

「ああ。お前と一緒でな。もったいねぇだろ。変わり者だからって貴重な才能を見逃すのは。キースリーなんて、平民で女装までしている自分じゃ王宮で働くに相応しくないなんてふざけた理由で職を辞そうとしたことがあるくらいだから、怒鳴って引き留めた」

「もったいない、ですか」

アレスがふざけていると一笑にふした内容は、きっと多くの権力者にとって雇うのを敬遠する理由になり得る。けれど彼が、それを些末《さまつ》事だと捉えているなら……。

(陛下って……どれだけ懐が深いお方なのかしら……)

アレスはシアリエが三年前にたった一言呟いた内容を、ずっと覚えてくれていた人だ。広い心で、掬いあげてくれる人。それから一介の秘書官に心を砕いて、心配してくれる優しい人。

シアリエは心の中で、アレスの素敵なところを指折り数える。

（あと、少し子供っぽいところもあって、冷厳な見た目よりもずっと親しみやすい方……）

不意に、胸の辺りがキュウッと締めつけられるような感覚がして、シアリエは服の上からそこを押さえる。何だろうか。今、一瞬だけど甘い痺《しび》れが、走ったような……。

「シアリエ」

アレスに名を呼ばれ、シアリエは胸の疼《うず》きを気のせいだと言い聞かせて顔を上げた。その頬に彼の大きな手が寄せられて、羽根が掠《かす》めるような優しさで撫でられる。

「お前も、もったいないと思った。意欲のある奴が燻《くすぶ》ってるのはな。ま、お前があの元婚約者と一緒にいたかったなら、悪いことをしたと思うが」

「いえ……！」

シアリエは間髪入れずに否定した。

「ユーイン様とは、上手くやっていければと思っておりましたが、彼に対して気持ちはありませんでしたので……」

婚約破棄されるまで、そう思っていたのは確かだ。ユーインに心を寄せてはいなかったけれど、前世では愛情に恵まれず人と上手く付き合えなかったから、今生では頑張って仕事以外の居場所を作るつもりだった。だから彼の暴言にも耐えていたのだけれど。

（結局はユーイン様に選ばれなかった。だから確信したの。私が誰かに必要とされるには、仕事で役に立つしか道がないって）

婚約破棄された自分が輝ける場所は、仕事でしか得られない。だからもっと働きたい。利用価値があると思ってもらえると安心するから。

「だったら」

表情を曇らせるシアリエに、アレスが語気を強めて言う。真摯な瞳は真正面から彼女を射貫き、安心させるようにシアリエの手を握りこんだ。

「俺のそばにいろ。俺なら、お前の望むものをやれる」

「陛下……」

「お前が一緒に働いてくれて、俺は嬉しい。歓迎するぜ？」

口の端を歪めて笑うアレスは、ウィスキーみたいにクラクラする色気を孕んでいる。そんな危険な香りにあてられながら、シアリエは必要とされる喜びに打ち震えた。

（ああ、やっぱり『仕事』でなら、私は誰かから必要とされるんだ……！）

「……っお役に立てるよう、精一杯頑張ります……！」

そう。仕事なら上手くやれる。働くことでなら、生きている意味を見出せる。

（だからもっといっぱい、いっぱい働いて役に立たなきゃ……！）

シアリエはそう思いながら、初仕事のお茶くみを大成功させて破顔した。大人びた顔立ちの彼女が可憐《かれん》に微笑む姿を目の当たりにしたアレスは、頬をわずかに染める。けれど――……。

（沢山働かなきゃ。でないと私には、価値がないんだから）

シアリエの笑みに見惚れるアレスは、まだ知らないのだ。彼女がとんでもなく――拗《こじ》らせていることを。そう、シアリエが純粋に仕事好きだと思っている彼は、知る由もないのである。

秘書課に戻ると、シアリエは同僚たちにもお茶とお菓子を振る舞った。これがまた好評で、ついつい笑みが零れる。一人一人の席に配っていると、誰も初めは見慣れないお茶の色と珍しいお菓子に胡乱《うろん》な目つきを向けてくるのだが、口をつければ絶賛の嵐だった。

「美味しい……！　何だこの緑のお茶は⁉」

「ロセッティだっけ？　このわらび餅っていうやつ！　また作ってくれないか？」

同僚たちに乞われたシアリエは快諾する。

「もちろんです。あ、ロロさん」

ティーブレイクのため机上を片付けていたマルチリンガルのロロに、シアリエはわらび餅とお茶を差しだして言う。

「デッソルーナ」

するとロロは、アイドル顔負けの美貌をパッと輝かせた。シアリエは微笑を浮かべる。

「デッソルーナは、アジャータ語で『召し上がれ』ですよね。合っていますか？」

「ヴィダ・リルダ・アジャータ？」

「アジャータ語が話せるの？　ですか？　はい。先ほどは驚いてすぐに言葉が出ませんでしたが、よく父の仕事に同行して外国を回っていましたので、アジャータ語以外にもいくつか話せますよ」

シアリエがそう言うなり、ロロは見えない尻尾を生やして、興奮からブンブン振った。

「デッチモールニルールベルール」

「ルスマニア語ですね。はい、分かりますよ」

「ピリ・アリ！」

「クシャリ語ですか。日常会話レベルなら覚えました。クシャリは近年ワイン用のブドウ畑の栽培が盛んなので、いいブランド物のワインを買いつけるために言語を覚えようと思いまして」

シアリエが淀《よど》みなく答えると、ロロは誕生日とクリスマスが一緒に来た子供のような顔をして、両手を握りしめてきた。

「ロロ」

「え？」

「ロロって呼んで。シア。僕も名前で呼ぶ」

ロロは興奮気味に言うと、初めに挨拶した時の無表情はどこへやら、子犬のように懐っこい笑みを浮かべる。そしてそれに驚倒したのは、シアリエではなくジェイドの方だった。

入ったばかりの新人と変わり者のやりとりをこっそり見守っていた彼は、愕然《がくぜん》とする。

「あの懐かない猫みたいなロロが、こんなに気を許すなんて……それだけじゃない。気難しいキースリーや他人に興味のない皆まで……」

誰もが、シアリエの淹れたお茶とお菓子に夢中になり、絶賛している。とんでもない新人が入ったものだと、ジェイドは慄《おのの》いた。それは彼にとって、とても嬉しくもあるのだが……。

「ティータイムはそろそろ終わりだ。そうだ、手が空いている者は誰か隅の机に置いていた書類の山を片付けてくれないか。今朝見たら、山脈みたいに積みあがっていたぞ」

秘書課にある空席の机は、分別を後回しにされた書類置き場になっている。担当を振り分けられていない仕事は皆見て見ぬ振りをしがちで、ジェイドが言ったそばから視線を逸らす者が続出した。

が、そちらを指さした彼は、山が綺麗さっぱりなくなっていることにあんぐりと口を開ける。

「あれ？」

「そちらの山なら、ティータイムの前に片付けておきましたよ。すべてファイリングして、用途に合わせて年代ごと、地域ごと、担当ごとに振り分け、キャビネットに仕舞っています。あ、もちろん、イクリス秘書官長の捺印《なついん》が必要なものは机に置かせていただきました」

シアリエがサラッと答えると、ジェイドは肝を抜かれたような顔をした。

「君の身長ぐらいの高さと量があったのに!?　わらび餅を作る片手間にやったのか？」

「はい。お役に立てましたか？」

「それは、もちろん。……でも、大変だったんじゃないかい？」

「昼休憩の時間も使ったので、平気です」

シアリエが事もなげに言うと、ジェイドは困惑気味に呟く。

「え……昼休憩って、じゃあシアリエ、昼食はどうし……」

「ロセッティ！　教育係のキースリーが早退してしまったんだろう？　俺でよければ空いた時間に仕事を教えてやるよ」

「シアリエ、僕もだ。分からないことがあれば聞くといいよ」

秘書課の面々は、シアリエができる新人だと踏んだのだろう。即戦力は大歓迎だと言わんばかりに、お茶菓子で懐柔された同僚たちはすっかり手のひらを返して声を上げた。

「わ……嬉しいです。ありがとうございます。では早速なんですけど……」

シアリエはお礼を言うと、マニュアルを手に、嬉々《きき》として先輩たちの輪に交ざっていく。

対して、曲者揃いの秘書課で伊達《だて》に長をしていないジェイドは――――彼女の悪癖が首をもたげたことにいち早く気付き、しくしくと痛みだした胃を押さえた。

「陛下、貴方もしかして……とんでもない子を見初めたんじゃないないですか……？」

皆の輪に加わるシアリエの後ろ姿を見つめて、そんなことを呟きながら。

第三章　もっと働かせてください！

シアリエが秘書課で働きはじめてから一週間。アレスはどうしたって落ちつかなかった。

彼女の出仕初日に不意打ちでお茶を運ばれて以来、会ってはいない。けれど一週間の研修を終えたシアリエがとうとう明日から仕事に同行するとジェイドに報告を受け、アレスは浮足立った。

「息をするみたいに自然に『好き』って言っちまいそうだ……」

「お仕事中に告白なさるのはおやめくださいね、陛下」

やんわりと制止するジェイドに、アレスは執務椅子にかけたまま尋ねた。

「分かってる。それで、シアリエの様子はどうだ？　仕事には慣れたか？」

「慣れるどころか、もはや主体となって秘書課を引っ張ってくれていますよ。こちらの書類もシアリエが作成したものです」

「グラフが見やすいな。データも細かい。過去十年間の推移が一目瞭然だ」

手近の資料に視線を落とし、一目で分かりやすく纏められた統計図表にアレスは舌を巻いた。

「書類の完成度も高いですが、シアリエの恐るべきところは処理能力の速さです。十年分のデータをたった一人で、それも一日で纏めるんですから。それに彼女は計算も速く、一を聞くだけで十も理解できる子です。が……その……」

執務机を挟んだ向こうで言い淀むジェイドに、アレスは片眉を吊りあげる。

「何だよ。はっきり言え」

「は。実は……ここ数日、秘書課のある西棟に幽霊が出るという噂《うわさ》が流れているんですが、その正体がシアリエで、夜な夜な残業しているのでは……と思いまして……」

「ああ⁉　何だそれは？」

ジェイドが眼鏡のブリッジを押しあげながら言いにくそうに告げると、アレスはバンッと机を叩き、勢いよく立ちあがった。

「……詳しく聞かせろ」と、地を這《は》うような声で唸りながら。


アレスとジェイドに噂されていると知らぬシアリエは、秘書課の柱時計の鐘が鳴ったタイミングで書類から目を上げ、腕を天に突きあげる。ちょうど日付が変わったところだった。

十代の体力って素晴らしい。アラサーだった前世も世間的に見れば若い分類に入るが、年々疲れの蓄積が激しくなり連日残業をすると次の日はゾンビみたいな顔色になっていた。けれど十八の身体はまだまだ働けそうだ。

「とはいえ、同じ姿勢はきついわね」

凝り固まった肩を回してほぐしていれば、廊下の方から荒々しい足音が近付いてくる。警備の兵だろうか。それにしては足音が荒いと思いつつも、シアリエが明日のタイムスケジュールの確認をすべく新しい書類に手を伸ばすと、蝶番《ちょうつがい》が吹っ飛ぶくらいの勢いで扉が開かれた。

風圧で、扉近くに積まれた書類が宙を舞う。ヒラヒラと躍る紙を視線で追うと――――その向こうに、背の高い人物が佇《たたず》んでいた。

「よお……。こんな時間に、こんな場所で何してるんだ？　シアリエ」

「ひえ……っ⁉　陛下⁉」

深夜の訪問客は、目がちっとも笑っていないアレスだった。扉に寄りかかった彼の瞳孔は完全に開いている。なまじ顔が整っているだけに、威圧感がすさまじい。

シアリエは慌てて椅子を引き、勢いよく立ちあがった。

「どうされました？　あ、よろしければお茶をお淹れしますね。ちょうどスワティエ王国産の逸品が入りまして。でもこんな時間ですから、ハーブティーがいいでしょうか――――陛下？」

「そう、『こんな時間』だ。なあ、シアリエ？」

ティーポットの底に漂う花が美しいハーブティーを思い浮かべつつ提案したシアリエに、アレスは低い声で微笑みかけた。

「遅番だとしても定時を四時間は過ぎているのに、お前はここで何をしてるんだ？　ん？　まさか仕事じゃねえよなぁ？　おい」

そのまさかである。シアリエはアレスの剣幕に怯《おび》え、書類をクシャクシャに握りしめてしまった。

「あ、安心してください。サービス残業ですので、給料は発生していませんから」

「あぁ⁉　ただ働きしてるってのか⁉」

「ひっ⁉」

どすの利いた声ですごまれると、飛びあがるくらい怖い。アレスは暴力的に美しいが、その美貌は堅気でない雰囲気も兼ね備えているので、王様というよりマフィアのボスやヤクザの若頭と言われた方がしっくりくる。

「へ、陛下。秘書課に何か御用ですか？　イクリス秘書官長ならもうお帰りになりましたが……」

話題の舵《かじ》を切り替えようとしたシアリエだが、アレスのこめかみに青筋が走ったことで藪蛇《やぶへび》だったと悟る。彼は「そのジェイドがよぉ……」とゆったり語りだした。

「毎日定時に秘書課の面々へ帰宅するよう促していたら、鍵当番を買ってでてくれる奴がいるって言っててな。その親切な奴も締め作業が終わればすぐに帰っていると思ってたんだそうだ。だが」

アレスの苛烈な瞳が、スイと細められる。シアリエは思わずその視線から目を逸らした。

「どうもここ数日、この棟に幽霊が出るって噂が立ったんで、鍵当番を任せた奴が黙って夜な夜な残業してるんじゃないかって心配になったらしいぜ。だから俺は真偽を確かめに来たんだが――そうなんだな？　シアリエ」

シアリエの机にうずたかく積まれた書類を手で押さえつけながら、アレスは問う。笑っている彼の背後に般若《はんにゃ》が見える気がして、シアリエは口元を引きつらせた。

「も、申し訳ありません……。イクリス秘書官長はお優しいので、私が残業すると申し出れば、終わるまで付き合わせてしまいそうだな、と思いまして」

それは忍びないので、鍵当番を買ってでて、帰る振りをして好きなだけ残業していたのだ。

正直に打ち明けると、頭上から特大のため息が落ちてくる。それから彼の手が伸びて、シアリエの皮膚の薄い目元をなぞった。

「隈《くま》ができてる」

「……それは、お見苦しいものを……」

（若くても隈はできるのね……）

前世の社畜時代より体力はあっても、身体には疲れが表れるらしい。シアリエは目元を手で押さえた。

「お前、初日も他人の仕事を肩代わりして俺のお茶くみに来たよな。まさかとは思うが、同僚たちから仕事を押しつけられてるのか？」

アレスから発せられていた怒りが鳴りを潜め、代わりに心配の色が濃くなる。シアリエは即座に首を横に振って否定した。

「いいえ。残業は私が好んでやっているだけです」

「好んで？　何でだよ」

「何故って……」

シアリエは机の上に広げた書類に目をやる。そこには明日のアレスのタイムスケジュールと、提出予定の書簡が五通、請求書と申請書、清書済みの議事録が並んでいた。

「何故って、働くことは、私の自己実現ですから」

書類を愛《いと》しそうに撫でて、きっぱりと明言する。そう、労働こそが自分にとってのアイデンティティだ。前世では仕事の成果を認められてこそ自分の価値を見出せたし充足感を得られたので、上司に仕事を押しつけられても受け入れていたし、なんならサービス残業だって進んでしていた。

当時の上司もそれを都合がよいと黙認していたので、それが普通だとシアリエは思いこんでいる。

だってそうだろう。会社の駒が、対価もなしに勝手に働いてくれるのだから、上にとってこんなに楽なことはない。だから……。

目の前で雷に打たれたような顔をしているアレスに、シアリエは戸惑いを隠せなかった。

（え、何で？　陛下に損はないし、私は別に労基署に訴えたりしないけど？）

そもそもこちらの世界に労働基準監督署なるものはないのだし。

「陛下のお陰で職を得ることができましたから、つい嬉しくて。大丈夫です、あと一時間もしたら寮に帰りますよ」

帰寮したら深夜の一時半。そこから湯浴みをして、明日の準備をして寝るのが大体二時半。起きるのは六時なので、三時間半は寝られる。前世ではこれが半年くらい続いて過労死したが、今は十八歳と若いし、まだ勤めて一週間だし。大丈夫だろう、うん。

シアリエが笑顔で告げると、アレスは頭痛がしたのか額を押さえた。眉間に影ができるほどしわを寄せた彼は、短く呻く。

「……お前が仕事中毒なのは分かった」

（ああ、この世界に社畜って言葉はないものね）

「はい。ではまた明日――」

「強制送還な。寮まで送ってく」

「へ？　きゃあっ⁉」

両脇に手を入れられたと認識した瞬間、シアリエの身体がフワリと浮く。アレスに抱きあげられたのだ。

シアリエを軽々と持ちあげた彼は、赤子を抱くように片腕に抱えこみ、空いている手で彼女のバッグに荷物を詰めこみはじめる。長身の彼より高い目線になったシアリエは、パニックを起こした。

「ほら、お前のバッグだ。持て」

シアリエを片腕に抱いたまま、アレスがバッグを寄越す。それを反射で受けとりつつも、シアリエは情けない声を上げてしまう。

「へ、陛下、下ろしてください！」

「断る」

「重いですから！」

「ああ？　羽根みたいに軽いぞ。もっと食えよ」

「そんなはずありません！　あの、私、新人ですので覚えることも山ほどありますし、明日のことで確認したいこともまだ沢山あって……！」

「だから帰らねぇってんだろ。ダメだ。言っておくが残業してるって分かった以上、これから毎日定時にお前のことを迎えに来て、寮まで送っていくからな」

秘書課を出て、人気のない廊下をズンズン突き進みながらアレスが言う。

シアリエはバッグを胸の前で抱えたまま恐縮して青くなった。

「か、官吏を送る国王が一体どちらにいらっしゃるっていうのですか！　うう、とにかく下ろしてくださいーっ」

むずかる猫のようにジタバタ暴れると、アレスは渋々地面に下ろしてくれた。キャメルのブーツで絨毯《じゅうたん》を踏みしめ、シアリエはつい恨みがましい目で君主を睨んでしまう。

（くぅ……っ。働くことを許可してくださったのは陛下なのに、どうしてサービス残業は許してくださらないのよ！）

ティーブレイクの時間が設けられているくらいだ。シェーンロッドの気風がホワイト企業のそれなのだろう。つまり時間外労働は許されない。

人件費を削減するため残業を許していない企業も前世には沢山あったけれど、アレスの考え方はそれとは違う気がする。仕事以外の時間も有意義に過ごせというのが、彼の本意なのだろう。

（でも、でも……っ。今日中に完成させたい資料もあったのに……！）

そう思って歯噛みするものの、結局はアレスに逆らえず、寮の入口まで送り届けられる。

来た道を一人で引き返していく彼を不満げに見送るシアリエの耳には、

「……俺が職を与えたことで喜んでくれるのは嬉しいが、好きな女には無理してほしくないんだっての」

と零したアレスの独り言など、全く届いていないのだった。

そして宣言通り、アレスは翌日から、定時になると本当に秘書課まで迎えに来た。

「シア。シャモロイ」

仕事に没頭していたシアリエは、隣席のロロに肘で突かれて顔を上げる。今日は海を渡った大陸の言語で「シア、迎えが来てるよ」と彼に言われたシアリエは、扉の方を見て渋面を作った。

「シアリエ、片付け」

「……今やってます」

恩人であり君主でもあるアレスにふてぶてしい態度で答えてしまうのは、定時で上がるのが納得いかないからだ。けれどここで駄々をこねれば昨日同様抱っこされてしまう気がしたので、シアリエはバッグに荷物を詰めると、扉の前で待つアレスの元に駆け寄った。

（あんな火を吹きそうな恥ずかしい思いはもうごめんだわ）

そう思いながら、アレスの隣に並ぶ。その後ろ姿を、ジェイドやキースリー、他の面々はたまげた様子で見送った。

「ちょっとぉ……あれは何よ？　あの二人って仲がいいの？　秘書官長は知ってます？　何、あの距離感！」

「陛下……。強硬手段に出られたな……」

キースリーが興味津々で質問してくるのをかわしながら、ジェイドは困ったように笑って言った。


一番星が煌めく宵闇の中、アレスは寮へと繋がる庭園のアーチを抜けてシアリエに尋ねた。その横顔は心なしか険しい。

「お前。シアってあだ名で呼ばれているのか」

「へ？　あ、はい。ロロにだけですけど」

「……呼び捨てかよ。あいつはシアリエより年上のはずだが」

「ロロがそう呼んでって言ってくださったので」

「は？　あのマイペースで語学にしか興味のないロロがか？」

隣を歩くアレスの気配が凶暴になり、シアリエは肩からかけたバッグの手提げ部分をギュッと握りしめる。

「……婚約者がいなくなったと思えば、今度は同僚がライバルか」

と、ぼやいたアレスの声は、当然シアリエには聞こえない。

「シアリエ」

「はい」

「お前、今は恋愛より仕事が楽しいよな？　仕事中毒だもんな？」

「へ……」

「な？」

有無を言わせぬ圧を感じて、シアリエはコクコクと頷く。アレスはその返事を確認すると、少しやるせなさそうな顔をしてからシアリエのバッグを取りあげた。

「えっ、あ、陛下！　自分で持ちます！」

「無理するな。お前今日、会議室まで巨大な黒板運んで腰痛めただろ」

「う……っ。黙ってたのに何でバレてるんですか……」

「歩き方が腰を庇ってるんだよ」

アレスと共に会議に臨席したシアリエが、高齢の宰相が手元の資料を見づらそうにしている様子に気付き、急遽《きゅうきょ》黒板を持ち寄って大きな字を書きながら説明を始めたのは今日の午前の話だ。

大きな黒板を一人で抱えて運んだ際に、腰がグキッと悲鳴を上げたのはシアリエだけの秘密だったのだが、アレスにはお見通しらしい。

「宰相には資料の小さい文字が見えにくいと判断して、臨機応変に対応してくれて助かった」

「いえ。資料を作成した担当者にも字を大きくするよう伝えておきましたので次回からは大丈夫だと思います」

「そこまで気を回してくれたのか」

「それはこちらの台詞《せりふ》です、陛下！」

シアリエは語気を強めて訴えた。

「送っていただくのもそうですが、荷物まで持っていただくなんて、これではどちらが秘書官か分かりません」

「何だ、その話に戻るのか。……いいだろ別に。心配なんだよ」

さらりと発せられたアレスの発言に、彼からバッグを取り戻そうと伸ばしたシアリエの手が止まる。何でもなさそうに告げられた言葉は、彼が考えているよりもずっと強いインパクトをシアリエに与えた。

「……心配？　私をですか？」

「ああ。だから無理はしてほしくない」

続けて紡がれた言葉の意味を理解し、胸がジワジワと温かくなる。何だか全身がむず痒くて、シアリエは奥歯を噛みしめた。

（……陛下が無茶をしないように心配してくださるのは、仕事ぶりを期待してくださっているからよ。もしくは体調不良で欠勤し、迷惑をこうむったらお困りになるからだわ。うん、きっとそう）

そうだけど……。足のコンパスが全然違うにもかかわらず同じ歩調で歩いてくれる気遣いも、シアリエが腰を痛めていると気付いてくれる観察力も、全部アレスの優しさからくるものだ。

(何だろう、胸が、ドキドキするような……)

「分かったら無茶すんなよ。おい、返事は?」

「ぜ、善処します」

熱くなった頬を隠すように、シアリエはアレスにプイとそっぽを向いて返事をする。こんな態度を上司相手にとるのは、前世を合わせても初めてだ。

(私、陛下が迎えに来てくださった時も、ふてぶてしい態度をとったし……)

前世の上司にも今世の両親にも、同い年のユーインにさえ、ずっと猫を被っていた。でしゃばったり不遜な態度をとれば見限られるのではないかと怖かったから。だからまさか一国の主《あるじ》であるアレスの前で、自然体でいられることにシアリエは驚いてしまう。

そうしても大丈夫だって思わせてくれる包容力を、彼からは感じる。けれどそれが何故なのか、シアリエは全く考えが及ばないのだった。


そして、シアリエの悪癖がそう簡単に直るかといえばそうではなく。

「陛下と公爵閣下の会食の前に、四時から一件、別のアポイントが入った。スケジュール調整するから、誰かこの書類の翻訳を手伝ってくれないか。今日〆切《しめきり》なんだよ」

「無理だよ、こっちは会議の資料で再提出食らったんだ。その後は会食に同行予定だし」

「法務課まで書類届けに行ける奴いるか？　体が空かなくて」

昼前の秘書課は忙《せわ》しない。同僚たちがバタバタと行き交いながらやりとりしているのを見かけたシアリエは、真っすぐに手を挙げて言った。

「はい。すべて私が承りますよ」

「なぁに安請け合いしてんのよ、シアリエ。アンタこそ定時で終わらないくらい仕事をいっぱい抱えているくせに！」

背後に立つキースリーが、呆れまじりに頭頂部を小突いてきた。シアリエが初日に仕事を肩代わりして以来、彼は教育係として世話を焼いてくれている。嫌みっぽいところもあるが基本的には面倒見のよい兄のようで、シアリエにとってすっかり話しやすい存在になっていた。

「大丈夫です。引き受けたお仕事は昼休憩の時間にパパッと済ませちゃいますので」

「ちょっと……それって、昼食はどうする気なの？」

「え？　これです」

シアリエは得意げな表情を浮かべると、机の引き出しを開けて大量にストックしている瓶を見せた。

「栄養ドリンク……」

「王都の薬局で大人買いしたんです。これさえあれば昼食を取らなくても乗りきれますよ！　浮いた時間にやりたい仕事を全部片付けられます」

前世でも栄養ドリンクには、それはそれは世話になった。なんなら、栄養ドリンクだけじゃなくエナジードリンクを飲みすぎて気分が悪くなったことまであるくらいだ。けれどこういったものを飲むと目が冴《さ》えるし、無敵状態になってガンガン仕事を捌《さば》ける気になるのでシアリエは現世でも愛飲している。

思い出したら飲みたくなってきた。引き出しから取りだした一本に頬ずりしていると、キースリーの満面の笑みとかち合い、嫌な予感が胸に渦巻く。

しかしシアリエが口を開くより先に、

「へえー……だ、そうですよ？　陛下？」

キースリーが秘書課の入口に向かって、声高に叫ぶ。

シアリエが油の切れた人形よろしくギギギと首を捻って入口を見やれば、絶対零度の笑みを携えたアレスが扉にもたれかかっていた。笑顔の凍った彼を前にして、シアリエは顔色を失《な》くす。

「シアリエ？　昼食を取っていないってのは、どういう了見だ？」

「どうして陛下がこちらに……はっ。キースリーさん、陛下に密告しましたね⁉」

「ちょっと、人聞きの悪い言い方しないでよ。アンタがここ数日、栄養ドリンクしか飲まずに昼休憩でも仕事しているから、アタシは教育係として陛下にそのことをお伝えしただけよ」

「ちゅ、昼食に何を取ろうと私の自由です！　それなのに陛下にチクるなんて……！」

「あーら、決められた休憩を取ってないことは棚上げするの？」

「ううう……っ」

シアリエは恨めしく思いながら、小動物が威嚇するのと同じようにキースリーを睨む。すると皮の厚い大きな手が、ポンと肩に乗った。この手は……。

「キースリーはお前を心配してくれてるんだぞ、シアリエ」

シアリエをガッチリと捕獲するように肩を抱いたのは、厳しい目をしたアレスだった。

「それは……はい……」

「ってことで、昼食を取りに行くぞ」

「えっ⁉」

「まさかシアリエの昼食が栄養ドリンク一本とは思わなかったからなぁ。大事な臣下がそんなんじゃ、君主としては心配なわけだ」

「心配はご無用です、陛下。私、元々そんなに食べられませんし」

仕事に没頭するとそもそも寝食を忘れがちだし、前世なんて寝不足が祟って胃が食べ物を受けつけないこともしょっちゅうあった。だから昼はサラッと栄養ドリンク一本で十分なのだ。その分夜にキッチリ……残業していた時は夜もあまり食べなかったが、いや、まあ、とにかく。

「ダメだ。これから迎えに加えて、毎日昼食も一緒に取るからな」

「そんなっ⁉　仕事する時間が削られてしまうじゃないですか！」

「本音が出たな……」

今さら口を閉じてももう遅い。両手で口元を押さえたシアリエだったが、アレスによって半眼で睨まれてしまい、泣く泣く食堂へと引きずっていかれた。

王宮の役人には専用の食堂が用意されている。いわゆる社員食堂のようなもので、奥にあるカウンターで食べたいメニューを注文するシステムだ。燭台《しょくだい》の載った長テーブルがズラリと並ぶ食堂は昼休憩のため大いに賑わっていたが、アレスが入ってくるなり水を打ったように静まり返った。

次いで、食事をしていた者もすべて、ナイフとフォークを置いて立ちあがり最敬礼を取る。それを片手で制しながら、アレスは気楽そうに食堂内を闊歩《かっぽ》した。

採光用の大きな窓から燦燦《さんさん》と陽《ひ》が差しこむ食堂は、大聖堂のように広い。

「へえ。食堂は初めて利用するな」

(そうでしょうとも……！　陛下には、王宮の中でも選《え》りすぐりのシェフが腕を振るった料理が、彼専用の食堂でサーブされますから……！)

ちなみに秘書課で勤めだしてからずっと昼食を栄養ドリンクで済ませていたシアリエも、食堂を利用したことはない。温かい橙《だいだい》の明かりが灯《とも》るシャンデリアの下、アレスは大股でカウンターまで向かい、黒板に書かれた日替わりのメニューを一瞥《いちべつ》した。

「シアリエ。どれにするんだ？」

「陛下……。本当に私と一緒に食事をなさるおつもりですか？　こんなにも胃に穴が空きそうなくらい注目されているのに？」

食堂にいる全員が、緊張してこちらを見守っている。せっかくの昼休憩なのに国王がいては気が休まらないだろう。シアリエは食堂を利用している面々に申し訳なく思った。

「官吏用の食堂ではなく陛下専用の食堂で、いつものお食事をお召し上がりください。私はここで昼食を取りますので……あの、何でそんなにご機嫌が麗しくないのでしょうか……」

万人を虜《とりこ》にする美しい顔をムスッとさせたアレスは、下唇を尖《とが》らせている。それがワイルドな見た目とあまりにもアンバランスで、そのギャップによりカウンターに並んでいた他部署の女性官吏が黄色い悲鳴を上げた。

「一緒に食わねぇと、お前が本当に昼食を取ったか分からねぇだろ」

「私って、どこまで信用がないんですか……？」

とはいえ、アレスの監視の目がなければ昼食を食べずに秘書課に引き返しているはずだ。完全に思考を読まれている。しかしこの一分一秒が惜しいのに、とシアリエは思った。

（いいわ。どうせなら食事中に、午後の予定について陛下にご説明しよう。ちょっとでも時間を有効活用しなきゃ）

開き直ってしまえば行動は早い。シアリエは胃に優しそうなシチューを選んだ。即決した彼女に、アレスは問う。

「もっと食べ応えのある料理じゃなくていいのか？　ああ、そういえばさっき『あまり食べられない』って言ってたな」

「はい。本当は軽食で十分なんですが……ここの食堂のメニューは豪華ですね」

シアリエはテーブルで食事を楽しむ面々の料理を眺めながら答える。

王宮に勤める人間は男性の方が多いせいか、食堂のメニューはこってりしたものが多く、ボリュームも満点だ。そのため、胃の小さいシアリエが比較的サラッと食べられそうなシチューを選ぶのは、必然といえた。

「軽食か。シェフにもっと女性向けのメニューも考えさせた方がよさそうだな」

「そこまでは……。他の女性官吏の方々が望むなら別ですが、私は栄養が取れればそれでいいので。ドライフルーツやリンゴチップスが一枚あれば十分です」

シアリエは前世の社畜時代、社内の冷蔵庫にドライフルーツを常備していたことを思い出す。仕事は空腹の方が捗《はかど》るタイプなので、自分で食べる量を調節できるドライフルーツは栄養ドリンク同様、とても重宝していた。

（そうだ……！　その手があるじゃない！）

「栄養ドリンクがダメなら、ドライフルーツを摘みますよ。王都の店に売っていますし」

「小食なのは分かったが、食事がドライフルーツだけってのはダメだ」

シアリエは名案を思いついたとばかりに顔を輝かせたが、あえなくアレスに一刀両断される。

「栄養があって、仕事しながら摘めるのに……」

「やっぱりそれが本音か。食事の種類もそうだが、そもそも休憩を取らないのがダメだって分かってるか？」

つい本音を零すとアレスに睨まれてしまったので、結局、シアリエは食堂でシチューを食べることになった。しかし……。

（失敗した……！）

猫舌なのに一体どうして、熱々のシチューを選んでしまったのか。冷めるのを待っている間に、向かいにかけたアレスの皿がドンドン空いていく。

秘書官たるもの、上司よりも先に食事を済ませて次の予定を確認しつつ待たなくてはいけない。なのにこのままでは、アレスを待たせる羽目になってしまう。それは言語道断だ。臣下が王を待たせるなど、決してあってはならない。

（急がなきゃ……！）

焦りを滲ませるシアリエ。すると不思議なことに、突然アレスの食事のペースが落ちた。ソテーされた鴨肉《かもにく》をゆっくりと口に運ぶ彼を怪訝に思いながらも、追いつくなら今がチャンスだと、シアリエは木製のスプーンで必死に熱々のシチューをかきこむ。

が、ほくほくしたジャガイモを舌に載せた瞬間、あまりの熱さに口を押さえてしまった。

「っあつ……！」

「おい、ゆっくり食えよ」

ゆっくりなんて食べていられません！　そう叫びたいのを我慢し涙目になっていると、向かいにかけたアレスの大きな手がシアリエの顎にかかった。

「陛下？」

「舌、火傷《やけど》したのか？　見せてみろ」

「え、あ、あ、あの……」

「ほら、ベッてしてみ」

「ベッって、そんな……はしたないこと、できません」

(何をおっしゃるの、この方は……！)

シアリエが真っ赤になって渋っていると、アレスは促すように下顎をくすぐってきた。まるで猫みたいな扱いだ。こそばゆくて思わず口をパカッと開けば、ルビーの瞳が検分するように覗きこんでくる。

あまりにも近い距離に、シアリエは目眩《めまい》がしそうだと思った。

「……ん、いい子。大丈夫そうだな。念のために水を飲んで冷やした方がいい」

「陛下。こちらに」

ワイルドで男らしい美丈夫のアレスから「いい子」と言われてますます頬を染めるシアリエを余《よ》所《そ》に、彼の背後から手が伸びて冷たい水が差しだされる。それを視認した彼は、面白くなさそうに背後へ視線をやった。

「……何でお前がここにいる。ジェイド」

「こちらは王宮の役人専用の食堂ですから」

ジェイドは陽の光に透ける銀髪を揺らし、笑顔を保ったままアレスの耳元へ唇を寄せた。


シアリエには聞こえない程度の声で、ジェイドは囁く。

「シアリエが可愛くてたまらないお気持ちは分かりますが、皆が注目しているところで構いすぎてはいけませんよ。彼女がコネで秘書課に勤めだしたと思われてはかわいそうでしょう?」

「……分かってる」

アレスは不満げに頬杖を突きながら言った。

「シアリエは他の部署のメンバーからも評判がいいですからね。特に経理課の者からは、証憑《しょうひょう》書類の提出が早いって喜ばれています。美人で仕事が速いとなれば好かれるでしょうから、当然牽制《けんせい》したくなるお気持ちは分かりますが」

ジェイドの発言を聞いたアレスは、メキッと音を立ててフォークの持ち手をへし折る。それを真向かいで見ていたシアリエは、突然の行動に驚いた様子だった。

「ジェイド、お前……シアリエが仕事をしすぎてないか心配なんだよなぁ?」

アレスは肉食獣が唸るような低い声で、ジェイドへ耳打ちする。

「もちろんです。私にとってもシアリエは可愛い部下ですので」

「なら、明日以降も俺がシアリエと一緒に昼食を取っても問題はないよな？　放っておいたらシアリエは昼食を取らない。そうだろ？」

「それはそうですけども。でも陛下でなくとも、私や秘書課の誰かが気にかけて、常にシアリエと昼食を取るようにすればよいのでは……」

「ああ？　俺が惚れた女と他の男の距離が縮まるようなことを許すわけねぇだろ。それとも秘書官が王に付き従って昼食を一緒に取るのはおかしいことか？　そんなわけないよなぁ？」

もはや脅すような口調でイエスと言わせに来ているアレスに、からかいすぎたと思いながら、ジェイドは押され気味に頷いた。

ジェイドとしては、王専属の宮廷料理人が作った料理をパスした主人に対してちょっとした意趣返しをしたかっただけなのだが、やりすぎたことを反省する。

「そ、そうですね、先ほどみたいに密着さえしなければ……。いっそ、陛下が普段召し上がっている食事を、個室で共にいただければよいのでは……？」

「それだとシアリエが恐縮するだろうが」

「ここでも十分そうなっているように感じますけどね」

アレスたちの密談が聞こえていないシアリエを横目に見ながら、ジェイドは哀れむように言った。

「……フン。シアリエ、明日も昼食はここで取るからな！」

フォークを取りかえたアレスは、最後の一口を飲みこんで宣言する。秘書室でもこれから毎日一緒に昼食を取ると通告されたシアリエだったが、改めて宣言を受けるとは何事だと瞠目してしまう。そしてそれが、シアリエの勘違いに拍車をかけた。

(もしかして、『明日こそは待たせずにさっさと食べ終われよ』って暗に叱られてる……⁉　じゃあさっき陛下がフォークを折ってしまわれたのも、私の食べるスピードが遅すぎてお怒りになったから⁉)

だとすれば、これは単純な昼食ではなかったのだ。王の秘書官として、一瞬でも気を抜くべきではないということだろう。主君たるアレスを待たせてはいけない。

これも仕事。そう仕事だ！

「分かりました……！」

(今日は失態を犯したけれど、明日こそは絶対に陛下をお待たせしない……！　陛下よりも早く食べ終わって午後の予定を確認し、速やかに休憩後の仕事に移行してみせるわ……！)

決意を新たに冷めたシチューをかきこむシアリエと、彼女からのよい返事に嫉妬心を収めて、食べ終わるのを機嫌よく待っているアレス。

双方を眺めながら、苦労人のジェイドだけは盛大な勘違いが発生していることを悟ったのだった。

翌日、シアリエはリベンジに燃えていた。

それはそうと、本日はお茶くみ当番であるので、午前中にお茶菓子のカッサータを用意しておく。ちなみに前世に存在していた食べ物のうち、この世界にあるものもあれば、当然ないものもある。シチリアの伝統菓子であるカッサータは存在しないので、きっと初めて目にするアレスは興味を抱いてくれるだろうと思ってこれに決めた。

リコッタチーズと生クリームを使ったベースの生地に、ナッツやクランベリー、オレンジピールを入れれば、まるで宝石がはめこまれたアイスケーキみたいに見える。日中は汗ばむ季節になってきたし、ちょうどいいだろう。クリームを型に流して冷やすために氷室に持っていった帰り、昼休憩を知らせる鐘が鳴ってアレスが秘書課まで迎えに来る。

「お待ちしておりました、陛下……！」

「何でそんなに燃えてるんだ？　お前……」

挑むように意気込んで言ったシアリエを訝《いぶか》しそうに眺めながら、アレスは昨日と同じく食堂へ向かった。

さすが王宮の役人たちというべきか、二日目は王が食堂に現れても誰も狼狽《うろた》えない。どうやら昨日のうちに、これからアレスがこの食堂を利用するという連絡が回ったのだろう。皆最大限の敬意を払いながらも、食事に集中していた。

「で？　今日は何を頼むんだ？」

カウンターの前まで来ると、アレスに尋ねられる。そういえば彼は昨日もレディーファーストだった。そして自分は、それで失敗したのだ。もう同じ轍は踏むまい。

「陛下と同じものにします」

「俺と？」

（そう！　陛下と同じものを頼めば、一緒に調理してもらえるから提供時間は同じになるはず。そしたら食べはじめる時間がズレる心配はないはずだわ）

昨日のシチューは煮込み料理であるため、そもそも時間がかかった。そのせいでアレスの頼んだ料理の方がさっさとできあがり、スタートから遅れを取ったのだ。

（でも今日は、そんな失態は犯しませんよ。陛下……！）

拳を握ってそう考えていると、アレスは「ふうん」と気のない返事をする。それから彼は黒板に書かれたメニューを見つめて問う。

「シアリエ、確か小食だったよな。嫌いな食べ物は？　アレルギーはあるのか？」

「え……アレルギーはありません。苦手な食べ物は、キノコです……。食感が得意じゃなくて」

量的には申し分ないのにと思いつつも、つい黒板に書かれたキノコのリゾットを見て憂鬱そうに告げるシアリエ。するとアレスは、顎に手をやってから言った。

「じゃあ田舎風のパイにするか」

「あ、はい。私が注文しますね」

（意外。コース料理がここにはないから、ガッツリしたお肉料理を選ばれるかと思ってたけど……）

実際、昨日は鴨のソテーを食べていたように思う。田舎風のパイはキッシュみたいなもので、卵やチーズ、ひき肉やほうれん草などが入っているけれど、この食堂のメニューの中では量が少ない部類なのでアレスには物足りない気がする。

そう感じつつも、シアリエは言われた通りのメニューを注文した。

席まで運ばれた料理を、アレスと共にいただく。スピードを意識し、彼よりも早く食べ終わらなければと気合を入れていたシアリエは、パイをさっさと一口サイズに切って口に運ぶ。

「美味いか？」

「はい。塩味が利いていて美味しいですね」

くどくないし、この量ならあまり食べられないシアリエでも完食できそうだ。熱すぎないから急いで食べても火傷する心配がないし、栄養も取れる。苦手な食材も入っていない。

そこまで考えて、シアリエは勢いよく顔を上げた。向かいで昨日よりもゆっくりと食事を取るアレスを、食い入るように見つめる。

「陛下、まさか……」

（わざわざ私が食べやすいものを選んでくださった……!?）

日によって変わる食堂の本日のメニューで、ボリュームが少ないのはキノコのリゾットと田舎風のパイだ。間違いない。アレスはこの二日間での会話から、小食でキノコ嫌い、そして栄養の取れるものを好むシアリエが選ぶだろうメニューを汲《く》みとったのだ。

「どうした？　ああ、このパイ、ワインも合いそうだな。そういや前にアイリー地方に行ったぞ。あそこのワインは渋みが少なくて美味いらしいな……シアリエ？」

（私の実家の事業が、酒類のバイヤーだから、興味のある話まで振ってくださる……）

なんて人だろう、アレスは。一見とっつきにくそうなのに、心根が優しい。世話焼きで、注意深く観察しなければ見落としてしまうほどさりげない親切心を与えてくれては、心地よい空間まで演出してくれる。

（とっても素敵な方……。民に慕われる名君と呼ばれるわけね……）

冷静になると、他にも見えてくるものがあった。昨日、早く食べなければいけないとシアリエが焦りを見せた時、アレスは明らかに食事のスピードを落とした。どうして急にペースダウンしたのか昨日は分からなかったが、今ならはっきりと分かる。あれはシアリエの焦燥に気付いた、彼の優しさから来る行動だ。

（失礼な勘違いをしてた……。きっと陛下は食べ終わるのが遅くても、責めたり呆れたりする人じゃないんだわ。むしろ気配りが上手な、とても優しい方……）

シアリエはそう思い直して、肩の力を抜く。すると先ほどよりもアレスとの食事が楽しく、料理もより美味しく感じられた。

（……何かしら、この気持ち）

君主としてのアレスを素敵だと思う反面、胸の高鳴りが大きく響いて喉がつかえる。王宮に勤めだしてから少しずつ膨らんでいく気持ちの正体が分からぬまま、シアリエは昼食を終えた。


けれど、シアリエの社畜根性は根深いものがある。

残業はダメ、昼休憩を仕事に当ててもダメ、休日出勤はまだ試していないが、おそらくジェイドやキースリーあたりにアレスへ報告されるから却下。前世ではよく早朝から出勤をしていたけれど、秘書室に入るには鍵が必要なため、ジェイドに伝えればやはり難色を示されるだろう。となれば、残る道は……。

「ロロ。ロロって私の先輩ですし、一応上司に当たりますよね？」

定時十分前。そろそろ締め作業に入る同僚たちに紛れ、シアリエは隣席のロロに質問した。年が近い彼には、他の秘書課のメンバーより頼みごとがしやすく仲も気安い。ジェイドやキースリーと違って、こちらの行動をいちいち気にしないところもシアリエにとっては気楽でよかった。

アイドルのように整った顔をしたロロは、キョトンとしながら本日も異国語で答える。

「シャナヨ・ゼルーンナヨ」

返事は「そうだね、一応は」だった。

「ではロロ、この中で、持ちだしても構わない書類ってありますか？」

シアリエは机上に広げた書類を指さして尋ねる。ロロはそれを一通り眺めると、いくつかをピックアップした。

「この辺のマニュアル類はいいんですね。分かりました。あ、ロロ。申し訳ありませんが、『この書類を持ち帰る』ってイクリス秘書官長に伝言を頼めませんか？　えーと、クシャリ語で」

シアリエがここ一カ月秘書課で働く中で気付いたことの一つだが、ジェイドはクシャリ語が分からない。

シアリエに頼まれたロロは、特に躊躇うことなくジェイドの元に行き、クシャリ語で許可を乞う。案の定その言語を理解していないジェイドは、困惑したように答えていた。

「えー？　何だろうな……。あー睨まないで。分かったよ、ロロ。君の好きにしていいから。君のことだ。いけないことはしない。そうだね？」

そしてシアリエは、ジェイドが部下のロロに全幅の信頼を置いていることも知っている。それを利用し、シアリエは仕事を持ち帰る許可をロロ経由で強引にもぎ取ったのだった。

（ズルイ方法だけど、こうでもしないと仕事の持ち帰りの許可が下りないもの。私に残された道は、仕事を寮に持ち帰って夜な夜な片付けることなんだから、仕方ないわ）

チクリと痛む良心を無視して、シアリエはそう言い聞かせる。

ちなみに、シアリエの処理能力が低いため仕事が定時で終わらないわけでは決してない。むしろ処理スピードは常人の二倍、いや三倍を誇る。前世で事務経験のあるシアリエは経理関連の作業も速いし、会議室の予約や馬車の手配もお手のものだ。アレスの一日のスケジュールも完璧に把握している上、書類の作成もすこぶる早い。お茶くみの腕前は言わずもがなだ。

では何故、持ち帰って仕事をするのか――……それはシアリエが、自分に課せられた仕事以外もポンポン引き受けているからである。

つい三日前には、経理課から預かった損益計算書をアレスに提出すべくチラリと目を通したところ、気になる点があり資金調達について口を出したら、財務についてぜひ意見を聞きたいと経理課の面々に彼らの執務室まで引っ張りこまれてしまった。

それ以外にも、自分が新人として入った時に不十分だと感じた作業手順書の見直し、各国要人のリストの暗記や異国語の勉強など、シアリエは自分でやるべきことを生みだすのが得意だ。

それゆえに、時間はいくらあっても足りなかった。

「最近は昼休憩になったらしっかり食堂についてくるし、定時に秘書課まで迎えにいっても渋らずに帰るな。ようやく仕事中毒から脱したか？」

書類から顔を上げたアレスが、明るい声で言った。

仕事命のシアリエが最近は健康的な仕事量と休息を取りはじめたことに満足げな様子の彼は、知らないのだ。彼女が夜な夜な仕事を持ち帰り、寮の机に齧《かじ》りついて処理していることを。

アレスにバレるわけにはいかないシアリエは、ティータイムの準備が整ったタイミングで話題を変えようと切りだした。

「陛下、お茶とお菓子をどうぞ。本日はカヌレと、甘く煮出したミルクティーです」

「カヌレ？　初めて聞くな。甘く煮出したミルクティーってのは？」

カヌレはフランス南西部の伝統的な焼き菓子であり、この世界には存在しない。だから青地の花が描かれた皿に載った焼き菓子は、シアリエが前世の記憶を頼りに作ったものだ。

甘く煮出したミルクティーは、いわゆるチャイのことである。カルダモンやシナモンなどの香辛料をすり鉢で潰し、茶葉と一緒に入れて十分に煮出した。

どちらも前世で人気のあった食べ物と飲み物です、と伝えるわけにもいかず、シアリエは曖昧に微笑んだ。

「どちらも遠い異国のものですよ。召し上がってください。カヌレが甘いので、チャイ……ミルクティーの方にはスパイスを加えてあります」

「鼻に抜けるような香りがする」

ティーカップを持ちあげて鼻に寄せたアレスは、スパイシーな香りを嗅ぐ。甘いのにピリリとした刺激のあるチャイを初めて飲んだアレスは、緋色の瞳を瞬き、「美味い」と一言呟いた。

「このカヌレも、手に持った感じは硬いのに、中はモチモチしてるんだな」

どうやらどちらもお気に召したようだ。シアリエは後でアレスの好物リストにこの二つを書き足そうと考えながら、お代わりの茶を注ぐ。

彼がお菓子を頬張る時にできる頬袋は、ギャップがあって可愛く、シアリエの最近のお気に入りだ。鋭敏そうで冷たい美貌のアレスから、人間味を感じられるのが好ましい。

そんな彼は、早々と二つ目のカヌレに手を伸ばして尋ねた。

「シアリエが異国の食べ物や飲み物に詳しいのは、実家の事業の影響か？」

「まあ、そうですね」

前世の食べ物の知識を抜きにしても、シアリエは異国の飲食物に詳しい方だ。

「父の手伝いをしていた時は色々な国のお酒について調べる中で、相性がいい食べ物とかも学びましたし。黒ブドウ一種類のみを育てているワイン醸造家の方に、せっかくならブランド物を打ち出して売るよう口添えした際も、お礼にワインに合う異国の食べ物を沢山教えていただきました」

「ロセッティがバイヤーとして名を馳せてから、この国にも世界各国の名酒が流通するようになったが、やっぱり功労者はシアリエか」

「そんな大層なものでは……。ですが、やはり遠い地に赴くと、様々な見聞を広められますね」

シアリエは恐縮したが、仕事ぶりを褒められたことは素直に嬉しかった。はにかんでいると、アレスと目が合う。

「遠い地、な。シアリエ、お前も秘書官になって一カ月経つだろ。どうだ。そろそろ視察についてくるか？」

「……っ同行してもよろしいんですか？」

シアリエの表情がパァッと華やぐ。

机に齧りつく事務仕事やお茶くみ、王宮内での会議には臨席しているが、外での仕事は初めてだ。大きな仕事を任されることに浮かれたシアリエの瞳が、期待に輝く。

確か視察は、秘書課の中でも選ばれた者しか同行できない。通訳業務ができる者や臨機応変に問題に対処できる者が選ばれると、シアリエはキースリーに聞いたことがあった。

興奮気味のシアリエを見つめ、アレスは喉で笑いを転がす。

「ああ。頑張ってくれているみたいだからな。シアリエの働きぶりは見ていてよく分かるし」

(う……っ。今一瞬良心が痛みましたよ、陛下……)

持ち帰って仕事をしていることは、アレスには絶対に内緒だ。なので日中のシアリエの働きぶりと、キチンと休憩を取りキッチリ定時に上がるという勤務態度も加味して視察の同行を許可してくれたはず。そう思うと、シアリエはますます彼には黙っていなければと焦った。

(というか、日数にもよるけど、視察に同行するなら書類仕事を片付けておかないと。これはしばらく徹夜かしら)

大丈夫。死なない程度に加減すれば、徹夜が多少続いても問題ない。……ない、はず。

少なくとも、前世の社畜時代より抱えこんでいる仕事量も勤務時間も少ないから平気なはずだと、シアリエは自分に言い聞かせた。

それから頭の中でやるべきことリストを思い描き、算段を練る。視察に行くなら、目的地によっては語学力も必要になるはずだ。場所が分かれば今日からでもその土地の言葉を理解しようと意気込むシアリエは、カヌレの最後の一つを食べるアレスを見つめながら尋ねた。

「陛下、ちなみに視察とはどちらへ赴かれるのですか？」

「ん？　ああ……パージス領の移民地区だ」

「移民地区、ですか？」

北の国境近くにあるパージスは、四季のあるシェーンロッドの中では珍しく一年を通して寒冷な地域であり、移民が多い領でもある。聞くところによると、先王時代に大量に流入した移民の半数がここで生活を送っているのだとか。増えすぎた移民問題は、いつだって国を悩ませる種だ。そのため定期的に様子を見て回り、対策を練る必要がある。

シアリエは初めて赴く地の、知っている情報を頭の中でかき集めながら質問した。

「近年、パージスは治安があまりよくないとお聞きしますが、陛下が直接視察に向かわれるのですか？」

「ああ。治安が悪いのは知っている。なら、なおさら俺が行かないといけねぇだろ、この目で現状を確かめないとな」

一国の王なのだ。危うい場所にわざわざ出向かず、人を遣わせて情報を得ればいい。けれどこの国を思うアレスは、自らの危険も顧みずに直接現状を把握したいと言う。

(陛下のそういうところが、きっと民からの支持が高い理由よね)

ぶっきらぼうに見えてとても世話焼きで優しいアレスは、確かシアリエが残業をしている疑惑をジェイドに相談された時も、直接秘書課まで足を運んで真偽を確かめていた。

人を動かすのではなく、まず自分が率先して動く。その姿勢は見ていてとても気持ちがいい。

(いつも人任せで、自分では何も確認しなかった前世の上司とは大違いね)

「騎士団の護衛もキッチリつけるから安心しろ」

黙りこんだシアリエを怖気《おじけ》づいたと思ったのか、アレスは不安を和らげようと手を握ってくる。

「お前には、怪我一つさせねぇから」

「あ、ありがとう、ございます……」

触れられた箇所が熱を帯びる。アレスは人を寄せつけない鋭角的な美貌の持ち主にもかかわらず、こうやってシアリエによく触れてくる。

(陛下って、私以外の女性にもこんな風に接するのかしら。もしそうなら、勘違いしてしまう方も多い気がするけど……。ああ、周りの役人が男性ばかりだから、異性の私にも同じノリで接して距離感が近いとか?)

そう思いながら、シアリエは二週間後に予定されている移民地区の視察に備えることになったのだった。


アレスにパージスへの視察に同行するよう誘われた翌日、シアリエはアレスと騎士団の面々と、早速会議室で打ち合わせに臨んでいた。

蒼穹《そうきゅう》に白い葉が描かれた壁紙は、凜《りん》とした空間を演出している。しかしその上には厳めしい剣や騎士団の旗が飾られており、会議に臨席している騎士団のメンバーも皆、猛々しい風貌をしていた。

訓練中ではないため、シアリエと同じように官吏の制服を着た彼らの袖口の色は蒼《あお》だ。金糸のラインが三本入った制服を着ている、獅子《しし》のような風貌の男が第一師団の騎士団長である。

壮年の彼はテーブルにシェーンロッドの地図を広げると、ルートについて説明を始めた。

「パージスは寒冷な地域のため、場合によっては五月でも雪が残っています。足場が悪く進むのに時間がかかることを考慮して、前回の視察より移動の日数を増やした方がよいでしょうな」

隻眼《せきがん》のバロッド騎士団長が、地図を指でトントンと叩きながら向かいの席のアレスに進言する。

シアリエはチンツ張りの椅子にかけたアレスに給仕しつつ、ルートが赤いインクで記された地図を覗きこんだ。

（……あ）

「言いたいことがあるなら言っていいぞ」

ハーブティーを注ぐ手が止まったシアリエに気付いたアレスが、発言の許可を出す。シアリエは向かいにかけたバロッドと、彼の後ろに控える部下の騎士にも手早くお茶を振る舞ってから、地図の一点――『ミュンベル』と書かれた街を指さした。

「失礼ながら、ミュンベルの街を通過するのは、今回は避けた方がよいかと存じます」

「何故だね？　この街は治安もよく、道路も綺麗に舗装されている」

バロッドはシアリエが淹れたハーブティーのカップを口に運びながら言った。

「ミュンベルを通ればパージスまで最短距離で移動できるはずだ。――ああ、確かに我々が出発する前日にはこの街で『花祭り』なるものが開催されるため混雑が予想されるが、祭りは一日だけ。翌日は平気だろう」

自然豊かなミュンベルでは毎年この季節になると美しい花々が咲き乱れ、行商人による露店が通りに沢山立ち並ぶ『花祭り』が開催される。片田舎のイベントにしては見物客も多く、特にここ数年は大いに盛りあがっていた。が、それは当日だけの話なので、自分たちには関係ないというのがバロッドの言い分である。

「いえ。祭りの翌日は、街は閑散としますが、街道は逆に混むんです」

シアリエが断言すると、バロッドは片目に大きな傷の入った顔でこちらを品定めするように見上げてきた。それにたじろげば、振り返ったアレスから愉快そうな声がかかる。

「詳しいな。父親の仕事の手伝いで知ったのか？」

「はい。数年前、父の仕事に同行して祭りの翌日のミュンベルを通ったのですが、周辺の宿泊施設に泊まった客や業者の帰省ラッシュで道がひどく渋滞し、一歩も進まず困りました」

「それは……敵《かな》わないな。陛下、ルートを見直します。では、えー……」

厳格そうな風貌から頑《かたく》なな印象を受けたが、さすが騎士団長というべきか、バロッドは二十も年の離れたシアリエの意見を柔軟に聞き入れてくれた。それから目線だけで名を求められたので、シアリエは答える。

「シアリエです。シアリエ・ロセッティ」

「シアリエ。ではこちらのルートで行く。どうかな」

地図に新しく青のインクで引かれたルートを確認したシアリエは、小さく頷いた。

「承知しました。このルートでしたら、シルス村の近くにある駅で馬を乗り換えますよね？　あそこは馬の数や種類も豊富だと聞きます。前もって足が速く、雪道にも耐えられる馬を必要な数だけキープしておくように手紙を送っておきますね」

シェーンロッドは駅伝制を採用している。国の中央から辺境に延びる道路に沿って、馬や馬車が常備された施設を適切な間隔で置き、必要に応じて乗り換えることで移動や通信を速やかに行うためだ。

「ルートが決まりましたので、各所との調整ができ次第、タイムスケジュールを記した書類を騎士団にも配布いたします。あの……？」

つらつらと話していたシアリエは、バロッドから可愛がっている姪《めい》でも見るような目を向けられていることに気付いて言葉を切る。彼は訝しげなシアリエと得意げなアレスを交互に見ながら快活に笑った。

「すまない。秘書課に優秀な新人が入ったと噂を耳にしたが、君のことかと思ってね。陛下の推薦で入ったという話も聞いたので、実力が気になっていたんだが、素晴らしいな。このハーブティーもとても美味しいよ。私が甘い物が苦手と知って、清涼感のあるものにしてくれたのかな」

「事前に情報は得ておりました。ペパーミントティーでしたら、爽やかな味わいかと思って」

「嬉しいよ。陛下、とても有能な子を秘書官に迎え入れられましたな」

「だろ？　自慢の秘書官だ。ああ、あとシアリエを推薦したのは本当だが、こいつは採用試験をキッチリ受けてるぜ。それも好成績でパスしたしな」

アレスのてらいのない発言を受けて、シアリエは持っていたトレイを両手で抱きしめた。手放しで褒められたことが嬉しい。

やはり仕事こそが自己実現の方法だと浮かれていると、アレスがそっと耳打ちしてくる。

「でも今日のティータイムには、俺の好きなお茶を淹れろよ」

「もちろんです。陛下のお好きな甘いキャラメルティーをお淹れしますね」

拗《す》ねたような口調で告げられたアレスの我儘《わがまま》さえ、微笑ましくて。シアリエは仕事が順調であることに多大な達成感を噛みしめる。

けれど――――何もかもが上手くいっていると感じる時にこそ、暗い影がシアリエの肩を叩くのだった。


いよいよ明日に視察を控えた真夜中、シアリエは前世の記憶を夢で見ていた。

コール音が鳴ってスマホの画面を確認した時、それが両親の名前だと、頭に過《よぎ》るのはわずかな期待と多大な不安。通話ボタンを押して端末を耳に押し当てれば、ヒステリックな母親の声が聞こえてきた。そこで悟る。ああ、また金の無心か、と。

『お金が足りないんだけど?』

『いつも通りの金額をお母さんたちの口座に振りこんだはずよ。足りないはずないわ』

前世のシアリエは、給料の大半を毎月実家に振りこんでいた。お陰で安定した金融関係の企業に勤めているにもかかわらず、自由になる金は少なく、セキュリティの欠片《かけら》もないボロアパートに住んでいる。

（何で期待なんてしたんだろう。もうずっと、体調や仕事の心配なんてされたことないのに）

たまには金銭目的以外で娘を気にかける連絡を寄越してくるかもしれない、という期待は、霧のように立ち消えた。

電話口の母親は、苛立ったように叫んでくる。

『妹の愛花《あいか》がこの春高校に上がるんだから、これまでよりお金が必要になるに決まってるでしょ！』

『その愛花のために私がコツコツ溜《た》めていた入学金、ギャンブルで溶かしたのは誰よ……』

頭が痛い。これ以上は援助できないと言うと、逆上する親の声が電話越しに耳を劈《つんざ》いた。あまりにも大きい声だったせいか、アパートの薄い壁を、隣人が向こう側からドンッと叩いてくる。

前世のシアリエは、うんざりして終話ボタンを押し、自分の存在を消し去ろうとするように身体を丸めて膝を抱えた。

（もう嫌）

家庭に自分の居場所はなかった。学校を卒業し、働きだしてすぐの頃は恋人がいたけれど、両親に仕送りする金額の大きさに引かれて、もっと穏やかな家庭で育った幸せそうな女の子に乗り換えられる始末。友人も似たような理由で疎遠になった。

『……大丈夫。他の何もかも上手くいかなくたって、私には仕事があるから』

そう、仕事はやりがいがあって楽しいし、嫌なことも忘れられる。壁に貼りだされる成績を嫌がる同僚もいたけれど、目に見える数字で優秀だと分かるのは、前世のシアリエにとって大きなモチベーションだった。

けれど――……大変じゃないかといえば、とても大変で。

職場に勤めて早十年。黙々とこなしていても、机に積みあがっていく一方の仕事。ひっきりなしにかかってくる電話のコール音は、三十人もいるフロアで何故か自分にしか聞こえないらしい。

取引先へのメールを打つ手を止めて電話に出れば、相手は業務委託をしている下請け企業の担当者で、内容は後輩に発送を頼んだ書類に不備があったことによる問い合わせだった。

『申し訳ございません。すぐに確認いたしますので、このままお待ちいただけますか』

保留ボタンを押してすぐさま後輩の女性に確認すると、あからさまに不機嫌な態度で応対される。

『私はちゃんと、一枚の不足もなく必要書類をすべて送りましたぁ！』

『相手方は、到着した書類に口座振替依頼書が入ってないって言ってるわ。運送会社に発送を頼む際、シャトルバッグのチャックはしっかり閉めたか覚えてる？』

『私のこと責めてるんですか？　私が紛失したって言いたいんでしょう⁉』

『違うわ。送付書に記載された内容と、実際に届いた添付物の内訳が違うって問い合わせが入ったから確認しているの。取扱店控えはどこ？　口座振替依頼書をちゃんと送ったなら、取扱店控えに明記してるはずだから大丈夫よね？』

『確かここに……あれぇ？　ない……取扱店控えも一緒に送付したかも……』

『それじゃあ郵便事故で書類が紛失したのか、うちで紛失したのか分からないじゃない』

請求者の個人情報が載った書類を紛失したとなっては、信用問題に関わる。ただちに業務の手を止めて、部署内を捜索することになった。

『私、私のせいで……っ』

ようやく事態の大きさを理解したのか、火がついたみたいに泣きじゃくる後輩の背を撫でながら、キャビネットや机の下をしらみ潰しに探す。

『泣かないで。私も一緒に請求者様へ謝るから』

そもそも社内で失くしたのかも分からないので、出てくるか不明な書類を探す作業は不毛に思える。捜索に時間を取られているせいで、山積みの他の仕事は一向に減らない。

『今度からアイツには何もさせるな。お前がやれ。もしくは先輩のお前が全部後輩の仕事をダブルチェックするように』

定時を過ぎたところで、男上司が忌々しそうに言った。ちなみにアイツとは、後輩のことを指している。

大量の仕事を抱えていた前世のシアリエは、単純な事務作業すらできない後輩の仕事も受け持つことになってしまい内心苦々しく思う。けれど、負担はそれだけで済まなかった。

『捜索に時間を取られたから、全然仕事が捗らなかったな。おい、明日の会議の資料、代わりに明日までに仕上げておいてくれよ』

先輩の男性社員が帰り支度をしながら、こちらに仕事を頼んでくる。

仕事に手をつけられなかったのは、前世のシアリエも同じなのに。断ろうか。一緒に働いている以上、頼んできた方だってこちらが忙しいことは十分理解しているはずだ。

けれど、こういった場面で前世のシアリエが断れたことは一度もない。

『頼むよ。俺には家で愛しい奥さんと、可愛い子供が待ってんの。お前は？　優雅な独り身だろ？

代わってくれてもいいよな？　仕事ができるお前を頼りにしてるんだって。な！』

『……っ。分かりました……』

頷くと、先輩は鼻歌まじりにこちらの肩を叩いて去っていく。入れ替わりで、ミスを起こした後輩がやってきた。

『先輩、書類探すの手伝ってくれて、ありがとうございましたぁ。凹《へこ》んだんで、今日はもう帰って彼氏に慰めてもらいます』

『……そ？』

先輩も、上司も、問題を起こした後輩ですら、自分を置いて帰っていく。それでも、前世のシアリエは職場に残って仕事をし続けた。

（明日はきっと始末書を書くことになる後輩に泣きつかれるだろうから手伝って、上司に頼まれるだろう業務改善案を上げて、それから……）

ふと脳みそが縮むような疲れを感じて手を止める。視界が霞むのを自覚しながら、引き出しから一枚の便箋《びんせん》を取りだした。

自分が過去に担当を受け持った請求者からの手紙だ。感謝の言葉が連なった手紙を見ると、仕事をしていてよかったと思える。モチベーションが下がった時に、こういった手紙や感謝の言葉を思い出して無理にでも自分を奮い立たせていた。

視界がユラユラと揺れる。ツンとした鼻の痛みを無視して、前世のシアリエは弱々しく笑ってみせた。

『私には、仕事しかないもんね』

帰宅しても、温かく出迎えてくれる家族はいない。寄り添ってくれる恋人もいなければ、友人も、誰も自分を待ってはいない。けれど、仕事でなら……仕事でだけ、自分は必要とされるのだ。

だからいつも恐れていた。仕事を断った時、上司や同僚たちはどんな顔をするのだろうと考えると怖くてたまらなかった。

使えないと思われるのが、恐ろしくて仕方ない。唯一の取り柄で、拠《よ》り所でもある仕事でまで、上手く立ち回れないと思い知らされるのが。

だから、頑張って、頑張って頑張って——大好きな仕事のしすぎで、ぽっくり逝ってしまった。


「……寝覚めが悪い」

悪いどころか、最悪だ。前世の夢から目を覚ましたシアリエは、暗澹《あんたん》たる気持ちで呟く。

持ち帰った仕事を深夜までしていたので、机にうつ伏せ、椅子に座ったまま寝落ちしてしまったらしい。換気のために開けていた窓から吹きこむ夜風に長時間さらされていたことと、ずっと同じ体勢でいたことにより、すっかり冷えて固まってしまった身体が痛い。

心なしか鼻がグズグズする気がするし、何より全身が怠《だる》かった。しかしそれらを無視して、シアリエは支度に勤しむ。

前世の夢を見たからって、感傷に浸っている暇はない。今日から一週間、パージスの視察に行くのだから。

「ちょっとぉ、アンタ大丈夫なの？　ひどい顔色じゃない」

中央宮殿の前に複数停《と》まった馬車を確認していたシアリエは、背後からかかった声に振り返る。

このハスキーな声は、キースリーのものだと思いながら。

けれど振り返った先にいたのは、男性用の制服を着て化粧を施していない、見慣れない姿の彼だった。ウェーブのかかった黒髪は項《うなじ》の高さで一つに括られ、右側に流してある。随分と美しい男性が立っているものだと、シアリエは一瞬誰だか分からず呆気に取られてしまった。

「……キースリーさん、ですか？　今日は随分と印象が違いますね」

「アタシ、視察に行く時は女装しないのよ。手間もかかるし、出向く場所によっては女の秘書官だと勘違いされると舐《な》められたりするし……ってこれは、女のアンタに言うことじゃないわね。安心なさい。アンタが危険な目に遭ったら、教育係のアタシが絶対に助けてあげるから」

ちゃんと男の格好をしても、妖艶な雰囲気だけはそのままだ。むしろ今の方が色気を感じると思いながらシアリエがまじまじ見つめていると、キースリーはからかうように言った。

「なあにー？　シアリエ。アタシの男の格好に見惚れちゃった？」

「いえ、あの……はい。どちらの格好もキースリーさんはお似合いになりますね」

「え、あ……ありがとう」

「無自覚で可愛いことを呟く子ね」と小さく零したキースリーは、照れ隠しでシアリエの髪をグシヤグシャと撫でた。

「わ……っ、乱れてしまいます！」

「アンタも結んであげるわ。お揃いにしましょ」

そう言ったキースリーの長い指が、シアリエの細い髪をスイスイと梳《と》く。そのまま後頭部の位置で髪を結ばれていると、暖かそうな外套を手にしたロロがシアリエの目の前を通過した。

彼も今回の視察に同行する秘書官の一人である。ジェイドは王宮に残るそうなので、今回秘書官としてアレスに帯同するのはシアリエ、キースリー、ロロの三人だ。

（ロロは通訳のスペシャリストだし、キースリーさんはうちの部署でもトップクラスの優秀な方。同行して学ぶことは多いはずだわ。むしろ足を引っ張らないようにしないと。じゃないと……）

足を引っ張って、見限られるのが怖い。弱気になるのは、前世の夢を見たせいだろうか。シアリエは暗い考えを振り払うように両頬を叩いた。

アレスから視察の同行者に選ばれたし、騎士団のバロッドからも仕事において評価された。何もかも順調なのに、不安でたまらないなんて。

（前世の夢なんて忘れよう。気を取り直して、仕事に集中！）

今回の視察には、バロッドをはじめ護衛の騎士が複数名と、御者や使用人、医務課の医師が二人、経理官が一人、工務課から長官が一人――他の部署の者も合わせて、三十人近くが同行する。

そのため、馬車も位に合わせたものが複数用意されていた。

その中の一つのタラップに足をかけ、ロロが手招きする。

「シア。こっち」

「ロロがシェーンロッド語を話しているの、珍しいですね」

「移民がいる地区に向かうから。通訳の仕事の時は、別の言語の練習はしない。それよりシア、馬車に乗ろう。僕たち、官吏用の同じ馬車だ」

「シアリエは俺と同じ馬車に乗れ」

キースリーがシアリエの髪を結び終えたタイミングで、遠くから声がかかる。馬車の間を縫って荷物を運んでいた臣下たちは、宮殿から姿を現した人物を視認するなり、一斉に頭《こうべ》を垂れて唱和した。

「シェーンロッドに栄光の光あれ。おはようございます、陛下」

朝の明澄《めいちょう》な空気を割って現れたのは、アレスだった。爽やかな朝とは相容《あいい》れない濃い闇のような色気を放つ彼は、首元に黒のクラバットを巻いている。シャツはグレーだし、ベストのボタンまで黒いので、まるで烏《からす》みたいな出《い》で立ちだが、不思議とそれがよく似合っていた。

「陛下と同じ馬車、ですか？　私が？」

アレスの乗る馬車は、複数用意された馬車の中でも一番大きく華美なものだ。騎士団長や各部署の長官クラスが同乗するなら分かるが――……。

「道中、スケジュールについて確認したいことがあるからな。乗れ」

「そういうことでしたら」

(何だ。それなら先にそう言ってくださればいいのに)

アレスの行動は明らかにロロたちへの牽制なのだが、鈍いシアリエはあっさり納得して粛々と馬車に乗りこむ。その後ろ姿に続いて入った彼は、向かいの席にかけるなりへの字に曲げた口を開いた。

「珍しい髪形をしてるな」

「これですか？　キースリーさんに遊ばれてしまいました」

シアリエは高い位置で括られたポニーテールに触れながら言った。

お洒落《しゃれ》にあまり興味のないシアリエは、清潔感だけ心がけて普段はミルクティーブラウンのストレートヘアを下ろしていることが多い。単純なポニーテールにされたのかと思っていたが、指で触ってみると、髪は緩く編みこまれ、おまけにレースのリボンが結ばれたりしている。

「不快なら解きますが」

「いや。可愛……」

「かわ？　……川？」

パージスへのルートに橋のかかった川を渡ることもあったな、と見当違いのことを考えるシアリエを余所に、アレスは嘆息した。

「ロロだけじゃなく、キースリーもライバルかよ。あいつ、亡くなった妻一筋じゃなかったのか？」

「何かおっしゃいましたか？」

アレスの独り言を聞き逃したシアリエは、首を傾げる。

すると面白くなさそうな顔をした彼から、棘《とげ》のある言葉が返ってきた。

「……シアリエ、随分と秘書課の奴らから可愛がられているみたいだな」

「可愛がられているかは……ただ皆さん、とてもよくしてくださいますね」

「好かれてるだろ」

「それは、どうでしょうか」

嫌われてはいないと思うけれど、好かれているかと聞かれると、シアリエは自信がない。きっと彼らがよくしてくれるのは、仕事において自分に利用価値があるからだ。

前世でもそうだった。よく働くシアリエは、職場の人々から特に邪険にされたり嫌われたりはしていなかったけれど、毎日ランチを共にするくらい親密な関係を築いていた同僚はいない。

仕事を頼んでも断らないから。都合よく押しつけることができるから。定時ギリギリに業務を与えても、言うことを聞くから。

文句を言わず黙々と機械のように働くから、便利だから、都合がいいから友好的に接してくれるのだ。もしシアリエが仕事を断れば、もしくは仕事で迷惑をかければ、きっと見放されるに違いない。そう考えたらたまらなくなって、シアリエは自身の肩をギュッと抱き寄せる。その仕草を、アレスは眉を寄せて眺めた。

「シアリエ？」

「陛下。スケジュールについて確認したいことがあるとおっしゃってましたよね？」

「あ？　ああ、そうだな……あーっと……」

暗い表情をパッと切り替えたシアリエにわずかな動揺を見せてから、アレスは質問をした。

シアリエとアレスの乗る広い馬車には、バロッドも同乗した。会議に同席して以来、彼は王宮内ですれ違う度に挨拶してくれるので、シアリエの中でとても好感度が高い。

が、彼が隣に座ろうとすると何故かアレスがいい顔をしなかったので、馬車が動きだす前に席替えを行い、今現在の席割はこうだ。

アレスの隣にシアリエ。そして彼の向かいにバロッドと、シアリエが持ちこんだ書類。

(何故こうなってるの……？　何故お一人で広々とお座りにならないの……？)

そんな疑問がこみ上げるが、シアリエが隣に座るとたちまちアレスが上機嫌になったため、どうやら空気の読めるバロッドも彼女も何も言わないことにした。

馬車が動きだすと、シアリエはできるだけ場所を取らないように書類を広げる。確認しておきたいことや片付けておきたい仕事が山ほどあるからだ。

「パージスまでは二日かかる。今からそんなに根を詰めてると、もたないぞ。お前、顔色も悪いしな。朝食は取ってきたのか？」

「大丈夫です。朝食は、ええと、取りました」

アレスの問いかけに答えながら、シアリエは内心で「リンゴチップスを一枚ね」と付け足した。元々忙しくて朝食を抜くこともままあるが、今日は体調的に胃が受けつけなかった。起きてからの倦怠《けんたい》感《かん》はずっと続いているし、頭も鈍く痛む。

けれど、そんなことを口走れば今からでも別の秘書官を宛てがい留守を言い渡されそうなので、シアリエは体調不良を黙っていることにした。

(とはいえ、酔いそうかも)

王の乗る馬車は一般のものより格段に揺れが少ないとはいえ、馬が走るスピードを速めるとやはり身体が上下した。ガタゴトと揺れる度に、ほぼ空っぽの胃がフワフワして吐き気を催してしまう。

そのため、市街地で昼食を取る際に一度降車できたことにホッとしたが、食は進まなかった。

アレスの鋭い目が探るように見てきたので、脂っこい料理は口に合わないと適当に言い訳する。そして彼の追及から逃げるように再び馬車に乗ったのだが、市街地を抜けて森の中に入ると、舗装されていない道のせいでますます揺れが激しくなった。

(う……そろそろ限界かも……)

連日の持ち帰り仕事による過労が、ここに来てピークを迎えているのが分かった。胃液がこみ上げそうになる度に書類から視線を上げ、窓の外を眺める。嫌な脂汗を額に浮かべながらできるだけ遠くの景色を見つめていると、不意にアレスが御者に止まるよう声をかけた。

「ここでティータイムを取る」

(え……予定より一時間早いけど……)

制服の腰に下げた懐中時計を確認し、そう思いつつも止まった馬車から降りる。何故アレスがティーブレイクの時間を早めたのか分からなかったが、今にも吐きそうだったシアリエとしては降車できてありがたかった。

「わ……綺麗……」

豊かな木々の隙間から、鏡面のように澄んだ湖が覗いている。新緑と青空が明度の高い水に映りこんで、得も言われぬほど美しい。それに森の空気は新鮮で、馬車酔いした身体に優しかった。

(この景色を楽しみたくて、陛下は早い時間にティーブレイクを取ろうとなさっているのかしら)

ならば納得だ。シアリエは吐き気がマシになるのを感じながら、胸元を摩《さす》った。湖畔では使用人たちが小枝を集めて火を熾《おこ》したり、簡易のテーブルや椅子を用意している。

シアリエは北欧を彷彿とさせる景色にワクワクしながらも、体調がよければよかったのに、と残念に思った。

「さて、私もお湯を沸かしてお茶の準備をしなくちゃね」

今日のお茶くみ当番はシアリエだ。新鮮な空気のお陰で一旦酔いは治まったものの、熱っぽい身体を引きずりアレスの元へ向かえば、彼はキースリーに話しかけているところだった。

「キースリー、茶を頼む」

（え……？）

「陛下、本日のお茶くみ当番はキースリーさんではなく私です」

シアリエはブーツで地を蹴り、慌ててアレスたちの元に駆け寄る。しかしアレスからの返事は素っ気ないものだった。

「お前はいい。向こうで座ってろ」

「へ……でも……」

「シアリエー？　陛下はアタシをご指名なのよ。引っこんでなさい。後でアンタの分のお茶も持っていくから」

戸惑うシアリエに向かって、キースリーは腰に手を当てて言う。

（え……どうして？　陛下は、私の淹れるお茶を気に入ってくださっていると思っていたのに……。そりゃ、キースリーさんの方が勤めている期間が長い分、陛下の味の好みを熟知しているかもしれないけど……）

ショックだ。仕事を押しつけられることはあっても、取りあげられたことはないから、なおさら。

この状況を手が空いてラッキーと思う人もいるかもしれないが、シアリエは違う。自分には任せられないと判断されたのだろうかと、悶々《もんもん》としてしまった。

「今生でも人と上手く付き合えなかった私にはもう、仕事しかないのに」

することがなくなったので、落ちこむまま湖に沿って歩いていたシアリエの囁きが湖面を滑る。

些細なことで大げさなくらいナーバスになるのは、体調が悪いせいだろうか。それとも、これも嫌な夢を見てしまったせい？

仕事抜きでは両親とも妹とも良好な関係を築けず、婚約者には疎まれていた今生の自分に、職場という居場所を与えてくれたのはアレスだ。その彼に必要ないとか、使えないと思われたら、自分はどうなってしまうのだろうかと不安が過る。

居場所がなければ、アイデンティティが崩壊するのではないか。そう感じた瞬間、シアリエはうすら寒くなった。冷えを誤魔化すように両腕を摩る。

頭が痛い。内側から金槌《かなづち》で叩かれているみたいだ。熱が上がってきている気がする。

「……薬、貰《もら》おうかしら」

いよいよ我慢が利かないところまできたシアリエは、ふらつく足取りで馬車へと引き返す。王宮の医師が二名同行しているので、頭痛薬くらい持っているだろう。そう期待し、シアリエは医師を探した。が、首を巡らせた瞬間、ひどい目眩に襲われてしまう。

（あ、ダメかも――――）

視界がグルリと回って、それから目の前がテレビの砂嵐のようになる。地面に倒れこむ寸前、遠くなった耳にアレスの焦ったような声が聞こえた気がした。

前世の夢を見るくらいなら、もう眠りにつきたくない。それくらい嫌だと思っているのに、どうしてまた見てしまうのだろう。

連日続く残業の帰り、くたびれた身体を引きずって、実家のインターフォンを鳴らしているのは前世の自分だ。手に持っている封筒には、両親から急遽必要になったと言われ、口座から引き出してきた金が入っている。出迎えた母親は玄関先でお札を数えるなり、落胆したように零した。

『これだけ？』

『これだけって……』

前世のシアリエは、長いこと新調できずに傷んだ仕事カバンを抱えて言った。

『私、ただでさえ家への仕送りで生活カツカツなのよ。これでも支援……』

『支援って何。アンタを生んで育てるのにかかった金を返してもらってるだけだけど？』

『そんな……』

『次はもっと頑張りなさいね。お父さんとお母さんが借金取りに追われても心が痛まない？』

（ろくに子育てもせず、博打《ばくち》に明け暮れて勝手に作った借金じゃない）

そう言えたなら、スッキリしたのに。ヒステリックに叫ぶ母や、手を振りあげる父が想像できてしまい、言いたい言葉はすべて喉の奥に引っこむ。

涙をこらえるために上を向けば、頭上に広がる夜空がとても寒々しくて。星明かりがない都会の空は、自身の真っ暗な心をそのまま映しだしたかのよう。

毎日、息がしづらかった。自分の周りだけきっと空気が薄い。家族から見た自分には、価値を見出せなかった。きっとただの金づる。都合のいい財布。

情けない両親から守ってあげようと可愛がっていた妹も、思春期を迎えると手に負えなくなった。職場まで遠い実家を出た前世のシアリエに対して、置いていかれたと恨んでいたのかもしれないが、本当のところは分からないままだ。

とにかく、こんな自分はきっと誰にも好かれないから、一人で生きている。息が苦しい。

でも、でもそんなシアリエも、仕事でだけは居場所を見出せた。だから――……。

「働かなきゃ」

前世の夢に魘《うな》されたまま、シアリエはうわ言を呟く。

できないとか、無理と言った時の、相手が失望する顔を見たくない。仕事だけが自分に価値を与えてくれるのに、たった一回、たった一言断っただけで冷たい態度をとられると、見限られた気持ちになるから。自分が縋れるものはもう仕事しかないのに。これしかないのに！

だから断らず、全部仕事を引き受けた。そしたら役に立てたという充足感が全身を満たして息ができるし……できるけど……。前世では身体がもたなかった。

「でも、今度はしっかりできるから……ちゃんとやるから……」

（今世では大丈夫。今度こそ上手くやれる。だって居場所をくれた！　陛下が！）

「私のこと、見限らないで……」

（じゃないと居場所がない）

「価値がないなんて、言わないで」

でないと私は――――………。

「死んでも言うかよ、そんなこと」

シアリエのより一回り大きな手が、繊手を握りこんで力強く言う。

安心感を誘うような声には聞き覚えがあり、シアリエは固く閉じていた瞼を震わせた。その弾みで、目尻に溜まった涙が耳に向かって流れていく。

その涙を追うようにして、目元に優しい口付けが落ちた気がした。

「ん……」

眠りの海を彷徨《さまよ》っていた意識が緩やかに覚醒していき、シアリエは瞼を押しあげた。

ぼやけた視界が焦点を結ぶのに時間がかかる。ウロウロと目線を彷徨わせると、美しい男の容貌が眼前に広がった。アレスだ。

「目が覚めたか?」

子守歌のように優しく、気遣わしげな声だ。安心感が、とろりとシアリエに流れこんでくる。

「ここは……」

光源が青白い月明かりだけのため分かりづらいが、天蓋付きのベッドに寝かされているらしい。

薄暗さに目が慣れてくると、バルコニーに繋がる大きな窓を背に、アレスがベッド脇の椅子に腰かけてこちらを覗きこんでいるのが分かった。月明かりに照らされた彼のピアスが、神秘的に青白く輝く。

格子状の窓から見える満天の星は息を呑むほど美しく、夜空に豊かな運河を描いているのだが、今はアレスを彩るために周りに添えられているように見えた。

（すごく綺麗……）

アレスをモデルとした、幻想的な一枚の絵でも見せられているみたい。シアリエがそう思っていると、彼が口火を切る。

「湖のほとりでティータイムを取ったこと、覚えてるか？　お前、そのティーブレイク中に馬車の近くで倒れたんだよ。ここはパージスへの道中にあるブレン領の領主の家だ」

「領主様、の……」

熱によって靄《もや》のかかった思考を何とか働かせ、シアリエは頭の中にタイムスケジュールを思い浮かべる。元より今晩はブレンの領主宅に泊まる予定ではあった。確か到着時刻は夜の七時だったはず。では自分は、倒れて秘書業務を放りだしてから、少なくとも五時間以上眠っていたことになる。

しかも、移動中の馬車でもずっと！

（今晩お世話になる領主様へのご挨拶は？　明日の段取りの確認は？　ああ、そもそも領主様の館に着くまでの駅で疲れた馬を交代させる予定だったけれど、どうなったの？）

途端に疑問と焦りがごった返し、シアリエは蒼白《そうはく》な顔で起きあがった。いつの間にか解かれていたミルクティー色の髪を振り乱しながら。

「おい、無理に起きるな！」

けれど激しい目眩に襲われ、シアリエは再びベッドに沈む。叫んだアレスが背中に手を添えてくれたことと、フカフカの枕がクッションになってくれたお陰で衝撃は些細なものだったが、いきなり動いたせいで頭痛を抱えているのを思い出した。

「う……っ」

額を押さえて呻くと、水で冷やしたタオルがアレスによって当てられる。ベッド脇の椅子にかけた彼のそばには小机があり、そこに水の入った桶《おけ》が置かれていた。

（もしかして、陛下がここで私の看病を……？　それに、この立派な部屋は……）

王都よりも明るい星明かりが照らしだすのは、粋を集めた調度品の並ぶ客間だ。ここはシアリエが本来世話になる予定の部屋ではない気がした。だって豪華すぎる。

「シアリエ。お前が憂慮していることは全部キースリーとロロがやってくれたし、この部屋は領主が厚意で貸してくれたものだから何も気にするな」

シアリエの考えていることはお見通しなのだろう。アレスは事もなげに言った。

しかし、自分がしなければいけない仕事を同僚の二人が肩代わりしてくれたと知ったシアリエは、鉛を呑んだかのように気が重くなる。

（そんな……お二人もやらなきゃいけない仕事が山ほどあるのに、迷惑をかけてしまったなんて）

謝らなくてはいけない。シアリエは今度こそ慎重に身を起こす。

「陛下、大変ご迷惑をおかけしました。もう大丈夫です」

「無理するな。謝罪もいらねぇ。全然大丈夫じゃないだろ、お前。フラフラじゃねぇか」

「平気です」

「んなわけあるか」

アレスはシアリエの訴えを一刀両断した。

「王宮から連れてきた医師に診察させたが、過労と冷えによる風邪だと。疲れているところに突然王都と寒暖差のある地域に来たからだろうって……。俺がもっとお前を気にかけてればよかった。悪かったな。だから気にせず寝てろ」

「そんな、陛下がお謝りになることなんてありません……！」

シアリエは痛む頭を目いっぱい振って否定した。

「この風邪は、私が昨日窓を開けたまま眠ってしまったからです」

「窓を開けたままうたた寝するくらい疲れてたってことか？　お前、頼まれてもいないのに仕事を持ち帰っていたらしいな」

シアリエはベッドの上でギクリと固まる。つい柔らかい掛け布団を握りしめれば、その動きを切れ長の目で追ったアレスが続けた。

「シアリエが倒れてすぐに、ロロから聞いた。仕事を持ち帰るのを止めなかったから、お前が無理をしたんだろうって落ちこんでいたぞ」

「あぁ……陛下、ロロは悪くないんです。私がロロに持ち帰ってもいい書類はあるかって尋ねて、それで……」

彼を都合よく利用したのだ。勝手に過労で倒れたのはシアリエの責任なのだから、彼が思い悩む必要なんて一切ない。

シアリエが慌てふためいていると、アレスが口を開いた。

「元気になったらロロにそう言ってやれ」

「いいえ。ご迷惑をおかけしたことを今すぐ謝罪してきます。それに、もう十分休ませていただきました。仕事に戻ります……っ」

これ以上床に伏せっているわけにはいかない。正直まだ喋《しゃべ》ることさえ億劫《おっくう》なくらいしんどかったが、シアリエは切羽詰まった表情で掛け布団を捲《めく》った。

絨毯に両足をつけると、視線を走らせてブーツを探す。焦燥感が身を焼いているせいで熱いのか、発熱によって身体が燃えているように感じるのか、シアリエには判断がつかなかった。

（私のせいで、どれだけの予定が狂ったの？　どれだけの方が迷惑を被った……!?）

仕事で人に予定を狂わされることはあれど、自分が他人に迷惑をかけたことは今まで一度もなかった。初めての失態に、シアリエは顔色を失くす。目当てのブーツはベッドの足元にあったのですぐに見つかったけれど、動揺から片足を通すのに時間がかかった。

（まずキースリーさんとロロに謝って、それからすぐにでも仕事の遅れを取り戻さないと……！）

ブーツの紐《ひも》を編みあげる手が震えてもどかしい。

アレスはそんなシアリエの様子を見かねて唸った。

「誰も迷惑なんて思っちゃいねぇよ。……おい！　シアリエ、聞け！」

悔悟の念に駆られて周りの声が聞こえなくなっているシアリエの両肩を掴み、アレスは言った。

「それで、ちゃんと息も吸え」

「……っ、は……ふぅ……」

いつの間にか息が浅くなっていたらしい。シアリエの呼吸音が、広い部屋にヒューヒューと響く。アレスの大きな手が背中に回って、何度か労《いたわ》るように摩ってくれる。制服越しに伝わる彼の体温に安心感を誘われ、シアリエはベッドにかけたまま、乱れた息を整えた。

「……落ちついたか？」

「はい……。陛下……申し訳ありません」

　アレスからすれば、シアリエがここまで取り乱す理由がまるで分からないのだろう。しかし仕事こそがすべてのシアリエにとって、体調不良で迷惑をかけた失態は、万死に値するほどの重罪に感じられた。

「だから謝るなって。体調なんて誰でも崩す。そうだろ?」

　アレスから諭すように言われ、シアリエは口ごもる。下唇を噛んで黙りこむと、彼はため息まじりにアッシュグレーの髪を掻いた。その仕草が自分に対する呆れを露にしているように感じられ、シアリエは華奢な肩を縮こまらせる。

「熱があるんだ。しかもまだ高い。寝てなきゃいけないだろ?」

「……熱があっても、働けます」

　シアリエは頑なに主張した。

　死なない限りは働ける。前世で一度高熱により倒れた時も、病院で点滴を打ってもらいながら持ちこんだパソコンで仕事をこなしたことがあるくらいだ。看護師から大目玉を食らったが、正直そんなの気にならなかった。本当に全然気にならないのだ。同僚たちのリアクションに比べたら。

　前世のシアリエが職場で体調不良を訴えた時、彼らは目に見えて失望した。おそらく瞬時に、彼女が担当している仕事が自分たちに回ってくる可能性を考えたからだろう。だからシアリエは、病院で点滴だけ打ってもらってから職場にとんぼ返りして、仕事に励んだ。同僚たちに当てにできない奴だと見限られるのが怖かったから。自分の居場所は職場しかないのに、そこでまで存在意義を失くすのが恐ろしかった。

その恐怖に比べれば、風邪なんて何でもない。この世界に点滴はないけれど、働ける。だっても
う十分寝た。流行《はや》り病じゃあるまいし、風邪くらいで死ぬわけじゃない。そう、だから――……。

「馬鹿言うな」

アレスは雷鳴のように低い声で、ピシャリと一喝した。

「働くのが好きなのは分かった。だが俺は、お前に倒れるまで仕事をしてほしいとは思ってない」

「…………」

「どうして無理をしてまで働く？　社会の歯車を回すためか？　その心意気は素晴らしいがな、俺
がお前を秘書官に選んだのは、無茶をさせたかったからじゃない」

（どうしてって……。そんなの……）

シアリエは下唇を震わせる。アレスに世話を焼いてもらっているというのに、高熱でブヨブヨに
ふやけた思考は彼に対する恨み言を沢山生みだし、出口を求めて胸の中で渦巻いた。

「だって……無茶くらい、しなきゃ……居場所がないじゃないですか……」

（そうよ。無理をしないと、仕事も任せてもらえない。今日のティータイムみたいに）

大人びた顔をクシャリと歪め、シアリエは唸った。

「働かない私には、価値がないのに……っ」

「あ？　何言って……」

「陛下こそ！」

シアリエはますます腹が立ってきた。ただの八つ当たりだと分かっているが、一度口を開いてし
まったらもう止まらない。シアリエは恨みがましい目でアレスを睨みつける。

「陛下こそ……っ、どうして思う存分働かせてくださらないんですかっ？　働く場所を与えてくださったのは陛下なのに……陛下は……っ変です！　私のことを『自慢の秘書官だ』っておっしゃったり、仕事ぶりを褒めてくださる割には、私がサービス残業することも昼食を抜いて働くこともお叱りになる！　私が身を切って職場に貢献することを嫌がる！　私がそうすることで陛下は何も損をしないのに！」

感情的になりすぎているとシアリエは思った。普段の自分ならここまで感情をむきだしたりしないし、言葉だって選ぶ。だけど、熱がそうさせるのか、感情の起伏がコントロールできない。

（ああ、もう……っ最低。最悪だわ。誰がって、自分がよ。陛下に暴言を吐くなんて、それこそ自分の居場所を自分で失くしているようなものじゃない。私の馬鹿……っ）

片足だけブーツを履いた間抜けな自分の視界が、せり上がってきた涙でぼやけて揺れた。目頭が熱い。それなのに、足場が崩れていくような恐怖感に襲われて凍えそうだ。

シアリエの剣幕を呆然と見守っていたアレスは、我に返ると「落ちつけよ」と宥《なだ》めるように言う。が、とうとうアメジストの瞳からボロッと一粒涙を零したシアリエを見るなり狼狽《ろうばい》した。

「は……？　泣い……？　嘘だろ？　泣くなよ」

普段は大人びたシアリエが子供のように泣きだしたことに、アレスは泡を食う。しかし彼はすぐに持ち直し、シアリエを抱き寄せて背中を摩った。

「目、擦るなって。あー……泣くな泣くな。何で俺が無茶をするなって言ったか分かるか？」

「……それは……っ。それは……無茶して体調を崩して休まれると、迷惑だからですか……っ？　今みたいに……。でも私、大丈夫だから一刻も早く仕事に戻りますって言ってるのに……っ」

「違《ちげ》ぇよ」

アレスはシアリエの長い睫毛に引っかかった涙を指で拭いながら囁いた。

「頑張りすぎて心配になるから、無茶するなって言ってるんだ」

また一つ、熱を持ったシアリエの頬を白玉が滑り落ちる。彼の言葉の意味が上手く呑みこめず、シアリエはオウム返しした。

「心配になる……？」

（陛下が、私を？）

「ああ。社会の歯車を回そうと懸命に努力するシアリエは好きだが、お前の身体が心配だから無理はしないでほしいんだよ。欠員が出ると困るからじゃねぇ」

「そ……」

そんな。心配されるなんて、シアリエからはとても縁遠いことだ。だって、家族も元婚約者も、見向きもしてくれなかったから。ああでも、そういえばアレスは、以前にも定時で帰るように心配してくれたっけ。あの時は、『無理して体調を崩し、職場に欠員が出たら困るから心配』という意味だとシアリエは思いこんでいたけれど、彼は今、それを否定した。

シアリエが驚倒していると、頬を撫でてきたアレスが、

「こんなタイミングで言うつもりじゃなかったのに」

と小さくぼやいた。

「陛下？」

「いいか？　よく聞け、シアリエ」

アレスは改まった様子で囁く。

「男ってのは単純に、好きな女が無茶してたら、心配でたまらないんだよ」

アレスの好きなキャラメルティーよりも甘ったるい囁きは、シアリエの涙を引っこませる。驚きすぎて言葉が出てこないでいると、熱のこもった彼の瞳に射貫かれた。

月明かりに幻想的に照らされた青白い空間で、アレスの両眼が、ひどい熱を帯びている。彼の背後に広がる星の運河よりもずっと、アレスの瞳の方が美しく、吸いこまれそうだとシアリエは思った。

（今……何ておっしゃったの……？）

熱でふやけた頭が、アレスの言葉を必死に理解しようとする。けれど上手くいかなくて、シアリエは浜辺に打ち上げられた魚のように口をパクパクさせた。

「好きな女って……え……？」

「シアリエ」

アレスはシアリエの肩を抱く力を強めて言った。

「お前が頑張り屋なのは知ってる。俺は毎日それに助けられているからな。仕事への真摯な姿勢も好きだ。三年前、世の中が暗く沈んだ時でも社会の歯車を回そうとしてくれたお前に、俺は惚れた」

「な、にを……」

言っているのだ。彼は。

（陛下が私を好き？　嘘でしょう……そんなの。だって……私は……）

「覚えてないか？　フィンメル学園の中庭で、初めて話したこと。あの時、俺はお前に救われた。

あれからずっとシアリエのことが好きだ。だから、懸命に働こうとするお前の姿勢はもちろん好いてる。けど……」

アレスは泣いて赤くなったシアリエの目元を、親指で優しく撫でる。

「無理はするなよ。たった一回周りに心配をかけただけで泣くまで自分を追いつめるな。いつも誰より頑張っているシアリエに、俺も、皆も失望したりしねぇんだから」

なんて優しい声だろう、とシアリエは思った。前世も含めてここまで愛情に満ちた声をかけられたのは初めてで、彼の自分に対する感情が本物だと嫌でも分かる。

けれど――――……。

「お、お待ちください……っ。陛下……！」

シアリエは腕を突っ張ってアレスとの距離を取り、一瞬言い淀む。自らの弱さをさらけ出すのはひどく勇気がいった。彼の胸を押し返した手の震えが止まらない。

「私は、そんな、陛下に想《おも》っていただけるような人間じゃありません。私は、ただ……人に、褒められたくて……。両親からは興味を注がれず、元婚約者からは疎まれてきた自分が……仕事以外で見向きもされない自分が、社会に貢献していると思いたくて……努力してきただけなんです」

口に出すと、あまりの浅ましさから自己嫌悪に陥った。体調不良で血色の悪い唇は、自嘲を描く。

「だから、そんな浅ましい私が、陛下に想いを寄せていただく資格など……」

シアリエの視線が下がっていく。しかし、頭上から落ちてきたのは愛おしそうな笑声《えごえ》だった。

「お前、全然分かってないいな」

「へ……？」

「シアリエの抱えるトラウマは初めて知ったが、それを愛しいと思うことはあれど、浅ましいとは思わねぇよ。普段の仕事ぶりが、必死で社会に貢献したくて努力する姿なら、ひたむきで可愛いとさえ感じるな」

「……っ⁉」

アレスの手がシアリエの両頬を包みこみ、睫毛の数が分かるくらいの距離まで引き寄せる。今にも重なってしまいそうなくらい近い彼の唇は、柔らかい声で囁いた。

「それにシアリエが秘書課に入ってから仕事を頑張ったのは、本当に褒められたいからだけか？」

「え……？」

唇にかかった甘い吐息に気を取られていたシアリエは、質問を理解するのに一拍遅れる。

「キースリーの子供が熱を出した時にお茶くみを代わってやったり、小さい文字が読みづらい宰相のために黒板を用意したりする気遣いは、単に褒められたいという理由から来る行動じゃないだろ。俺の父が亡くなって世の中が暗く沈んでいる時に、経済を回そうと努力していたのもそうだ。人の役に立とうと動く姿勢。それはシアリエの、生まれ持った優しさだ」

「……っ」

「お前の家族も、あの愚かしい元婚約者も、それに気付かなかった。でも俺は違う。シアリエの優しさも、頑張りも、全部見てる。……お前が好きだから」

真剣なアレスの肩越しに、窓の向こうを彩る夜空から星が一つ流れていく。けれどシアリエが流星に気を取られている余裕はなかった。彼の整った顔が、視界を埋めつくしたからだ。

「……陛下、ん……っ」

発熱のせいで乾いた唇に、彼の熱がそっと触れる。口付けられたのだと気付いてようやく、アレスが離れていき、彼の後ろに星座の瞬く夜空が再び見えた。

「……いい子だから、今日はもう何も考えずに大人しく寝てろ。明日は仕事を休めよ」

椅子から立ちあがったアレスが、シアリエの細い髪をクシャリと撫でて背を向ける。ベッドを回りこんで部屋を出ていく彼に、もう無理をして仕事にすぐさま復帰したいとは言えなくなった。

震えの止まった指でそっと唇をなぞれば、そこに残っているのは淡雪が触れたように儚い感触。

「何、それ……」

熱が上がってきた気がするのは、アレスのせいだ。彼がキスをしたり、シアリエに告白をしてきたから。だから頬に熱が溜まって、胸は風船でも押しこまれたみたいにギュウギュウと苦しい。

（初めて、だった……。キスもそうだけど、初めて、ありのままの自分を受け入れてもらえた……）

先ほど熱に侵された頭はアレスへの恨み言を沢山生みだしたけれど、部屋に一人きりで取り残され冷静さを取り戻しつつある今は、彼が働くシアリエを肯定してくれているのだとよく理解できる。

アレスはシアリエが働くことを認めてくれたし、いつだって気にかけてくれる。無茶をするから止められるだけで、それも、シアリエの身を案じてくれているからだ。

（卒業パーティーで再会してからずっと、陛下は私の味方でいてくださったんだわ……）

そう思うと、泉が湧きだすように、胸の内から様々な感情が溢《あふ》れてくる。戸惑いと嬉しさ、喜び。

自分を見ていてくれた人がいる。そしてその人は、大切に想ってくれている。

（どうしよう……）

まさかアレスから好意を寄せられているなんて露ほども考えたことのなかったシアリエは、片足だけ履いていたブーツをノロノロと脱ぎ、ベッドに横になって枕に顔を埋《うず》める。働くことしか頭になかったけれど、自分はアレスのことをどう思っているのだろうか。

絶対に嫌いじゃない。むしろ……。

頼りになって、優しくて、格好いい人。時折子供っぽい一面が可愛らしくもある人。懐が広く、ちょっと過保護で、口うるさいけど愛情深い人。仕事を与えてくれた恩人。

人としてはとても好きだ。ただ、今日まで彼を恋愛対象として見てきたことがなかったので、そういった意味でも好きかと問われると分からない。のだけれど……。

他人に弱さをさらすことができたのは、アレスが初めてだった。そしてそれを、彼は温かい言葉で包みこんでくれた。

（……キス、嫌じゃなかった……。私……）

アレスに惹かれつつあるのかもしれない。そう自覚すると、シアリエはますます熱が上がってきた気がして、掛け布団を被りベッドの中で身悶《みもだ》えた。

第四章　社畜ですが好きな人ができました

翌日。無事に熱は下がったが、アレスに命じられた通り大事をとって秘書官の仕事は休みとなった。朝食後様子を見に来た医師に、「視察の同行は断念してここの館で留守番をしてはどうか」と提案されたが、断固拒否をする。

シアリエの意志が固いことを悟った医師は、頭を抱えた後で、

「では私と同じ馬車にご乗車ください。そこで一日休むように」

と渋々許可を出した。

「ありがとうございます！」

医師と同じ馬車ということは、アレスとは違う馬車だ。ちなみに今日はまだ、彼と口を利いていない。アレスは領主との打ち合わせで忙しく、シアリエに構う暇がないからだ。

本当ならシアリエも彼についてあくせく働いているはずなのだが、医師という見張りの下、安静にしている。昨日と違って仕事に対する焦りが薄いのは、アレスが自分の仕事に対する姿勢を褒めてくれた上で、体調不良のシアリエに『失望しない』と言ってくれたからだ。

(世界って、こんなに息がしやすかったかしら)

これまでずっと息がしづらいと思っていたのに、アレスから昨晩の言葉を貰っただけで、呼吸が

楽になったし世界がいつもより輝いて見える。それに嬉しかったのは、彼が決して、懸命に働いてきたこれまでのシアリエを否定しなかったことだ。

シアリエが不安定な足元に積みあげてきたものは仕事しかないから、それを否定されてしまうと苦しい。だが、彼は無茶したことに対して叱りはすれど、これまでの努力は認めてくれたし感謝もしてくれていた。それが、とても嬉しくて。

（人に認められるための手段じゃなくて、これからは心から、仕事を楽しめる気がしているの）

そう思うとアレスはシアリエにとって、恩人だし尊敬すべき人だ。

だけど、きっとそれだけじゃない。

だって彼が時折見せる子供っぽい仕草だとか、世話焼きな一面だとか、分かりにくい優しさに触れる度に、胸がキュンと高鳴って、甘酸っぱい気持ちになるのだ。

今までは、それがどういった感情から来るものか追及しようと思わなかったけれど――――……。

（うわぁぁぁぁぁっ）

考えると熱がぶり返しそうだ。しかし、ちゃんと悩まなくてはならない。アレスからの告白に対する返事を。

（よく考えて、私。キスされたのが嫌じゃなかったのも、陛下の一面を知る度に甘酸っぱい気持ちになるのも認めるわ。でも、ちゃんと現実的なことも考えなくちゃ……）

シアリエの頭に、懸念事項が浮かぶ。それは告白してきた相手が、一国の主ということだ。

もしシアリエが町娘で、アレスが商人の息子だったなら、お試しで付き合い、相性を確認した上で相手を本当に好きか判断するのも有りだろう。でもそうはいかないのだ。だってシアリエは子爵令嬢だし、相手は大国を統べる長。つまり……。

（陛下の告白をお受けするということは、いずれは王妃になるということ）

安易に返事ができることじゃない。仮に王妃になった場合、きっと今のように秘書官としては働けないだろう。せっかくアレスのお陰で、これからは心から仕事を楽しめる気がしていたのに、だ。

この問題は、働くことがアイデンティティであるシアリエにとって非常に悩ましかった。

（陛下のそばで王妃として微笑んでいるだけの私は、いまいち想像ができないのよね……。働いていない自分なんて……）

そしてもう一つの悩みの種は——。

「……。」

「そもそも、家格が違いすぎるのよ……。たかだか子爵令嬢が、陛下の妻に相応しいはずがないわ」

シアリエは蒼白になって呻いた。

父親に爵位こそあれど、シェーンロッドで制定された階級としては下級貴族。さらに、ロセッティは裕福な商家のため元々男爵位を買っていたが、国家功労者として父が子爵の位を賜ってまだ十年にも満たないときた。その娘であるシアリエが国王たるアレスと身分で釣り合っているとは、到底言い難い。

身分差のことを思うと、意気消沈してしまう。どうしたらいいのか分からない。

厄介なのは、『仕事を続けたいから、もしくは家柄が釣り合わないから告白を断る？』と心の中で自問すると、はっきりと答えられないことだ。それはつまり、アレスに少なからず惹かれているということで。

「今度は知恵熱が出そう……」

シアリエはうわ言のように呟く。すると長い時間馬車の前で百面相していたせいか、いつの間にか先に乗っていた医師が痺れを切らし、早く乗るよう促してきた。

前日に引き続き、今日も丸一日馬車での移動だ。パージスは遠い。けれどそのお陰で、医師と同乗した馬車での移動中、ずっと身体を休めることができシアリエは全快した。

けれど頭の中はアレスに告白されたことでいっぱいで、あれこれ思い悩んでは気分転換にパージスの市街地の地図を眺めることの繰り返し。その結果、穴が空くほど眺めて公道や建物の立地を頭に叩きこんだのは、仕事のうちに入らないと思いたいシアリエだった。

ともかく王宮を出発してから二日目の夜にパージスに着いたアレス一行は、その晩はパージス領の領主の館に泊まり、三日目の朝から領内の視察という運びになる。そしてシアリエの仕事復帰も同じ日となった。

悩んでいても、時間は無情に過ぎる。仕事復帰日はあっという間にやってきた。

「寒い……っ」

初めて訪れたパージスは北風が冷たく気温が低いため、病みあがりのシアリエは制服の上からネイビーの外套をしっかりと羽織って言った。足首まで隠れるローブのようなそれを身体にしっかりと巻きつけていないと、足元から冷えが伝わってくる。

もう風邪を引くのはごめんだと思いながらパージスの領主の館から出たシアリエは、門の前に集められた人や馬の間を縫って目的の人物を探す。

キョロキョロと視線を巡らせると、探していた人物――アレスの警護を担当する騎士と話しこむキースリーを見つけたため、駆け寄った。すると早速、違和感を覚える。

（あれ……？　今日は女装してらっしゃる）

キースリーは視察の際、女装しないと言っていたのに。

化粧もそうだが、暑がりなのか外套を羽織っていないので、服の着こなし方ですぐに分かった。

疑問が頭を掠めたものの口には出さずにいると、ちょうど騎士と話を終えたキースリーが足音に気付いて振り返る。その表情は兄が可愛がっている妹に対して向けるものに似ており、彼が怒っていないことを察したシアリエは、胸を撫でおろした。

「あら、無事復活したみたいね。シアリエ」

「キースリーさん、ご迷惑をおかけしました」

「うん、本当にご迷惑」

語尾にハートマークが付きそうな勢いでキースリーに言われてしまい、シアリエは項垂《うなだ》れる。シアリエのつむじを、彼は楽しそうに指で押して笑った。

「だから、もう無茶はしないでいつも元気でいなさいよ？　心配したんだから」

持ち帰って仕事をしていたことは、キースリーの耳にも入っているのだろう。おどけたような口調でたしなめられたシアリエは、深々と頭を下げる。

「はい。お仕事を増やしてしまい、すみません」

「その通りよ。一昨日はアンタの体調が悪いから、お茶くみを代わってやれって陛下に頼まれるし。

アンタの淹れてくれるお茶を、アタシも楽しみにしてたのに」

「へ」

「？　何よ」

不思議そうな顔をするキースリーに、シアリエは確認のため尋ねた。

「陛下がお茶くみをキースリーさんに頼んだのは、私の体調が悪いのを見抜いていたから……なんですか？」

「当ったり前でしょ！」

キースリーは食い気味に即答した。

「陛下、とっても心配なさってたんだから。じゃなきゃ、誰よりもアンタの淹れるお茶が好きな陛下が、アタシにお茶くみを頼んだりしないわよ。大方、交代したことで空いた時間に、シアリエの身体を少しでも休ませたかったんでしょうね」

「え……で、ですが、陛下はそんなこと、一言もおっしゃっていませんでしたよ？」

「それはアンタが体調不良を必死に隠してたから、言うに言えなかったんでしょ。一昨日のアンタ、誰が見てもひどい顔色だったもの。頼まれたアタシは、陛下の意図にすぐ気付いたわ」

「じゃ、じゃあ……」

（陛下は、私のために……？）

アレスが早めのティータイムを提案したのは、美しい景色を楽しみながら茶が飲みたかったからだとばかり思っていたけれど――そうではないと、キースリーの話を聞いた今なら分かる。

アレスはシアリエが体調不良で馬車酔いしていると気付いたから、休憩を取らせようとしたのだ。

しかもシアリエが気に病まないよう、ティータイムを取るという口実を用意して。

そしてシアリエを休ませるため、キースリーにお茶くみを代わるよう命じた。

それなのに一昨日のシアリエときたら、自分の仕事ぶりが不十分だから仕事を取りあげられたのだと早とちりして焦っていたわけだ。何という勘違い。穴があったら入りたい。

(本当に……陛下って、私のことを好いてくださってるんだ……)

いつだってシアリエのことを気にかけ、心配してくれている。ようやくアレスの真意を理解したシアリエは、顔を赤らめながら両手で口元を覆った。

(どうしよう……。嬉しい……)

アレスは告白してくれた際に、シアリエの『頑張りや優しさ』も全部見ていると言ってくれていたが、それには『弱ったところ』も含まれていたのか。

(全部って、言ってらしたもの……。それはそうよね。ああ、でも、その優しさがすごく嬉しくて、こんなにも心が温かくなる理由はきっと……)

シアリエがアレスへの恋心を認めかけたところで、キースリーは大仰に肩を竦《すく》めると、腰に手を当てて言った。

「まさかアンタが陛下のお気遣いに気付いてなかったなんて……仕事以外では本当に鈍いんだから。大切にされてるって自覚持ちなさいよ！　陛下が気の毒だわ」

「たい……っせつ……というか、気にかけていただいている自覚はありました、よ？」

毎日定時になったら寮まで送ってくれたり、昼食を共に取ったり。特別扱いされている覚えはあった。けれどそれは、アレスが世話焼きで、自分の仕事ぶりに期待を寄せてくれているからだと解釈していたのだ。告白されてから彼の行動を顧みれば、自分への好意がとても明け透けであるというのに。シアリエは顔から火が出そうだと思った。

（でも、それは私が当事者だからそう思うだけで、キースリーさんには大切な部下を可愛がっている様子にしか見えてないはず……まさか私が陛下から想いを寄せられているとは気付いてないわよね？　ね？）

「陛下には、改めてお礼を申し上げておきます……」

告白されてから、まともに顔を見ていないけれど。シアリエがモゴモゴと言うと、キースリーは「そうしなさい」と勧めてきた。

「シアリエが倒れた時、陛下ってば、とっても心配してお姫様抱っこをしたまま医師の元に行かれたんだからね」

「ええ……っ？」

初耳だ。アレスに抱きかかえられて医師に診《み》せられる自分の姿を想像し、シアリエはリンゴのように真っ赤になった。深々と染まった頬を押さえていると、腰の辺りにドンッと衝撃が走ってよろめく。正体は走り寄ってシアリエに抱きついたロロだった。

「シアッ！」

「ロロ……!?」

「心配した。もう大丈夫？　ごめんね、僕が仕事の持ち帰りを止めていれば……」

ロロがこんなに捲《まく》し立てるように話す姿は、初めて目にする。シアリエは後ろから抱きつかれたまま、眉を下げて言った。

「私が勝手にロロを利用したんです。謝るべきは私ですから、どうか気に病まないで」

「シア……」

「ごめんなさい。ロロ、心配してくれてとっても嬉しいです」

よかった。ロロにもキースリーにも無事謝ることができたし、気まずい空気にもならなかった。

ホッとしたシアリエは、そろそろ抱きしめてきたロロから離れようと身じろぎする。しかし彼の手をはがそうとしたところで――まるで稲妻が空を縦に割るがごとく、大きな咳払いがほのぼのとした空気を裂いた。

「お前らは本当に仲がいいなぁ。なあ？　シアリエ」

棘のある声が、シアリエの背後からかかる。低くて色気のあるそれには嫌というほど聞き覚えがあるのだが、今日は胸の高鳴りまで覚えてしまい、シアリエは服の上からそこを押さえた。

「へ、陛下……」

アレスの逞しい腕によって、シアリエはロロの腕からさらわれる。そして流れるように、今度はアレスに背中から抱きこまれた。

（待って、この体勢は何⁉　わ、私、まだ陛下と接する心の準備ができてないのに……！）

慌てふためくこちらの心情をひとさじも汲みとってくれないアレスは、これ見よがしにシアリエのつむじに頬を寄せて言う。

「キースリー、ロロ。シアリエは俺の大切な女だから、適切な距離感を保てよ」

「んな……っ」

（今、この方……キースリーさんたちの前で『大切』っておっしゃったの……⁉）

大切にされていることを態度で示されるのと、公言されるのは大違いだ。シアリエは顔どころか外套で隠れた首元まで真っ赤に染めながら抗議する。

「へ、陛下！　なんてことをおっしゃるのですか！」

「何だよ。事実だろ？　俺はお前のことが好きなんだし」

（ちょっと……隠しもしないんです⁉）

シアリエに想いを打ち明けたアレスは、開き直ったかのごとくシアリエへの好意を周囲にひけらかす。しかもシアリエにまで「おい、返事は待ってやるからいつも通りに接しろよ。避けたら追いかけて一日中俺の膝の上に座らせるからな」と横暴なことを宣《のたま》った。

（な……っ。そりゃ、待っててくださるのはありがたいですけど……っ）

自分はアレスのことをどう思っているのか、返事をどうすべきか悩んでいたシアリエにとって、猶予が与えられたのは正直助かる。けれど今はそれより、キースリーとロロの反応が気になった。

チラリと二人の様子を窺えば、キースリーはお腹いっぱいと言わんばかりに呟く。

「あー、ハイハイ。ご馳走様《ちそうさま》です、陛下」

「シア。陛下に好かれて大変だね」

そう言ったロロからは、同情的な目を向けられる。シアリエは同僚たちが驚いていないことに泡を食った。

「え、え……⁉　お二人とも、ご存知だったんですか？」

私が陛下に好かれていたことを！　とシアリエが続ける前に、キースリーとロロは「当然」と涼しい顔で答える。シアリエは顔から火が出そうだと思った。

「見てたら分かるよ。会話から察するに、陛下に告白されて、返事はまだってとこでしょ」

「そうだ、ロロ。返事はまだでもシアリエは俺のなんだから、さっき言ったことは守れよ」

ロロに対して再度『適切な距離感を保てよ』という注意喚起をしたアレスに、シアリエは弱り果てて呟く。

「俺のって……私の意思は……？　おかしいです……。陛下が名君ではなく暴君に見える……」

「恋は人を変えるからなぁ」

「も、もう勘弁してください……！　仕事になりません！」

「ん？　仕事は好きなんだろ。しっかり取り組めよ」

シアリエのミルクティー色の髪を撫でて、アレスは悪戯っぽく笑う。恥ずかしくて今すぐこの場から逃げだしたいくらいなのに、彼の仕草に胸がキュンとしてしまい、シアリエは唇を引き結んだ。

「～……っやりますよ。仕事は！」

（どうしよう、私……）

アレスにここまで振り回されているにもかかわらず、嫌じゃない。だって彼に愛されていると全力で表現されるのは、恥ずかしいと同時に胸が温かくもなるから。その事実を痛いほど突きつけられ、シアリエは参ってしまう。

（告白を、受け入れてもいいのかしら……。ああ、でも、そうしたら身分差の問題は？　仕事のことは？　もう、どうすれば……）

生真面目なシアリエは、ひたすら逡巡《しゅんじゅん》を繰り返すのだった。

領主の館の門前でのやりとりがあった後、アレス一行は馬車と馬を利用してパージスの市街地に向かう。街の入口で馬車を降りてからは馬だけ手綱で引いての徒歩移動となったが、道の端には除《の》けられた雪がわずかに残っていた。

（寒い上に日当たりが悪いから、余計に雪が残ってるのね）

しかし鉛色の空の下に広がる市街地は、シアリエが想像していたよりもずっと活気があった。

様々な国の移民で構成された地区は二十にわたり、それぞれの区で建物の意匠が違う。オリエンタル調を彷彿とさせる瓦屋根の通りもあれば、幾何学模様のガラス窓が印象的な建築物の並ぶ通りもあり、見ていて飽きない。

（これが移民地区……ヨーロッパ風の建物が多いシェーンロッド内とは思えない……。違う地区に足を踏み入れる度に、まるで別の国に来たみたいな感覚ね）

王都のような華やかさや優美さこそないが、様々な国の文化が際立つ通りはとにかく派手だ。どの地区も飲食店が多く、立ち並ぶ露店からは食欲をそそる匂いがする。

呼びこみの声が大きいのも特徴の一つだろうか。あと、人々の距離がとても近い。それに寒冷な地域ゆえか、道を行く人々は昼間から度数の高い酒を呷《あお》っていた。

（もっと閑散として寂しい街を想像してた……）

パージスの領主に先導されながら歩く街は、様々な言語が行き交いとても賑やかだ。が、現在それとは別に気になることが一つ。

「陛下と領主様のお隣にいらっしゃるのは、領主様のお嬢様ですか？」

シアリエが隣を歩くキースリーに耳打ちすると、彼は苦虫を噛み潰したような顔で言った。

「イレーヌ嬢でしょ？　そうよ。田舎のお嬢様って、男に飢えてるのね。アンタは体調不良で寝てたから知らないだろうけど、昨日はアタシらが領主様の館に着くなり独身の男たちに色目を使ってきて、もー大変だったんだから。しつこいのなんのって！」

キースリーも田舎のお嬢様にアタックされた一人なのだろう。視察中にもかかわらず女装しているのは、イレーヌ避《よ》けということかと、シアリエは彼の格好に得心がいった。

カナリアのような笑い声が聞こえてきたのでそちらを見やれば、アレスに笑いかけるイレーヌの姿が目に入る。豊かな赤髪を揺らして笑う彼女の隣で彼はニコリともしていなかったものの、美男美女の絵になる姿を見せられては、モヤッとした感情がシアリエの胸の内で蜘蛛《くも》の巣を張った。

シアリエが険しい顔をする隣で、キースリーはしつこく迫られたのがよほど不快だったのか、イレーヌに対して辛辣なコメントを浴びせる。

「今日は陛下に色目を使ってるみたいだけど、夢見がちなお馬鹿さんよね。上級貴族ならともかく、爵位のない領主の娘じゃ、望みはないっていうのに……あ」

話している途中で、シアリエが下級貴族であることを思い出したのだろう。キースリーが気まずそうな顔をしたため、シアリエは居心地が悪くなった。

「ああっ。でも、シアリエは違うわよ？　アンタは何たって、陛下から想いを寄せられてるんだから。……っちょっとー？　シアリエ、考えこむのやめなさいー？　アタシがいらないこと言っただけだから！」

キースリーに眼前で手のひらをヒラヒラと振られるものの、シアリエは暗い顔で思案に耽《ふけ》る。

(やっぱり、第三者の目から見ても、陛下と結ばれるには身分差の問題があるわよね……)

シアリエがアレスを恋愛対象として意識するようになったとしても、身分の差は埋まらない。

自覚していたことだが、改めて客観的な事実を突きつけられると、胸が針で刺されたみたいにチクリとする。彼は身分差について、どう考えているのだろうとシアリエは思った。

これまで浮いた噂のないアレスだから、子爵令嬢が相手でも妃や世継ぎを望む国の重鎮たちからは歓迎される可能性もある。が、当然格式を重んじる貴族からは反対される心配も大きい。

とにかく、アレスに好意を寄せられるのは、どこぞの貴族の末の公子や平民に告白されるのとは訳が違う。

(キースリーさんの発言で冷静になれたわ。告白の返事を悩むまでもない。私は陛下に不釣り合いだもの。なのに、陛下の言動に胸をときめかせたりして……夢見がちなのはイレーヌ嬢ではなく私の方ね)

そう思うと、恥ずかしくて居たたまれなくなるシアリエだった。


午後からは領主やイレーヌと別れ、騎士団を護衛につけて各地区を自由に見て回るアレス。彼は多くの人にここでの暮らしについて聞きたいようで、店を営む人や手を繋いで道を歩く親子に次々声をかけていく。

そんなアレスの横にはロロがピッタリとくっつき、通訳業務をまっとうしていた。

シアリエとキースリーは補助の役割のため、彼らから多くの護衛を挟んで後方に控えている。街を歩いていた時はキッチリ列を形成していたが、広場に着くとアレスが移民に囲まれて歓談を始めたため、警護は騎士団に任せ二人は邪魔にならないよう、さらに遠くから見守ることになった。

身分差をまざまざと思い知らされて落ちこむ気持ちはそのままだが、シアリエは切り替えようとする。今は仕事中だ。そっちに集中しなくては、と必死に言い聞かせて。

「シアリエ、午前中の件なんだけど」

「退屈ですね。通訳業務じゃロロには敵いませんし」

シアリエは身分差についての話を蒸し返そうとするキースリーを遮って、移民と話すアレスとロロを遠巻きに眺めながら言った。

パージスには色々な国からやってきた移民がいるので、アレスが彼らに街や政治について尋ねる度、ロロは相手の母国語に訳して伝え、さらに受けとった返事をアレスに通訳している。幸いなことにその様子を見ているだけで、無理やり意識を持っていかなくても仕事人間のシアリエは夢中になった。アレスの隣に立って仕事をするロロを羨ましく思う。

(ロロって……実はとってもすごい人なのね。いいなぁ。私もあんな風に陛下の通訳を担当してみたい)

王宮の秘書課にいる時はどうしても変わり者の印象が強く、今一つロロのすごさが伝わってこないのだが、ひとたび外に出ると彼の能力は異彩を放つ。

どの移民に会ってもスラスラと相手の国の言葉で会話を交わすロロに感心しつつも、自分も通訳業務でだってアレスの役に立てればいいのに、と思う。シアリエも語学には自信があるが、やはりエキスパートのロロには敵わない。通常の秘書業務だけでなく、こちらももっと勉強しなくては、と彼に刺激を受けつつ、シアリエは自身の変化を噛みしめていた。

(ああ、やっぱり。今までは仕事で役に立って誰かに認められたいって気持ちの方が大きかったけど、今は純粋に仕事に対する意欲を感じる……。仕事が楽しいって……)

そしてそれは、間違いなくアレスのお陰だ。

(陛下との身分差を突きつけられて胸が痛んだり、働いてもいたいと感じたり……結局のところ、私はどうしたいのかしら)

ロロと話しこむアレスに、つい視線がいく。領主の館の前ではシアリエに甘言を囁いていた彼も、今は君主の顔をしている。その顔が、シアリエはとても好きだ。けれど、仕事をしている時以外の、自分にだけ向けてくれる甘い表情を知ってしまった今は……。

(私に向けてくださる、優しい表情の方が好き。身分差のことを考えれば告白をお断りした方がいいのは分かっているけれど、そうなったらもう柔らかい表情を見せてくれることはなくなるのかしら。それは苦しい……って、いい加減にしなきゃ。今は仕事中よ！　業務に集中しなさい、シアリエ！)

どうにも恋愛脳になりすぎている。このままでは仕事に支障をきたすレベルだ。

シアリエが自身の頬を叩いて気を引き締めると、十歩ほど前に立つ護衛たちの声が耳に入った。

「以前視察に来た時より、浮浪児の数が多い。……治安がより悪くなっているみたいだな」

(そういえば……)

広場から見渡すとよく分かるのだが、表の通りは活気があっても、薄暗い路地に入ると暗がりからいくつもの目玉が光ってこちらを覗いている。シアリエが目を凝らして見れば、汚れた服を着た子供たちだった。痩せぎすな彼らの曇った目は、街を映す鏡だ。

「不法移民が増えているのかしら……？」

職を求めて不法入国してきた移民が、仕事にありつけず子供を養うことができていないのでは。

シアリエがそう考えていると、ふと目の前を人影が過った。次いで、隣に立っていたキースリーが呻く。

「きゃあっ！　いったいわね！」

どうやら通行人にぶつかられたらしい。彼が野太い声で非難すると、ぶつかった男はキースリーを女性だと勘違いしていたのか、ぎょっとしつつもそそくさと去っていく。

「キースリーさん、大丈夫ですか？」

埃《ほこり》を払うキースリーにシアリエが声をかける。同時に『妙だわ』と思った。シアリエたちは邪魔にならないよう広場の端に避けていたからだ。なのに、ぶつかられるなんて。

それに、キースリーの姿にも違和感を覚える。いつもと同じ服装だし、丈もヒールも一緒なのに何かが足りない気がするのだ。

(今日のキースリーさんの見た目は、王宮で目にする時と同じく、まるでか弱い女性だけど……もしかして)

シアリエはハッとしてキースリーに問うた。

「キースリーさん、何か盗《と》られたものはありませんか？　財布とか……あ、懐中時計は？」

「え？　……っあ！　ない！　アイツ、スリだったの⁉」

キースリーは制服のベルトループからチェーンで吊りさげていた、金の懐中時計を探す。けれどベルトループには鋭利な刃物で切られた跡があり、懐中時計はなくなっていた。

「……っバロッド騎士団長、スリです！　向こうの地区に向かって逃げました！」

シアリエが叫ぶや否や、バロッド騎士団長の指示に従って部下の騎士たちが馬に跨《また》り、逃げた男の行方を追う。キースリーはアレスに走り寄り、深く頭を下げて謝罪した。

「申し訳ありません、陛下……!!」

「それよりも、怪我はないのか？　キースリー」

アレスはキースリーを頭のてっぺんから爪先まで観察して尋ねた。キースリーは首を縦に振る。

「はい。シアリエ、気付いてくれてありがとう！」

「私は何も。それより……」

王宮に勤める官吏にのみ与えられた金の懐中時計は、売れば高い金になる。そしてあれは前世のシアリエの感覚で言うと、社員証に等しいくらい重要なものだ。いわば、王宮勤めの官吏であることを証明する身分証。それがもしよからぬ者の手に渡って、官吏と偽り王宮に侵入されたら……と考えると、ぞっとする。

何より……。

「陛下の御前で盗みを働くなんて……っ」

シアリエは憤慨して唸った。

「残念だろうが、盗まれたものは戻ってこないだろうな」

「パージスでは最近、盗みが横行してるから……。あんなの日常茶飯事だよ」

居合わせた移民たちから、拙いシェーンロッド語でそんな声が上がる。

（戻ってこないなんて、そんな……あの懐中時計はとても大事なものなのに……）

治安が悪いというのは本当だった。シアリエは意気消沈するキースリーに同情しながら、昨日頭に叩きこんだパージスの地図を思い浮かべる。

放射状に道の広がる王都とは違い、大通りから少し逸れれば細い路地が入り組んでいるのがパージスの移民地区の特徴だ。つまり、盗人が逃げやすい地形である。

キースリーにぶつかった男がスリだと気付くのに時間がかかったため、騎士たちが追いかけだすのは遅かった。王宮の騎士たちが馬を使っていても、細い路地に入られては、地の利は盗人の方にある。

（もし騎士の方々が犯人を見失ってしまったら……。盗人が逃げこみそうな場所は……あそこね）

頭の中で何通りもの逃走ルートを考えたシアリエは、最も人目につかないルートを弾きだすなり、アレスに進言した。

「陛下。目の前で盗みを働かれ、しかも犯人を取り逃がしたとなっては、陛下の威厳に傷がつきます」

「……言われなくても分かってる。何が何でも犯人は捕まえる」

アレスは厳しい表情で言った。

「はい。ですが、ここで陛下が狼狽えるのも、民の心証を下げてしまうかと。どうか陛下はバロッド騎士団長や警護の騎士の方々と一緒に、そのまま泰然としてお待ちください」

「……おい、シアリエ。お前何かする気じゃないだろうな」

嫌な予感がしたのか、アレスは勘ぐるように言う。シアリエはニッコリと答えた。

「スリを捕まえるために要する時間が十五分として、その分の遅れは晩餐会《ばんさんかい》の開始時間の変更と短縮で何とか帳尻を合わせましょう。それでは、少しばかり失礼いたします」

そう言うなり、シアリエは回れ右をして駆けだした。

「は……？　シアリエ⁉　どこに行く気だ！」

走りだした背中に、アレスの声がかかる。シアリエは足を止めずに叫んだ。

「陛下はどうかそのまま！　私はスリを挟みうちにします！」

（盗人が利用する逃走ルートを読んで、そこに先回りして待ち伏せてやるわ）

本当は騎士を一人か二人拝借して連れていきたいところだが、パージスの治安が悪いと再確認した今、アレスからこれ以上騎士を離すわけにはいかない。もしかしたらスリに見せかけ、捕まえるために騎士を遣わせてアレスの警備が手薄になったところを襲撃しようと目論《もくろ》む不埒《ふらち》な輩《やから》がいるかもしれないからだ。

その可能性が捨てきれないので、シアリエは一人でスリを挟みうちにすることにした。

（大丈夫。私以外にも、騎士様がすでに二人、犯人を追いかけているもの）

自分は彼らが追いつくまでの時間稼ぎをすればいいのだ。

そう思いながら人ごみを掻き分け、シアリエは隣の地区へと移動する。すえた匂いのする路地を通り抜け、曲がり角を曲がると――……。

「いた……！」

キースリーの懐中時計を盗んだ犯人が、ちょうど別の道からシアリエの待つ路地に入ってきたところだった。

「……っお前、さっきのオカマと一緒にいた女か……！」

片言だが、どうやら盗人はシェーンロッド語が話せるらしい。襟回りの伸びたワイシャツを着た中年の男は、胸元にシェーンロッドの紋章が入った外套を翻すシアリエを一瞥し、目を見開く。ちょうどそのタイミングで蹄《ひづめ》の音が響き、元から犯人を追っていた騎士が追いついた。

(よかった。さすが騎士団。思ったより早く追いついてくれた)

「シアリエ殿⁉　どうしてここに――――まさか足止めをしてくださったのですか？」

馬上の騎士は、シアリエがいることに驚いた様子で叫んだ。

盗人は騎士たちを振り返って呻く。前にはシアリエ、後ろには騎士。盗人に逃げ場はない。

シアリエは眦を吊りあげて叫んだ。

「懐中時計を返してください！」

「っくそ……！」

男は懐からナイフを取りだすと、鞘《さや》を抜いてシアリエに向けた。薄暗い路地にわずかに差しこんだ陽光が、宙を舞う埃と一緒に銀色の刃物を煌めかせる。懐中時計を取り戻すことばかり考えていたシアリエは、たちまち冷や水を浴びせられた気分になった。喉が縮こまり、ヒュッと音が鳴る。

「っ近付くな！　近付いたらこの女を殺す！」

馬から下り、抜剣しようと柄《つか》に手をかけた騎士たちに向かって、盗人が吠《ほ》える。男はシアリエにできた隙を見逃さず、喉元にナイフの切っ先を押し当ててきた。

「卑怯《ひきょう》だぞ！　シアリエ殿から離れろ！」

騎士の一人が叫ぶ。しかし盗人はシアリエにナイフを突きつけたまま、羽交い絞めにして背後に回りこんだ。そのままシアリエを人質に取り、騎士たちから一歩後退する。

(せっかく挟みうちが成功したのに、このままでは逃げられてしまうわ……!)

「……っ」

盗人の視線が騎士たちに向いているタイミングを見計らったシアリエは、意を決して男の腕に噛みついた。血が滲むほど勢いよく噛んでやると、低く呻いた盗人の腕の力が緩む。

シアリエはその隙をついて逃げだそうとしたが、今度はミルクティー色の長い髪をギュッと乱暴に引っ張られた。頭皮が焼けるような痛みを発したのも束《つか》の間、そのまま地面に引き倒されてしまう。

駆け寄ってくる騎士たちが見えるものの、こちらまではまだ距離がある。眼前の盗人は激昂《げきこう》した様子でシアリエに向かい、ナイフを振りあげた。

「テメェ……っ‼　余計な真似《まね》しやがって……‼」

(あ、ダメ――――……)

鼻先が冷え、シアリエの全身から血の気が失《う》せていく。金縛りにあったみたいに動けないでいると、眼前の男がナイフを振りおろすのが、スローモーションのように見えた。

「――――……っ」

刺されるのを覚悟し、シアリエは固く目を瞑《つむ》る。しかしナイフの切っ先がシアリエに触れる前に、背後から石畳を蹴る力強い足音が聞こえてきた。

(……っえ……?)

驚いてシアリエが薄目を開けた瞬間、何者かの逞しい腕が腰に回る。床に座りこんだシアリエは、そのままものすごい力で引き寄せられ、立ちあがらされた。それから視界の端に見えたのは、振りあげられた長い足。

（陛下の、ブーツ……!?）

シアリエが認識した時、アレスの長い足は弾丸のような速さで、盗人を蹴り倒していた。犯人の側頭からゴッと鈍い音がして、濁った呻き声が路地裏に響く。

白目をむいてピクピクと痙攣《けいれん》する盗人は、そのまま地面に倒れこんだ。男の手から滑り落ちたナイフが、カランッと音を立てて石畳を転がる。

「嘘……」

あっという間の出来事だった。脳の処理が追いつかず、シアリエが目を白黒させていると、今度は馬の蹄と複数人の足音が聞こえてくる。背後に首を巡らせれば、ちょうどバロッドたちが駆けつけたところだった。

葦毛《あしげ》の馬から下りたバロッドは、アレスとシアリエに駆け寄る。

「陛下！　ご無事ですか？　シアリエも……！」

細い路地裏の先に見える大通りに目を凝らせば、アレスが乗ってきただろう背の高い白馬が、前足で地面を蹴っていた。どうやら彼は、シアリエと別れた後に馬に乗って追いかけてきてくれたらしい。シアリエが使った道は馬や馬車が通れないところもあったので、迂回《うかい》を強いられただろうが。

「おい」

腰に下げていた剣を鞘から逆手で抜いたアレスは、盗人に向かって底冷えのするような声で唸った。

「俺の大事な女に何をしている？」

アレスの持つ剣の切っ先は、男の喉笛に突きつけられている。もう一方の手は後ろからシアリエをしっかり抱きしめていた。

「答えろ」

「陛下……あの、気絶してるみたいです」

アレスの蹴りがよっぽど効いたのだろう。白目をむいたまま大の字で倒れている盗人を見つつ、シアリエが言う。

「……捕縛しろ」

アレスが嘆息まじりに短く命じると、騎士たちは腰に携帯していた縄で盗人を縛りあげる。

(あ、スリが連行される前に、キースリーさんの懐中時計を回収しないと……)

シアリエがアレスの腕の中で身じろぎすると、彼は不機嫌そうに抱く力を強めてきた。

「おい、今度はどこに行くつもりだ」

「懐中時計を取り戻そうかと。あの、陛下……？　追いかけてきてくださったんですよね？　助けてくださり、ありがとうございま……」

アレスがいなければ、今頃生きていなかったかもしれない。シアリエは真心を込めて感謝の気持ちを述べようとしたが――……。

「何してるんだ！　この馬鹿‼」

耳が劈かれるほどの大きな怒声を浴びせられ、飛びあがってしまった。これまでにも散々叱られたことはあるけれど、一番大きな声だったと思う。口から心臓が出そうなくらいドキドキしつつ、シアリエは頭を下げた。

「か、勝手なことをして申し訳ありません。何としても懐中時計を取り返さないと、と思いまして」

「シアリエにしては軽挙妄動だったな」

バロッドにまでたしなめるように言われ、シアリエは肩を落とす。

「自分でも浅はかな行動だったと反省しております。ですが……衝動を抑えきれなくて」

「衝動？」

アレスが片眉を吊りあげる。シアリエが彼の腕をトントン、と控えめに叩くと、アレスは不服そうな表情を浮かべたまま抱擁を解いた。シアリエは振り返って、彼のルビーの瞳を真っすぐに見上げる。

「はい。私にとって懐中時計は、陛下より賜った信頼の証なんです。まあ、直接いただいたわけではなく、官吏として王宮に上がる際に支給されたものですけど……。数多くの民の中から陛下の下で働くことを許可された証明書といいますか、とにかく、とても特別で大切なものなんです。だから、それを奪われたキースリーさんは悲しいだろうなって……。もし奪われたのが自分だったら、たまらないなって考えると……じっとしていられませんでした」

そのせいで危険な目に遭い、君主たるアレスに助けてもらったのは失態でしかないのだけれど。

「だとしても、どうして一人で追いかけたのだ？」

バロッドは依然として険しい顔つきで尋ねた。

「非常に危険で愚かしい行為だ。シアリエ、危ないとは思わなかったのかね」

「それは……」

「一人で追いかけた理由はまあ分かる。俺の身を案じたんだろ」

口を挟んだアレスにズバリ言い当てられて、図星のシアリエは口ごもる。

「バロッド、盗人を連れていけ。懐中時計は回収してキースリーに渡してやれ」

「承知しました、が……」

「……行けよ。シアリエには俺から説教しておくから」

まだ何か言いたそうなバロッドを手で追い払い、アレスが言う。彼の発言に気が重くなりつつも、怒られても仕方ない無茶をしたのは自分自身のため、シアリエは深く反省した。

表の通りに出ていく騎士たちの後ろ姿を眺めながらアレスからの説教を待っていると、二人になった路地裏で、彼はおもむろにシアリエへと手を伸ばしてくる。

ああ、頭を叩かれるくらいはするかもしれない。身を硬くするシアリエだったが、アレスの手はガラス細工を扱うような優しさで髪を撫でてきた。

「ありがとな。キースリーの懐中時計を取り返してくれて」

眠りにつく子供に語りかけるみたいに優しい声だ。思ってもみなかった穏やかな口調と言葉に、シアリエはつい間抜けな表情を浮かべてしまった。

「……お叱りを受けるかと」

「心配しなくても、今からたっぷり叱ってやる」

(ですよね)

苦い顔をするシアリエの項に手を回したアレスは、そっと力を込めて引き寄せる。そのせいで、シアリエは彼の厚い胸板に頬をペタリと寄せることになった。

「陛下、あの」

（これってやっぱり、説教になってないですよね？）

そう突っこみそうになるシアリエの耳に、アレスの囁きが落ちた。

「……あんまり無茶はするな。あと、可愛いことも言うな」

「可愛い、こと？　ですか？」

何も言った覚えがない。頭に疑問符を浮かべていると、アレスが、

「懐中時計は、俺からの信頼の証ってやつ」

と教えてくれた。

「そんなこと言われたら、俺はお前のことが好きなんだから、抑えが利かなくなるだろ」

（えええ？　そんなことで……!?）

アレスのツボがいまいち分からない。シアリエは困惑の色を強くした。

（それに、陛下は何度も好きって言ってくださるけど……私は……）

シアリエの脳裏に、先ほどのキースリーとの会話が甦《よみがえ》る。それから、自己実現のためだけでなく、純粋に働くことを楽しいと思いはじめている自分の気持ちも。

「その、それなんですが……陛下は私を好きとおっしゃいますが、私は子爵家の人間ですよ？」

「それがどうした？」

「み、身分差があります！」

「……ふうん」

アレスがあまりにも興味のなさそうな返事を寄越したので、シアリエは少しムッとしてしまう。

（ふうんって……私はそれに、落ちこんだりしたのに）

シアリエはアレスの胸に両手をつき、少し上体をのけ反らせて言った。

「それに私は……仕事中毒ですし」

シアリエは根本的に働くことが好きだ。むしろ働いていないと気が休まらないタイプなので、もし彼がニコニコとお行儀よく微笑んでいるお妃様を所望しているなら、期待に応えられそうにない。

（それに、働いていれば確実に、身分を気にすることなく陛下のそばにいられるわ）

正直大好きな仕事を続けて、アレスのそばにいられるのは魅力的だ。ただし……。

そばにはいられても、隣にはいられないから、きっといつかアレスの隣には美しく身分の高い方が妃として収まる。そうなった時、自分は平気だろうか。これまでは仕事さえ順風満帆なら、充足感を味わえると思っていたけれど……。

（ダメでしょうね。さっきは私に向けてくれる優しい表情が見られなくなることを想像しただけで、苦しかったもの）

アレスの隣に自分以外の女性が寄り添うことを想像すると、切りつけられたみたいに胸が痛む。

（ああ、認めよう。私、陛下のことが好きなんだわ。惹かれかけているなんて可愛らしい気持ちじゃなくて、イレーヌ嬢に嫉妬するくらい、陛下に恋い焦がれてる）

身分差を気にする生真面目さや社畜気質という、自分の難儀な性格を思い知っているから自覚したくはなかったけれど。

シアリエは深刻そうな表情でアレスを見上げる。しかし彼は整った眉をギュッと寄せ、機嫌の悪い肉食獣のような雰囲気を醸しだし――――挙句、嘆息した。

プイッとそっぽを向いた彼の耳元で、ピアスがシャラリと揺れる。

「お前が色々とつまらないことを考えているのは分かった」

「つ、つまらない……!?」

「ああ。めちゃくちゃな。そんなしょうもない悩みで俺の告白の返事が悪い方に傾いたら、たまらないけどよ。────俺はな、シアリエ」

アレスのルビーを宿したような瞳が、真摯な色を孕んでシアリエを射貫く。

「お前が俺の気持ちに応えてくれるなら身分差なんてどうとでもしてやるし、お前が働きたいって言うなら、結婚したっていくらでも働かせてやるつもりだ。まあ、倒れるような仕事量は絶対与えないし、秘書官ではなくなるけどな。仕事が好きなら、それを我慢させるつもりはない。やりたいこと、全部選べよ。何も諦めなくていい」

「……は……」

なんて、楽観的な言葉だろうか。けれど不思議なことに、アレスの発言には彼なら本当にそうしてしまうだろうという安心感があった。

(嘘でしょ……。陛下の言葉一つで、散々悩んで不安だった気持ちが、溶けてく……)

アレスが泰然自若に構えているせいだろうか。余裕たっぷりな物言いは、シアリエの心配を春風のようにさらってしまう。そうすると、心に残ったのは彼へ恋情だけで。

「他には？　何を不満に思ってる？　何が心配だ？」

「へ、陛下、あの」

「お前の不安は全部、俺が取っ払ってやりたい」

コツリと額を合わされて紡がれた、アレスの言葉がくすぐったい。全身で大好きだと伝えられているみたいだ。殺し文句を囁かれた頬が、熱を持って火照ってしまう。

道端に雪が残っているくらい外は寒いのに。互いの唇から白い吐息が零れるくらい、寒いはずなのに……彼の言葉一つで、春の日差しが降り注いでいるみたいに心がポカポカする。

「言っとくけど、こっちは三年もお前に片想いしてるんだ。振り向くまで諦めねぇぞ」

力強く宣言されて、シアリエの心臓は早鐘を打った。大きくなった鼓動がうるさい。

アレスへの気持ちを自覚した今、口をついて出る言葉は――――……。

「へ、陛下。私も、陛下のことが……！」

「シアリエー!!　懐中時計を取り返してくれてありがとうー!!」

覚悟を決めて放とうとした返事は、表通りから姿を現したキースリーによって遮られてしまった。

衝動的にアレスを突き飛ばしてしまい、シアリエは彼からギロリと睨まれる。

(う……っ。勘弁してください……！)

アレスのことが好きだと自覚しても、同僚に抱きあっている姿を見られるのは恥ずかしいのだ。

シアリエは、真っ赤な鼻をズビズビとすすりながら縋りついてくるキースリーに声をかけた。

「キースリーさん、懐中時計を回収したのは私ではありませんよ」

「でもでもっ！　アンタが盗人を挟みうちにしてくれたって聞いて……シアリエーっ！　もう、本当に大好き！　なんていい子なの⁉　さっきは無神経なことを言ってごめんねぇっ！」

いつもなら空気が読めるキースリーだが、今は懐中時計が無事に戻った喜びで周りが見えていないのだろう。彼はアイメイクのよれた顔を涙で濡《ぬ》らしながら、シアリエをギュウギュウ抱きしめる。

「危ない目に遭ったって、バロッド騎士団長に聞いたわよ。大丈夫だった？」

「はい。陛下が助けてくださったので」

色々あってすっかり忘れていたけれど、銀色をした凶器の冷たさを思い出してしまえば、今さらながらなんて向こう見ずなことをしたのかと、震えてしまう。

膝が笑って立っていられないかも、と危惧したところで、アレスに肩を支えられた。と思ったけれど、どうやらそうではないらしい。アレスは獰猛《どうもう》な猛禽類《もうきんるい》を彷彿とさせる面持ちで、おまけに不機嫌全開で、シアリエとキースリーをベリッと引きはがした。

しかし、震えているシアリエに目ざとく気付いた彼は、結局さりげなく腰に手を回して身体を支えてくれる。弱っているところを見せればキースリーが責任を感じてしまうかも、という不安が頭を過っていたので、シアリエはアレスのフォローに心の中で感謝した。

ただ、次に発せられた彼の発言には苦笑を禁じえなかったが。

「おい。俺のシアリエに触るな。抱きつくな。言ったろ。適切な距離感を保てって」

（私、まだ陛下に告白の返事をしてないから、『俺のシアリエ』ではないんだけど……）

アレスの言葉は、翼みたいだ。シアリエの背中でそっと広がって、気持ちを軽やかに天まで押しあげてくれる。

（陛下、私、貴方が好きです）

アレスが触れてくれたお陰で、震えも止まった。今心の中を占めているのは、彼が愛しいという感情だけ。それをどう上手く言葉にしたら、アレスは喜んでくれるだろう。シアリエは考えるだけで、頬が緩んだ。

パージスの視察から戻って五日。シアリエはある問題に直面していた。

抱えていた不安を取り除かれたらもう、シアリエの気持ちはアレスに矢印が向いているのだから、彼の告白に素直に応えればいいだけなのだけれど……。

（陛下に私も好きですってお返事するのは……どのタイミングが正解なの？）

前世、仕事において散々タイミングを見計らってきたシアリエにとって、アレスへの告白の返事ほど適切な時期や時間、場所が分からぬものはなかった。

『取引先の件で相談したいことがあるのですが、今お時間よろしいでしょうか』

『手が空いた時に声をかけてください』

『お忙しいところ申し訳ありません。ご報告がありますので、一分だけお時間よろしいでしょうか』

こんな感じで相手の様子を窺い、的確なタイミングを見計らって報連相《ほうれんそう》をしてきたシアリエにとって、空気を読むということはとても大事だ。自分自身、集中している時や手が空いていない時に無遠慮に話しかけられると内心イラッとすることがあったから、タイミングが大切であることは身に染みて知っている。

それゆえに……。

（好きって伝えるタイミングは、何時《いつ》が適切なの⁉）

悲しいかな、根っからの仕事人間なシアリエは、空気を読むことを重んじるあまり、行動に移せないでいた。

本当はパージスでアレスに助けてもらった時に告白の返事をできればよかったのだが、あれはキースリーの乱入によって遮られてしまった。あの後に自分からまた甘ったるい空気を作りあげられるはずもなく、返事ができぬままズルズルと今日を迎えてしまっている。

秘書課でデスクワークに励んでいるシアリエは、机に置いていた革の手帳を引っ掴んでページを捲る。ビッシリと予定の詰めこまれたそれを穴が空くほど見つめながら、どのタイミングで切りだすのが適切なのかと探ってはみるものの……。

(どれもベストタイミングじゃない気がするわ。大事な会議の前はダメ、移動中は人の目があるし、月末は私が忙しい。ああいっそ、二カ月以上先のレイヴン王国との会談が終わってからの方がいいのかしら……)

そんなことを考えているうちに、王宮の鐘楼の鐘が鳴り響きティータイムを知らせる。本日お茶くみ当番のシアリエは午前中にバスクチーズケーキを作って氷室で冷やしておいたので、それに合うカフェオレを給湯室で用意し、アレスの執務室に運ぶ。

苦味が少ない銘柄のコーヒーにたっぷりと牛乳を混ぜたカフェオレと、断面の白さと表面の焦げのコントラストが美しいバスクチーズケーキをローテーブルに置けばセットは完了だ。

いっそこのタイミングで告白の返事をしてしまおうかとシアリエが画策していると、ローテーブルの前のソファにかけたアレスから思いもよらぬ相談を受けた。

「来週に控えた母上の誕生日プレゼントを探しているんだが、何かいい案はないか？」

「王太后様のですか？」

シアリエはまだ会ったことがないけれど、アレスの母親は健在だ。美しく聡明《そうめい》で、センスのよい方だと風の噂で聞いたことがある。また非常に達筆な方であり、先王は彼女と文《ふみ》のやりとりをする中で、流れるような筆跡に惹かれたという逸話もあった。

「毎年この時期になるとジェイドに相談するんだが、さすがのあいつもネタ切れらしい」

そう言うアレスは、どうやら母親と良好な関係を築いているようだ。

「そもそも女性が喜ぶものなんて、俺もジェイドもポンポン浮かばねぇしな。シアリエは秘書官になるまで、父親の仕事についてあちこちの地方を回ってたんだろ？　粋で洒落たものとか知らないか？」

「そうですね……。あ、コゼルクルス地方の有名なガラス職人が、今年の春に王都に工房を構えたと聞きましたけど」

「ガラスか。なら、プレゼントはグラスとか置き物ってことか？」

「それもいいですが、王太后様は字がお美しいとお聞きしたことがありますので、職人にガラスでペンを作ってもらうのはいかがですか？」

「ガラスで？」

シアリエは大きく頷く。前世の雑貨屋や本屋で売っていたガラスペンは、照明によって異なる色を放ち、とても綺麗で幻想的で、見ていてテンションが上がった。試し書きした時は意外にも滑らかに書けることに驚いたくらいだ。粋で綺麗なものが好きな女性なら、喜んでくれるのではないか。

「へえ……いいな。母上が喜びそうだ」

「では図案を描きます。明日でよろしければ、早速注文して参りますよ」

「は？　お前は明日と明後日、非番のはずだろ」

シアリエたち王宮勤めの人間は土日も交代で勤務しているため休日は固定されていないのだが、確かに明日は非番だ。シアリエは何故彼が自分の休みを把握しているのかと一瞬疑問に思ったが、そういえば彼は、勤務日は欠かさず寮まで送ってくれるのだから当然といえば当然だ。

「休日出勤は認めねぇぞ」

「休日出勤って……大げさですよ。工房に行くだけじゃないですか。私も街で色々ショッピングしたいですし、ついでです」

なんて言っても、アレスには通じない。

秘書課の他のメンバーに代わりに行ってくれるよう頼んでもいいけれど、頭の中にガラスペンのイメージがはっきり浮かんでいるのは、前世でそれを見たことがあるシアリエだけだ。他の人が職人に詳細な希望を伝えられるとは思えない。

ではシアリエ本人が休み明けに工房を訪ねてはどうかと言われると、今度は納期が怪しい。アレスもそれは重々理解しているのだろう。薄く形の整った唇をへの字に曲げた。

(別に仕事と思ってないし、ちょっとくらい融通をきかせてくださってもいいのだけど)

シアリエがそう考えていると、アレスは苦渋の決断を迫られたかのような重々しい空気で口火を切った。

「シアリエ」

「はい」

「デートしろ」

「……へ？」

「それなら仕事じゃねぇだろ。デートで工房に行く。付き合え」

「いや、えっと……え？　本気でおっしゃってますか？」

「本気だ」

アレスは大真面目な調子で言った。こう言われてしまうと、アレスのことが好きだと自覚済みのシアリエが断る理由などあるはずもなく。

「わ、分かりました。よろしくお願いします……？」

語尾にクエスチョンマークを付けながら、受諾するしかない。

（なんてことなの……。告白の返事をする前に、陛下とのデートが決まってしまうなんて……！）

シアリエ・ロセッティ。十八歳、職業は王宮勤めの秘書官。どうやら突然、意中の相手とのデートが決まってしまったのだった。


自分で髪の毛先を巻くのなんて、前世ぶりかもしれない。シアリエは品よくカールした髪の束を梳《くしけず》りながら、自室の姿見に映る自分を眺めて思った。

ハーフアップにした髪は、細かい装飾が施されたシルバーのバレッタで留めてある。襟元にフリルのついた清潔感のあるブラウスとAラインに広がるワインレッドのスカートは、昨晩必死に悩み抜いて決めたものだ。着ていく服を決めるだけで、まさかクローゼットの中身を全部出す羽目になるとは思わなかった。

シアリエは長いスカートの裾を持ちあげ、おかしいところはないか左右に揺らしてみる。

（もっと可愛らしい服の方がよかったかしら……。でも、あんまり女の子らしい格好や爽やかな服装は私の顔立ちに合わないから……）

シアリエはベッドに転がっていたハンドバッグを摑み、自室を出る。寮母に出かけることを告げてから寮を出ると、門の前にはいつもと雰囲気の違ったアレスがもう待ち構えていた。

普段ダークカラーのシャツばかり好んで着る彼が真っ白なシャツを着ていることにも驚いたが、何より真っ先にシアリエの目を引いたのは、彼の髪色だ。

「……陛下、髪色が……」

「街に行くのに護衛をつけるのが嫌なら、せめて変装しろってジェイドに言われたんでな」

危険な色香を放つダークグレーの髪は、墨を塗ったような漆黒に染まっている。それだけで、ワイルドな風貌がインテリっぽく様変わりするのだから素材が整っているというのは得だ。

ただ、別人に見えはするものの、圧倒的なオーラが一切消せていない。明らかに高貴な身分だと言わんばかりの風格が駄々漏れているとシアリエは思った。

「陛下、本当に護衛をつけなくてよろしいんですか？」

「いらねぇよ。ま、ジェイドとバロッドのことだ。断ってもどうせこっそり騎士を警護につかせてるだろ。王宮を出たら撒《ま》くか？」

「いえ！　陛下の御身が第一ですから」

「そうかよ。俺はお前の身が一番大切だけどな。護衛がいようがいまいが、お前が危険な目に遭ったら俺が守るから、どっちでもいい」

さらりと臆面もなく言ったアレスは、ベストの胸ポケットから取りだしたフレームなしの眼鏡をかける。こちらも変装のための小道具で、ジェイドから借りたものらしい。普段はマフィアのボスのような見た目をしているのに、髪色と眼鏡というオプションだけで、一気にやり手の社長みたいな雰囲気に様変わりしている。

アレスはいつだって格好いい。が、予期せずギャップを見せられるとドキドキしてしまうのは仕方のないことで。追い打ちをかけるみたいに甘い言葉まで囁かれたら、胸が高鳴ってもうダメだ。

シアリエはパリッとしたブラウスがしわになってしまうくらい、胸元を押さえた。

シェーンロッドの王都イデリオンには、絢爛豪華な街並みが広がっている。華美な装飾が目立つバロック建築と荘厳なゴシック建築が調和したような建物は美しく、鳥瞰図《ちょうかんず》で眺めたいくらいだ。見慣れた景色ではあるけれど、シアリエはシェーンロッドの繁栄を映したこの都が一等好きだった。

お目当ての工房は、歴史的建造物が保存された歴史地区を抜けた先にある。大きな噴水が目を引く半円形の広場を歩きながら、シアリエは隣を歩くアレスに話しかけた。

「パージスで捕まえた盗人は、生活に困窮してスリを働いたのだとバロッド騎士団長にお聞きしました。確か宰相閣下にも報告したところ、移民問題に本腰を入れて取りかかった方がよいとご回答いただいたのですよね？　近々に会議の場を設けますか？」

「そうだなぁ、可及的速やかに……。おい、シアリエ？」

「はい？」

「これが休日にする会話か？」

アレスはあまりにも色気のない会話に、辟易した様子で言った。

「も、申し訳ありません……！」

そうだ。今は仕事中ではなかった。話題選びに失敗してしまい、シアリエは項垂れる。しかし落ちこんだところで、仕事中毒のシアリエがそれ以外の会話を引っ張ってこられるはずもない。

どんな話を振ろうかと窮していると、アレスがクシャリと髪を撫でてきた。

「土曜日は広場の向こうの酒屋で、人気のラガーの試飲ができるんだと。用事を済ませたら、後で寄るだろ？」

「は、はい！」

シェーンロッドの飲酒可能年齢は二十歳なのでシアリエはまだ飲めないけれども、実家の稼業が酒類のバイヤーであるため、巷《ちまた》でワインと同じくらい人気のラガーには興味がある。それに、酒のことならいくらでも会話を広げられた。

（また、気遣ってくださった……！）

アレスは以前、食堂でも同じようにシアリエの興味がありそうな話題を振ってくれた。そしてそれをあの時の自分も喜んでいたが、彼の気持ちを知った今では、優しくされると奥歯の辺りがムズムズしてしまう。自分だから、こんな風に甘やかしてくれるのではないかと自惚《うぬぼ》れてしまうのだ。

（だって、ほら）

抜き身の刀を思わせるくらい切れ長の瞳が、シアリエを見つめる時だけ蕩《とろ》けそうなくらい甘い。そんな視線を向けられる度に、シアリエの胸は早鐘を打つのだった。

表に店を構える工房に着くと、職人を呼んでくるため少し待つように受付の女性から言われる。国王の来店に慌てる女性を気の毒に思いながら、シアリエは店の中を眺めた。

クリスタルでできた動物の置き物や涼しげな皿が、シャンデリアの光を弾いてキラキラと輝いている。カラフルなガラスは影まで美しいのだと感心していると、シアリエは気になった品を一つ持ちあげ、来客用のソファに座るアレスに声をかけた。

「陛下、見てください。ガラス製のティーポットですよ。綺麗ですね……。鮮やかな色のお茶や工芸茶を淹れたら、とっても映えると思います」

耐熱性ではないのでお茶は水出しになるだろうが、それでもポットの中でマリーゴールドやキンセンカが開く様を想像し、シアリエは微笑を零す。

(領収書をちゃんと貰って経理課に申請すれば、経費で落ちるはず。一組買ってしまおうかしら)

立ちあがったアレスは、シアリエの手からヒョイとティーポットを取りあげる。

「ほしいなら買ってやるぞ」

「いいえ。これは職場の備品として購入します。あ、すみません。こちらのティーセットを買いたいのですが……領収書をいただけますか？」

若い職人を連れてカウンターに戻ってきた受付の女性に、会計を頼む。見つけた品をティータイムに使うのが楽しみだと思いながらウキウキと代金を支払うシアリエの隣で、アレスは少し面白くなさそうな顔をしていた。

けれど、微細な表情の変化に気付いたシアリエが尋ねると……。

「陛下？　どうされました？」

「別に」

「そうですか……？」

アレスからは素っ気ない返事を寄越されるのみで、シアリエは首を捻るのだった。

会計を済ませると、受付の女性がティーセットを包んでいる間に、シアリエはアレスと共に来客用のソファに座る。持ってきたガラスペンの図案をローテーブルに広げたところで、向かいのソファに職人が腰を下ろした。アレスに深く頭を下げてから。

次に、職人はシアリエに向かって声をかける。

「受付から話はざっと伺いました。王太后様への贈り物として、私に作製してほしい品があると」

「ええ。こちらのガラスペンを作っていただきたいのですが……」

「ガラスでペンを作れと？」

そばかすの散った顔に驚きを浮かべた職人は、図案を拾いあげて隅々まで読みこんだ。

「わ……。とても細かいデザインですね。持ち手部分が波打っているし、色もグラデーションをご希望とは……。うーん、難しい」

「コゼルクルス地方で修業を積んでいた頃の、貴方の作ったワイングラスを拝見しました。天使の羽根を模したステムの装飾が見事で……あの繊細な装飾が可能な貴方なら、こちらの要望通りのガラスペンをお作りすることもできるかと思ってお願いに来たのです。むしろ、貴方以外に頼める方はおりません。私が知るガラス職人の中で、貴方以上の腕の方はいませんから」

「僕が無名の頃の、あの作品を評価して声をかけてくださったんですか？　それは、是非とも貴女《あなた》と陛下のご期待にお応えしたいですね……」

どうやら職人の魂に火をつけることができたらしい。シアリエは嬉々として作ってほしいガラスペンのイメージの詳細を伝える。無事に王太后の誕生日までに完成してもらう約束を取りつけると、先に料金を支払い、アレスと共に工房を後にした。

包んでもらったティーセットは、アレスが持ってくれている。シアリエが持とうとすると睨まれたのでこれはもう仕方ないと思って諦めた。

「お前って、本当にすごいよな」

「どうしました？　藪から棒に」

アレスが突然褒めてくるものだから、シアリエはアメジストの瞳を真ん丸に丸めて、足を止める。

「職人の心を一瞬で掴んだだろ。てっきり多額の報酬を提示してから依頼内容を話すのかと思ったが、お前は職人の腕に一目置いていると伝えて相手を口説き落とした」

「あれは……あれも、父の仕事の関係で……人心掌握は商売に欠かせないので」

「父の仕事の、な。お前からよく聞く台詞だが、真剣に取り組んでなきゃ、シアリエと同じように父親の仕事に同行していても、実力を発揮できない奴がほとんどだ。お前、昔から本当によく頑張ってるな」

荷物を抱えていない方の手で、またしても髪を撫でられる。シアリエは乱れた髪を整えながら、ほのかに温かさが残る頭頂部に触れて下唇を噛みしめた。

正直、仕事の結果を褒められることは前世から何度もあった。けれど、仕事を成功へと導く過程の努力を褒められることは中々ない。しかも、褒めてくれたのは好意を寄せる相手だ。

アレスはきっと分かっていない。大好きな人に褒められるのは、背中に羽が生えて飛んでいきそうなくらい嬉しいことを。

(早く陛下の気持ちにお返事をしたい……。ああ、もう、いつがそのタイミングなの……!?)

空気を読みすぎて空回り気味のシアリエは、相変わらず返事のタイミングを摑めずにいた。

石造りの建物が並ぶ歴史地区を抜けて大通りに出ると、シアリエは次に、紅茶の専門店に足を運ぶ。シェーンロッドの守り神である女神ティゼニアが『茶』を司るだけあり、王都には茶葉の専門店がストリートの端から端まで軒を連ねている。

入店し、棚に並んだ瓶を開けて茶葉の匂いを嗅いでいるとアレスが「買うか?」と話しかけてきたが、シアリエの回答はティーポットを購入した時と同じだった。

「経費で購入いたします」

「ああ、そうかよ……」

そしてアレスは、シアリエの返答に白けた様子で返すのだった。

量り売りされていた茶葉をティータイム用に数種類購入したシアリエは、領収書をしっかりと貰ってから店を後にする。すると、馬車の行き交う道の向こうに、気になる店を発見した。

「……あら?」

「今度は何だ? また仕事の備品が売ってる店でも発見したのか?」

半ば呆れたように尋ねるアレスは、シアリエの視線の先を追う。

薬局やパン屋、服屋や靴屋などが並ぶストリートの一角に新しく建っているのは……。

「バスボム……? すごい、専門店ができてますよ……」

シェーンロッドでは珍しい、入浴剤の店だった。

シアリエの見立てでは、この世界の技術や文明は前世でいうところの十九世紀に相当する。けれど時折、その水準からズレたものを目にすることがあって、そういう時にシアリエはもしかして前世の記憶を引き継いで転生している人間が、自分以外にも存在しているのかな、と思う。

例えばシアリエがこの世界には存在していない『ガラスペン』を作ってくれと今日お願いしたことで職人はそれを作り、完成品をアレスにプレゼントされた王太后がそれを用いることで、貴族の間にブームが起き、いずれは民衆にまで広がる。

こんな感じで、前世の記憶を持つ転生者がこの世界に持ちこんだ知識は人から人へと広がり、やがて根付くのだ。浴槽に浸《つ》かる文化はあれど入浴剤といえば花びらを浮かべる程度だったシェーンロッドにバスボムの専門店ができたのも、きっと同じ原理だろう。

(バスボムってこの世界にも存在する重曹とクエン酸、塩があればできるものね)

シアリエは頷きながら、ピンクと紫の目立つ看板が掲げられた店を眺めた。

店先に置かれた樽《たる》にはたっぷりとお湯が張られ、そこに溶けたバスボムは薔薇のような芳《かぐわ》しい香りを放ち、道行く人の足を止めている。泡だったピンク色のお湯もまた、人々の目を引いていた。

前世にも似たような店があったな、とシアリエは思う。アイスみたいな見た目のバスボムの値段は可愛くなかったため、実家への仕送りで常に困窮していたシアリエは終《つい》ぞ買うことがなかったけれど、街中で店を見かける度に足を止めていた。

だからつい、似たような店を見つけて立ち止まってしまう。

「可愛い」

シアリエの言葉に反応し、アレスも歩みを止めた。

「入浴剤がか？」

「はい。カラフルで、見ていてテンションが上がりますよね」

「ふうん。やっと仕事と関係のないものに興味を示したな」

アレスが薄く整った唇の端を吊りあげ、ニヤリと笑う。対して、揶揄《やゆ》されるほど仕事関連のものばかり見ていただろうかと、シアリエはきまりが悪くなった。

（仕事関連っていっても、全部陛下に関係のあるものばかりだけどね……）

ガラス製のティーポットも茶葉も、アレスのティータイムに使用することを思い浮かべて買ったものだ。彼が新しいものを喜ぶと思ったから。

しかし気恥ずかしさから本当のことが言えず、シアリエは代わりに入浴剤の魅力について語った。

「入浴剤を入れると、疲労が回復しますし癒《いや》されますよね……。あ、でも、陛下はこんな可愛らしいお店に興味ありませんよね？　どこか他の店に行きましょうか？」

「興味はないが……目をキラキラさせているお前は可愛いし、癒されるからな。入ろうぜ」

そう言って、アレスはシアリエの手を握り店の中へと入っていく。シアリエは繋がれた指から火がついたみたいに熱くなるのを感じた。

（こ、殺し文句を吐かれてしまった……）

店内は女性客が多く混みあっていたが、皆変装したアレスの隠しきれない色気にあてられると、自然と道を開け、彼の横顔に熱烈な視線を浴びせた。

目がハートになっている女性客を目にすると苦い思いが湧くものの、アレスがシアリエの趣味に付き合ってくれることは嬉しい。シアリエは背の高い棚に収められたいくつものバスボムを眺め、菫色の瞳を輝かせた。

（いつもは王宮の役人専用の大浴場を使用しているけれど、寮のお風呂にバスボムを入れてゆっくり湯船に浸かるのも素敵よね）

前世での贅沢《ぜいたく》といえば薬局で安売りしている入浴剤をたっぷり湯船に入れて仕事の疲れを癒すことだったけれど、今は格安の寮生活だし、仕送りが必要な相手もいない。

王宮の役人だけあって給料は高いし、元々物欲が少ないシアリエは無駄遣いもしないのでお金に余裕がある。あったかい懐を思い浮かべたシアリエは、小さく呟いた。

「買っちゃおうかしら」

「どれだ？　買ってやる」

シアリエの独り言が聞こえたのだろう、アレスがすかさず言った。シアリエは泡を食って両手を横にブンブン振る。

「えっ⁉　いいですよ！　悪いですから！」

「プレゼント選びに付き合ってくれた礼だ。この棚にあるやつ全部でいいか？」

「わあ。こんなところでシェーンロッドの財源が豊かであることを見せつけていただかなくても」

大事な国庫をシアリエのために無駄遣いしてほしくはない。シアリエの考えが伝わったのか、アレスは「心配しなくてもポケットマネーだ」と言い添えた。

「それとも、時間外手当として買ってやった方がいいか？」

「このお出かけは仕事じゃないって、陛下がおっしゃったんじゃないですか」

デートに誘ってくれたのはアレスだ。彼のためなら時間外労働を厭《いと》わないシアリエだが、彼から発せられたデートという響きに浮かれた身としては、今さら仕事扱いされると複雑な気持ちになる。

（陛下はたまに意地悪だわ）

アレスの発言は、シアリエが甘えやすいように気を遣ってのものだ。そう分かっているけれど、甘え下手なシアリエにはハードルが高くて、中々素直に彼の厚意に応えられない。

足元に視線が下がっていくのを止められずにいると、不意にアレスの影が重なった。

「やっぱりさっきの『時間外手当』って発言は取り消す。せっかくデートしてるのに、お前が時間外手当で納得したら俺が凹む。労働の対価としてじゃなく、俺は純粋にデート記念に何か買ってやりたいんだよ。分かれよな」

親指と人差し指でシアリエの細い顎を挟むようにしてムニッと頬を摑んだアレスは、困ったように笑った。

（ああ、もう……この方は……っ）

沈みかけていたシアリエの気持ちが、一気に浮上する。乱高下する感情についていけない。アレスの一挙手一投足に気分が浮き沈みしてしまう。

「じゃあ、一つだけ……」

アレスに散々言葉を尽くされてようやく甘えることができたシアリエは、遠慮がちにお願いする。

「陛下、選んでいただけませんか？」

「俺か？　シアリエの好きなものでいいぜ？」

「陛下に選んでいただきたいんです」

「ふうん。それなら……これにする」

アレスが選んだのは、藤の花を彷彿とさせる色をした丸いバスボムだった。マーブル模様やラメの散ったものもある中、綺麗だがあっさりした色味を選んだことを意外に思いながら、シアリエはアレスの手からバスボムを受けとる。

「もっと派手なのをお選びになると思っておりました」

アレスは見た目からして派手だ。けばけばしい格好をしている姿は見たことがないし、身に着けているアクセサリーも耳にぶら下がったピアスだけで洗練されているのだけれど、何分《なにぶん》オーラが華やかなせいで派手好きに見える。大輪を背負っているような、百獣の王のようなオーラが滲み出ているからだろう。

優しい菫色のバスボムとシアリエの目を見比べたアレスは、満足げに言った。

「これがいい。お前の瞳の色みたいで綺麗だろ。この店の中で、それが一番好きな色だ」

「……っ。そ、うです、か……」

(だから、殺し文句……っ)

まるで挨拶を告げるように囁かれた言葉は、シアリエの心臓のど真ん中を射貫く。大きく高鳴った胸を空いた手で押さえつつ会計に向かえば、可愛らしい女性の店員に微笑みかけられた。

「初めてお買い上げいただくお客様には、サービスでもう一つバスボムをお付けしております。ご希望の品はございますか?」

「え……っ、ええと、じゃあ……」

シアリエは隣に立つアレスをチラリと盗み見てから、店先に並んだ赤い惑星のようなバスボムを指さして言った。

「あれをお願いします……」

「お前らしくない色だな。もっと淡い色が好きかと思ったが……ああでも、服と同じ色か。赤が好きなんだな」

シアリエの好きな色を見つけたせいか、柔らかく綻ぶアレスの目元。まさに彼の瞳の色が、シアリエの選んだバスボムと同じ深紅だ。ちなみにスカートの色がワインレッドなのも、彼の瞳に合わせたから。

しかしアレスのようにストレートに愛情を表現できないシアリエは、自分もアレスの瞳を想起させる色のバスボムを選んだなんてとても言えない。

結果、彼の言葉は適当に流し、買ってくれたアレスにひたすら礼を言って、箱に詰められたバスボムを大事にギュッと抱きしめた。

結局今世でもバスボムを使うことはなさそうだと思いながら。

だってそうだろう。アレスが初めて自分に買ってくれたものが、まして――彼と自分を連想させるものが泡と消えるなんて、そんなの嫌だ。

大切に仕舞っておこうと考えながら、シアリエはくすぐったい気持ちで微笑む。その横顔を、アレスが眩《まぶ》しそうに見守っていたことには気付かなかった。

バスボム専門店を後にすると、小腹が空《す》いたのでレストランや食べ歩きのできる店が並ぶストリートに移動する。天気もいいし、何かテイクアウトできるものを買って歩こうというシアリエの提案を受けたアレスは、香ばしい匂いにそそられたのか、出店で焼かれているソーセージを二つ買った。

「いいですね、ラガーにも合うでしょうし」

パリッとした皮に焦げ目のついたソーセージを手にしながら、シアリエはアレスとの会話を思い出して言う。用事を済ませた後に、アレスとラガーの試飲ができる酒屋に行く約束だった。

「シアリエは酒を飲んだことがないのに、ソーセージとラガーが合うって分かるのか？」

素朴な疑問を投げてきたアレスに対し、シアリエは冷や汗をかきながら答えた。

「い、以前、色々なお酒と合う食べ物を調べたことがありましたので」

「ああ、いつも聞く、父親の仕事の手伝いか」

まさか前世でストレスを発散するため酒を飲んでいたから想像がつくとは言えず、シアリエは愛想笑いでやり過ごした。

そんな会話の後、初代国王が女神ティゼニアに神託を受ける様子を表した銅像が中央に立つ広場まで戻ってきたシアリエたちは、馬車道を挟んだ向かいに見える酒屋を目指す。

店に着くと、若い売り子の女性が愛想よく接客してくれた。

「お客様たちもラガー目当てですか？　ぜひ試飲してみてください！　美味しかったら、横の酒場で飲んでいってね！」

酒樽や瓶に入った商品がズラリと並ぶ酒屋は、オーナーが併設した酒場も営んでいるらしい。今も数組の客が、昼間からテラス席で酒を呷っていた。

のんびり歩いていても汗ばむ気候だ。日除《よ》けのパラソルの下で昼間から飲む酒はさぞ美味しいだろう。シアリエはこの世界ではまだ酒の飲めない年齢であることを悔しく思った。

売り子から木樽のジョッキを受けとるアレスを羨ましく眺める。と、ふと大きな通りを挟んだ向こうの広場が騒がしいことに気付いた。先ほど通り過ぎた時にはなかった人だかりができている。

広場には気位の高そうな貴族と立襟の平服を着用した神官が数人おり、彼らを囲む聴衆に向けて何事か演説していた。輪のように広がった集団が道を塞いでいるせいで、通行の妨げになっている。

アレスは群衆に向かって、不服そうに呟く。

「何だ？　貴族と教会の神官？　どういう組み合わせだよ」

「チャリティーイベント……には見えませんね……」

シアリエは冷めはじめたソーセージを手に、不穏な気配を感じとって言った。

集まった人々から和気あいあいとした空気は感じられず、むしろ決起集会のような物々しさが伝わってくる。シアリエとアレスは、三人がかりで横断幕を掲げている神官たちの、拡声器を使った演説に耳を傾けた。

「我々はティゼニア神の加護を受けし者たちだ！　女神に代わって、言葉を代弁する！」

「先王陛下の御代《みよ》に増えすぎた移民は、シェーンロッドの治安をすこぶる脅かしている！　そんな彼らの蛮行を助長しているものは何か？　それは酒だ！　ゆえに我々は、禁酒を世の中に広めるべく立ちあがった！」

神官と貴族の演説を聞いていた観衆から戸惑いの声に交じって、まばらな拍手が生じる。選挙演説みたいだな、と思いながらも、シアリエは心臓が嫌な音を立てるのを感じた。

「これって、まさか……」

シアリエの呟きをかき消すように、若い神官が声を張りあげる。

「飲酒反対！　アルコールの乱用は、悪魔の所業だ！」

（これって、教会と一部の貴族による禁酒運動……!?）

シアリエの脳裏に、前世の記憶が甦る。知っているのは歴史の教科書やインターネットで得た知識だ。十九世紀末から二十世紀において欧米やロシア、日本でも酒類の生産や消費を禁じよう、もしくは減らそうとした運動が起きた。広場で起きているのはまさにそれではないか。

しかし何故、シェーンロッドで今、同じように禁酒運動が起きているのかがシアリエには分からなかった。しかも、国教の神官が先導する形で。

シアリエが動向を窺っていると、神官たちの演説から徐々に見えてくるものがあった。

「先王陛下の御代、移民が流れこんだことにより、日常的に飲酒をする下層民がこのシェーンロッドに増えた。これは由々しき問題だ。酒に酔った者の下賤《げせん》な行いはティゼニア教の道徳に反する！」

賛同する声と、動揺の声が聴衆から上がる。神官の一人は構わず続けた。

「アルコールがもたらすトラブルは？　アルコール中毒者が王都イデリオンを徘徊《はいかい》し、暴力や犯罪を起こす！　か弱き淑女の方々、アルコールによって家庭が壊されたとは思いませんか？　酒に溺れた夫によって、暴力を振るわれた経験がある者は多いのでは？　ほら、手を挙げて。さあ、勇気を持って共に立ちあがりましょう」

最前列で演説を聞いていた女性が、すすり泣いて手を挙げる。すると若い貴族の男が、彼女の肩を優しく抱いて慰めた。

その光景を目の当たりにする観衆に、背の高い神官が叫ぶ。

「そもそもティゼニア様は、『茶』を司る神！　人を堕落させる飲み物を、かの方はお許しではないはず！　酒はティゼニア教の道徳を脅かしている！　そうは思いませんか？」

先ほどよりも大きな拍手が、広場に巻き起こった。

シアリエは呆気に取られながら、考えを巡らせる。宗教団体や貴族が禁酒を勧める行動は、前世の知識で知る禁酒運動と同じだ。日常的に褒められない量の飲酒をするような、問題を起こす下層民が増えたことに対して、保守派の人間はティゼニア教の道徳を守りたいのだろう。

（もちろん、演説するのは自由だけど……）

実家の事業がバイヤーなだけに、シアリエとしては複雑だ。酒は節度さえ守って飲めば楽しく、美味しい飲み物だから糾弾されると悲しい。

シアリエがそう思っていると、演説の内容は過激さを増していった。

「さて、諸君。あちらの通りにある酒屋が見えるだろうか」

ブロンドヘアをオールバックにした気位の高そうな貴族が、広場から通りを挟んだ向かいに構える酒屋を指さして言った。そこはシアリエとアレスが、まさに今いる店だ。

大勢の目がこちらを向く様子が、遠くからでもはっきりと見てとれた。

（何を言いだす気なの……？）

シアリエが身構えると、アレスが身を隠すように前に立ってくれた。彼の大きな背中からも、警戒している気配がヒシヒシと伝わってくる。

シアリエとアレス以外にも数組の客がラガーやワインを飲み比べていたが、広場で始まった演説の内容を聞くなり、互いに顔を見合わせて気まずそうにしていた。

そして店の前に立つ売り子の耳にも、広場での演説が聞こえていたのだろう。彼女は神官たちの話が進むにつれ、店の外に置かれた空の樽の後ろに隠れて居心地が悪そうにしていた。が、店を指さされるなり飛びあがった。不安そうな黒目がユラユラと揺らいでいる。

「聞こえていただろう。飲酒は悪だ。ゆえに、それを提供する行為も悪《あ》しきことだと思いたまえ！」

そう主張する貴族の男は、神官を両脇に従えて、馬車の行き交う通りを横断する。道路に飛びだしてきた男たちに、通行人は何事かと白い目を向けた。しかし彼らはそれを歯牙にもかけず、店へと一直線に向かってくる。

シアリエはこちらへやってくる数人を呆然と眺めながらも、嫌な予感がした。神官が平服の袖から小さな斧《おの》を出し、貴族の男に手渡したのを見てしまったからかもしれない。

（ちょっと、何をする気なの……？）

思わず、シアリエは一歩前に踏みだす。しかし、すぐにアレスの注意が飛んだ。

「シアリエ、危ないから下がってろ」

「ですが、彼らは斧を持っています」

「だからだ。動くなよ」

アレスはシアリエの手に自分の分のソーセージを預けて言った。彼の広い背中に隠されたシアリエがハラハラと見守っていると、店の前まで辿《たど》りついた貴族の男は仁王立ちして言った。

「店を閉めたまえ」

「あ、あの、私……」

迫られた売り子の女性は、怯えきった様子で口ごもる。すると店の奥から出てきた小太りの店主が、何事かと声を荒らげた。

「何事ですか!?　うちの店が何を!?」

「飲酒を促しているのが問題だ。店にいる者は今すぐ酒を飲むのをやめるべきだし、酒を提供する行為は愚かしいことだと気付くべきだ」

貴族の男は、これは正義の行いだと言わんばかりに胸を反らして言った。

しかし店内やテラス席にいた客からは反発の声が上がる。

「法律を犯したわけじゃあるまいし、何の権利があって言ってるんだ！」

「そうだそうだ！　強要するなよ！」

酒に酔って赤くなったのか怒りによって頰に朱が差したのか判断しにくい客が、声を荒らげる。

しかし言い返された貴族の男は、酔っぱらった客を鬱陶しいハエでも見るような目で睥睨した。

「ああ、やはり昼間から飲酒を行うような下賤の民には、私が高貴な身分だと分からないようだな。言葉で言っても通じないなら仕方ない。君たちが私にこうさせるのだ。違うか、酒がこうさせた！」

そう言って、貴族の男は店内に足を踏み入れると、手に持っていた斧を振りあげた。鋭い刃の煌めきに、店内で悲鳴が上がる。

「ちょっと、嘘でしょ……!?」

刃傷沙汰《にんじょうざた》など見たくはない。シアリエは最悪の事態を想定し、足を踏みだした。しかし、アレスの長い腕によって前に出ることを制される。その間に、貴族の男が持った斧は振りおろされた。

酒屋の客ではなく、酒樽に向かって。

バキッ！　メキ！

凶行に走った貴族の男により、カウンターに置かれていた酒樽の蓋が斧で打ち砕かれる。続いて、樽の側面にも一撃、二撃。傷が入ったところから、ウィスキーが漏れでる。しまいにはバキッと鈍い音を立てて樽が打ち砕かれ、店内の床におびただしいほどのウィスキーが広がった。

むせ返るような酒の匂いが、辺りに立ちこめる。店主は青ざめ、売り子は恐怖から悲鳴を上げた。

(ひどい……！　横暴すぎるわ……！)

シアリエはショックで言葉を失った。樽から流れ出るウィスキーは、シアリエとアレスの足元まで延びて靴を濡らす。

どんな意図や主張があろうとも、これは理不尽すぎる。シアリエが貴族の男の振る舞いに憤慨していると、例の男は再び斧を振りあげた。今度は別の樽を割る気らしい。

しかし振りかぶった腕は、二度と振りおろされることはなかった。

「やめろ」

肺腑が凍るような声で、アレスが命じたからだ。貴族の男も神官たちも、黒髪の見慣れぬ男の登場に眉を吊りあげる。

「君も酒を飲んでいるな。小綺麗な身なりをしているが、貴族の令息か？　私はグリュート伯爵だ。さあ、高貴な身分の者ならば、こんな場所からはさっさと退散して――」

「ぐ、グリュート伯爵。髪色が違いますが、よく見るとこの方は……！」

背の高い神官が、斧を持ったままのグリュート伯爵に耳打ちする。アレスは髪を乱雑に掻きあげ、眼鏡を外した。ワイルドな風貌が露になると、店内にいた者たちが息を呑む。

アレスの正体が国王だと認識するなり、グリュート伯爵は顎が外れるほど仰天して叫んだ。

「な――アレス陛下!?　どうしてこちらに!?」

「それはこちらの台詞だ。客でないなら、この店から即刻失せろ」

アレスが冷ややかに告げると、それまで独壇場のように騒いでいたグリュート伯爵は完全に委縮する。けれどそんな彼を横目に、神官の一人は奮起した様子で言い返した。

「できません。陛下、我々は今非常に大切な行動を起こしています」

「店に押し入って、酒樽を破壊することが大切な行動だと？」

アレスは皮肉るように言った。

彼から放たれる冷厳な空気にグリュート伯爵は気後れしたようだったが、神官たちは少し違う。彼らは自分たちの行動が正しいものであると自信を持っているのか、「必要なことです」ときっぱり告げた。

瞳を爛々と輝かせる神官たちは皆若い。妄信的な革命家のような様子には、狂気すら見てとれた。

「飲酒行為は悪だ。それを提供する者は悪魔の使徒です」

「そうお告げがあったか？」

アレスは鼻白んだように言った。その態度に、神官は平服の袖から出た拳を握る。

「いくら陛下とて、神の使徒である我々を愚弄することは――」

「控えろ。この行為に神は関係ない。これはお前たちのエゴが起こした行動だ。そしてシェーンロッドの国王たる俺の前で、罪を犯してもいない者を私刑に処すことは許さない」

アレスは有無を言わせぬ口調で言い伏せる。

彼から迸《ほとばし》る怒りは立っていられないほどの威圧感だ。その場に居合わせるだけで、鋭利な刃物で切りつけられたみたいにピリピリと肌が痛むのをシアリエは自覚した。

「言いたいことがあるなら、まず俺が聞こう。暴走した正義感に任せて他人や他人のものを傷つける行為に走ることは控えろ」

背中に隠していたシアリエの肩を抱き、アレスは店を出る。グリュート伯爵の横を通り過ぎる際、ダメになった酒を弁償するようしっかり命じた彼を仰ぎ見ながら、シアリエはこの場にアレスがいてよかったと思った。


デートを続ける空気ではなくなったため、シアリエはアレスに王宮の寮まで送ってもらうことになった。その帰り道、アレスは酒屋での衝撃から口数の減ったシアリエに話しかける。

「とんだデートだったな」

「はい。あの……」

アレスの言う通り、とんでもないデートだった。禁酒運動に遭遇するまでは楽しかったけれど、酒屋での出来事が不穏すぎて、シアリエは不安を引きずってしまっている。

（パージスのような移民地区どころか、イデリオンでまで移民問題が大きくなっているなんて）

禁酒運動が一過性のものならいい。いや、仮にそうだとしても今日のような過激な振る舞いは看過できない。そして、そもそも禁酒運動が起きている理由を考えると非常に頭が痛かった。

（告白の返事、しそびれちゃったけど……それどころじゃなくなりそう。どうか禁酒運動が大きな問題に発展しませんように）

心配の種が芽吹いたことを嘆いていると、ポンッと頭にアレスの大きな手が乗った。

「心配するな」

「陛下……」

「それより休日はしっかり休めよ？　休み明け、会えるのを楽しみにしてるからな」

シアリエが不安げな表情を浮かべているせいか、アレスは努めて明るい声で言った。王宮の寮の前まで送ってくれた彼は、シアリエの髪を撫でて踵《きびす》を返す。

その後ろ姿を見送りながら、シアリエは胸騒ぎがしていた。アレスの言葉にはいつも力を貰えるのに、今日はどうしても不安が拭えない。それはきっと、シアリエが前世で起きた禁酒運動の顛末《てんまつ》を知っているからだ。

（前世で学んだ史実みたいなことが起きたら、どうしようかしら）

アレスの姿が見えなくなると、シアリエは暗澹たる気持ちのまま、バスボムを持っていない方の手で寮の扉を開ける。

「ただいま戻りました」

シアリエは、エントランスの奥にあるカウンターに座っていた寮母に声をかける。と、優しげな面差しをした中年の彼女は、にこやかに話しかけてきた。

「おかえりなさい。シアリエ様。お客様が見えておりますよ」

「お客様……私にですか？」

生憎《あいにく》、酒屋での事件がなければまだアレスとのデートを楽しんでいるはずだったので、この時間に人と会う約束はしていない。一瞬アポイントを取ったことを忘れてしまったのかもしれないと、バッグの中に入れていた手帳を開いて確認したが、やはり約束はしていないようだった。

「ええ。妹様が、シアリエ様と会う約束をしているとおっしゃっておりました」

寮母は子守唄のように心地のよい声で囁く。シアリエは驚いてバッグを落とした。

「妹って……モネが……⁉」

卒業パーティーの一件があってからというもの、妹のモネとはろくに会話を交わさぬまま実家を出てしまった。つまりシアリエが王宮に上がってから、一度も彼女とは会っていないし手紙のやりとりすらしていない。そんな彼女が突然訪ねてきたことに、シアリエは何事かと困惑した。

「妹は今どこに？」

「シアリエ様の不在を伝えましたら、お帰りになるまで談話室でお待ちになるとのことでした」

寮母に短く礼を言ってから、シアリエは部屋のある二階には上がらず、直接一階の談話室へ向かう。樫の観音開きの扉を開けると、暖炉の近くにある肘掛け椅子に、愛くるしい少女がちょこんと腰かけていた。綿あめみたいにフワフワした桜色の髪の持ち主は、まぎれもなく妹だ。

「シアお姉様！」

シアリエを視認するなり、モネは感極まった様子で抱きついてくる。シアリエはそれを受けとめながら、混乱していた。

最後に会った時は、結構な気まずい状況であったと記憶しているのに、何故妹はこんなにも熱烈に抱きついてくるのだろうか。そして勘違いでなければ、シアリエの肩口に頬を寄せたモネは泣いている。服が濡れて冷たくなっていくのを感じながら、シアリエは口を開いた。

「久しぶりね、モネ。貴女と会う約束はしていなかったはずだけど……？」

確認の言葉を放っただけで、モネは横っ面を張られたような顔をする。彼女は目を真っ赤にし、洟《はな》をすすりながら訴えた。

「約束なんて！　モネとお姉様の仲じゃないですか！」

どんな仲だ。強いて言うなら、婚約者を取られた姉と、姉の婚約者に横恋慕して奪った妹という、ギスギスした仲では？

その件に関してはもうモネを恨んでいないし、むしろ今となっては秘書官という職も得られてアレスとも共にいられる環境を持てるきっかけを作ってくれたことに感謝したいくらいなのだが
――何だか彼女のペースに呑まれていると思いつつ、シアリエは尋ねた。

「貴女ももう大人なんだから、人と会うにはアポイントが必要だって覚えなきゃ。それで？　どうやってここまで入ってこられたの？」

王族の住まう中央宮殿とは遠いが、この寮も王宮の敷地内にある。容易には近付けない場所だと思うのだが、モネは事もなげに言った。

「お姉様の妹で、これから会う約束をしているんだって門兵の方にお伝えしたら、入れてくださったの」

（……バロッド騎士団長に、門兵の教育について見直した方がよいと進言すべきかしら）

シアリエは痛みだした頭を押さえつつ、モネを盗み見る。

大人びて愛想のない顔立ちの自分とは血が繋がっていると思えないほど、愛くるしい見た目だ。ふんわりと微笑まれてお願いされたら、門兵がつい中に入れたくなるのも頷ける。

（きっとモネのこういう可愛らしい雰囲気が、ユーイン様も気に入ったのでしょうね……）

卒業パーティーで並んでいたモネと、かつての婚約者ユーインは、とてもお似合いだった。そういえば二人の婚約話はどこまで進展したのだろうか。

実家を出てから気まずくて情報を意識的にシャットアウトしていたシアリエは、以前よりもわずかに痩せた妹を見下ろして質問する。

「モネ。その後、ユーイン様とはどうなの？　仲良くしてる？」

過去のことはもう水に流そう。そういう心持ちで問うたシアリエは、モネの表情が強張《こわば》ったことに疑問を覚える。しかしさらに質問を重ねる前に、モネの瞳に分厚い涙の膜が張った。

華奢な肩を震わせ、妹は上ずった声でしゃくりあげて言った。

「お姉様……モネね……ユーイン様に、婚約を解消されたの……っ‼」と。

「へえ……婚約を……。え？　解消⁉　どうして⁉」

世界中の不幸を背負ったような顔つきで言い放ったモネに、シアリエは唖然とする。

まさか、再会した瞬間から泣いていたのは、それが原因か。てっきり気まずくなっていた姉と再会したことによる涙だと受け流していたが、妹がそんな殊勝な性格であったなら、婚約者を奪ったりするはずもない。シアリエは相変わらず身勝手なモネにちょっとげんなりした。

（いえ、今はそれより……）

「モネ。婚約を解消されたってどういうこと？　何があったの？」

シアリエは努めて優しい声を意識し、モネの震える背を撫でる。すると彼女はさらに大声でワンワン泣きだしてしまい、到底詳細を聞き出せる状態でないことをシアリエは嫌でも察した。

「落ちついた？」

あれから三十分。精神を安定させる効果のあるローズヒップティーを淹れたシアリエは、コクリコクリとそれを飲むモネを見守りながら聞いた。

相変わらずしゃくりあげてはいるものの、彼女の涙は止まりつつある。ティータイムにアレスに振る舞うための練習で焼いていたフロランタンを皿に並べて出してやると、こちらはチビリチビリと幼子のように食べはじめた。

「美味しい……。お姉様、お菓子が作れたんですね……」

「ええ、まあ。それで、モネ。話してくれるかしら？」

モネの向かいの椅子に腰かけたシアリエは、やっと泣きやんだ妹を促す。モネは大きな瞳を潤ませながら、ゆっくりと話しはじめた。

「お姉様が王宮に上がってすぐ、ユーイン様と連絡がつかなくなったんです。それまではモネにとってても優しくて、手紙だってすぐにお返事をくださったのに。だからおかしいと思ってユーイン様の元を訪ねたら……一方的に振られてしまって……」

その時のことを思い出したのか、モネは両手で顔を覆い、再びわっと泣きだす。シアリエは訳が分からないと思った。

（モネと婚約したいから、私を振ったのだとばかり思っていたけど……そのモネのこともすぐに捨てるなんて、どういうことなの……？　ユーイン様は何がしたいのかしら）

彼は一体何を考えているのか。子爵家であるシアリエの実家の方が立場的に弱いとはいえ、こうも軽々しく娘たちを捨てられては両親も黙っていまい。ユーインもそこら辺は心得ているはずだと思うのだが……。

シアリエが逡巡していると、モネは続けた。

「それでね、お父様たちがユーイン様に抗議したんだけど、ユーイン様ったら……」

「どうしたの？」

「今は教会の神官様と一緒に、禁酒運動に参加してるって……！」

膝に顔を埋めて泣きながら訴えるモネの言葉に、シアリエは冷たい手で心臓を撫でられた心地がした。

禁酒運動は、まさに先ほど街で目撃したものだ。貴族が教会と手を組み、行動を起こしている様を見せつけられたところだったが……まさかユーインも賛同者だったとは。

モネから明かされた真実に、シアリエは閉口する。そしてますますユーインの行動理由がよく分からないと思った。

シアリエとモネの実家は酒類のバイヤーだ。それを生業《なりわい》としているロセッティにとって、禁酒運動なんてものは廃業を招く危険因子でしかない。ユーインがモネと一切関係を持っていなければ彼が禁酒運動に参加していてもおかしくないけれど、シアリエと婚約破棄してまで結ばれることを望んだ相手の生家が困るようなことをするのは変じゃないか。

（それとも教会に感化されたから、モネを捨てて禁酒運動に励んでいるの？　幼い頃からユーイン様のことは存じているけれど、そんなに信仰心が篤《あつ》いようには見えなかったのに……）

少なくとも、卒業パーティーの時点では禁酒運動には参加していなかっただろう。そうでなければ、シアリエどころかモネも、その時点で捨てられていただろうから。

この二カ月近くの間に感化された？　モネを捨ててもいいと思えるほどに？　何にせよ、ユーインの行動には不可解な点が多い。

(分からないわ……。分からないけれど、ユーイン様のことよりも問題なのは……)

元婚約者のことで首を捻ることになろうとは思わなかったが、目下一番の問題は禁酒運動だ。

「お父様もお母様も……っ、このまま禁酒運動が激化したらどうしようって毎日暗い顔をしているんです……」

(それはそうでしょうね)

モネの呟きに、シアリエは深く納得した。ロセッティにとっての死活問題に頭を悩ませる両親の姿は容易に浮かぶ。

「シアお姉様。お父様の話では、王都ではまだそんなに活発化してないみたいだけど、飲酒量の多い地方では禁酒運動が増えつつあるみたいなんです……。それに、ロセッティにも事業を縮小するよう脅迫じみた手紙が届いたりしていて……」

「……王都でも、禁酒運動が起きてるわ。ついさっき、まさに目にしたもの」

シアリエがそう言うと、モネは打ちひしがれたように嘆き、テーブルを回りこんでシアリエの膝に取りすがった。

「そんな……っ。モネは、モネはどうしたらいいんですか……?　こんなことになるなんて、モネは、幸せになりたかっただけなのに……!」

モネにしてみれば、姉から婚約者を奪ったのも、自分が幸せになるための手段に過ぎなかったのだろう。きっとシアリエのことが嫌いだったわけではなく、ただ自分が幸せを得たかっただけ。

だからそれが失われ、嘆き悲しんでいるのだけれど、同情してほしいのに両親は禁酒運動のことでそれどころじゃない。それに家業が窮地に陥れば、困るのはモネも同じだから姉のシアリエを頼りに来たのだろう。

モネの思考回路を正確に読みとったシアリエは、口を引き結ぶ。愛されることに慣れきって、相手を舐めきった身勝手な妹を恨んではいないけど、哀れに思った。

「モネ。もう泣かないで。嫌なことが沢山あって辛《つら》かったわね」

身も世もなく泣いて、シアリエの膝に顔を埋めるモネの頭を撫でながら囁く。姉の優しい言葉を受けた妹は、甘ったれた声を上げて泣きついた。

「お姉様ぁ……」

「でもね、モネ。貴女もそろそろ、どうやって生きていくべきなのか、自分が取るべき行動は何かを、考えた方がいいわ」

「お、姉様……？」

モネの顔を両手で掬って上げさせ、シアリエは彼女の涙を親指で拭ってやる。甘くない言葉を受けたモネは、瞳を揺らした。その泣き顔に微笑みかけ、シアリエは力強い声で告げた。

「もちろん、私もそうするから」

シアリエの凜とした態度を受け、モネは涙をピタリと止める。長い睫毛に白玉のような涙の粒を引っかけた妹は、驚嘆した様子で呟いた。

「……シアお姉様」

「なあに？」

「少し、変わりましたね。昔より自信に満ちていて……強くなった気がする」

自分がどう変わったのか、シアリエにはいまいち分からないけれど、もし変われたというなら、それはアレスの影響が大きい気がする。

彼がいつだってシアリエのことを見守ってくれていると分かったから、愛情を注いでくれるから、自分に自信が持てたのだ。アレスに会うまでは、仕事ができる自分にしか価値がないと思っていたけれど、そうではないと彼が懇々と教えてくれたから。だから胸を張って生きることができている。

シアリエがそう感じていると、膝に縋っていたモネは泣き腫らした目元を和らげて笑った。

「でも、モネが魅力に気付いてなかっただけで、シアお姉様はきっとずっと素敵だったんだわ。だって、ホッとするようなお茶を淹れることができて、頬っぺたが落ちそうなくらい美味しいお菓子を作れるんだもの」

（――――……ああ）

婚約者を奪われてもモネのことが嫌いになれなかった理由が、シアリエはようやく分かった。彼女はどうしようもなく素直で、その天真爛漫さが自分とはあまりにも違って遠巻きにしていたけれど、眩しくて好ましいとも思っていたのだ。


王都で禁酒運動を目撃し、モネが訪ねてきてから三日。王宮はにわかに騒がしくなった。

「ティゼニア教の総本山であるミスティス教会の神官長様から、陛下に謁見したいとの申し入れがあったよ」

朝礼を終えるなり、執務机の前に座ったジェイドは難しい顔をして言った。

シアリエが非番の間に、王都で起きた禁酒運動についての詳細は秘書課の面々に知れ渡っている。業務に励もうとしていた手を止め、シアリエはジェイドの机の前に立った。

「いつですか？」

「急だが、今日の午後二時だ。スケジュール調整はしてあるから問題ないよ」

「私も同席させてください」

「シアリエも？　だけど、君には別の仕事があるだろう」

「今日は書類仕事だけなので、二時までにすべて片付けておきます。お願いします」

長いストレートヘアを揺らし、シアリエは頭を下げる。ジェイドは眼鏡のレンズ越しにその様子を眺めながら、長い息を吐いた。

「陛下から、禁酒運動の現場に鉢合わせたことは聞いているよ。気になる気持ちも分かる。だから許可するよ、ただし――――気をつけることだ。発言には細心の注意を払い、目立たないこと。いいね？」

釘《くぎ》を刺すジェイドに、シアリエは頷く。数時間後、シアリエは彼の言葉の意図を思い知ることになるのだった。

謁見の間は、乳白色の高い天井に天使の絵が描かれた、煌びやかな空間だ。観音開きの扉から広間を縦断するように真っすぐ延びたレッドカーペットは、奥にある五段ほどの階段の先まで続いている。そこには上座があり、贅を凝らした金の玉座にはアレスが尊大に腰かけていた。気だるげなのに、どこまでも王座が似合うのが彼だ。まるで一枚の絵のように玉座に座ったアレスのすぐ脇には宰相が立ち、階段の下にはジェイドとシアリエが控えている。

大きな窓から差しこむ陽光に照らされた大理石の床は特別な技巧でも凝らしているのか、真珠層のようにキラキラと輝いて美しく、謁見者を迎え入れる。初めて訪れた者は、誰もがこの雅な空間に圧倒されるのだが――……。

謁見の間に静々と足を踏み入れた神官長シスリオ・カルバハルは、白眉一つ動かさなかった。

シアリエが街で見かけた黒い平服を着た若い神官たちとは違い、純白の平服を身に纏った彼は、背に垂れた髪まで雪のように白い。

そのせいか、シアリエから見た第一印象は、年老いた白フクロウだ。しかし背筋がしゃんと伸びているせいか、はたまた眼光の鋭さのせいか、老獪《ろうかい》な雰囲気も感じられた。

両脇に壮年の神官を二人従えた彼は、玉座に続く階段の前で止まると腰を折って礼の姿勢をとる。

「シェーンロッドに栄光の光あれ。陛下、先日は若輩の神官が市民を巻きこむという、行きすぎた行動を起こしてしまい申し訳ありませんでした」

「随分と血気盛んな者がいるようだな」

アレスが言うと、両脇の神官二人は表情を強張らせたが、カルバハルは口元の長い髭《ひげ》を揺らして楽しそうに笑った。

「真に。――ですが陛下、私も禁酒運動には賛成しております」

シアリエは思わずカルバハルを凝視する。その行動に対し、ジェイドが諌《いさ》めるような視線を送ってきた。アレスは動じることなく言う。

「ティゼニア教の総本山で神官長を務めるお前が賛成ということは、禁酒運動は一部の神官による恣意ではなく、教会側の総意ということか」

「おっしゃる通りです。道徳を乱す飲酒を取り締まるべきだというのが、我々の考えです。そしてその考えに賛同くださる貴族の方々や市民も大勢おります」

カルバハルの言葉を受けて、シアリエの脳裏にユーインの顔が過った。

「近年、シェーンロッドは治安の悪化が不安視されています。国民の飲酒量が増え、中には職にもつかず、日がな一日ずっと酒を呷っている者もいる。そういった者は金や食う物に困って犯罪に手を染めるものですから、被害に遭った方が教会に救いを求めに来ることも増えました」

治安の悪化は、パージスで盗みに遭遇したシアリエも肌で感じている。あの街でも、昼間から酒を呷る者を何人か見かけた。

（けれど、飲酒が全面的に悪とするのは早計すぎない？　そもそも解決すべき問題は……）

シアリエが思案に耽っていると、カルバハルの口から恐れていた言葉が飛びだした。

「そこで我々は、禁酒法を立案いたします。草案ができた暁には、陛下に審議をしていただきたい。本日は、それをお願いしたく参りました」

（出た……っ！　禁酒法……！）

シアリエは制服の胸元を握りしめる。

（前世と同じように、この世界でもお酒を禁じる法律が制定されてしまったら……）

焦るシアリエとは対照的に、アレスは落ちついた声で問うた。

「新たな法律を制定しろと？　飲酒を法で禁じる必要があると本気で思っているのか？」

「はい、必要なことです。陛下も王都での神官たちの演説をお聞きになったでしょう。それを踏まえて、消費のためのアルコールの製造や販売、輸送を全面的に禁じる法律を制定していただきたい。酒が手に入らなければ、人々が酒に溺れて悪しき振る舞いをすることもなくなるはずですからな」

「お待ちください……っ！　神官長様！」

アレスが口を開くより先に、シアリエはたまらず声を上げた。

視界の端で呻くジェイドが見えたけれど、このままカルバハルに話を続けさせてはいけないという焦燥がシアリエの身を焼く。

「失礼を承知で申し上げますが、禁酒法の立案なんて、あれは天下の悪法です！」

「何故そう断言できるのかね。試してもいないのに」

カルバハルはシアリエを睥睨し、小娘をあしらうように言った。

シアリエはぐっと詰まる。彼の言い分はもっともだ。前世で禁酒法が施行された結果を知っているシアリエだから愚策だと言いきれるのであって、カルバハルやアレスたち王宮側の人間は、この法律が制定されることによって世の中がどう変化するのか知らない。

（私だって、前世の教科書やインターネットで得た知識しか知らない。けれど……っ）

禁酒法が施行されたことにより、前世ではギャングによる密造酒の製造や密輸が盛んに行われ、違法な巨額の利益が犯罪者に流れてしまった。犯罪者にむざむざ資金源を提供してはならぬというのは、言うまでもないことだ。

だってきっと、それは新たな犯罪を呼び起こすから。それこそ、酒に酔った者が起こす犯罪数とは比べ物にならないほどの。

（それに、法で取り締まったって酒の需要は減らないわ。そうなれば、酒を求める人々に粗悪品や飲料用でないアルコールが出回り、大勢の人が命を落とす可能性も出てくる）

そんな事態は、絶対に避けなくてはいけない。

シアリエは決意を固くして反論しようとする。が、カルバハルに先手を打たれてしまう。

「ああ。君にとっては悪法に違いないな。ロセッティ子爵令嬢。君の実家の家業にとって、禁酒法は痛手だ」

豊かな顎髭を撫で、カルバハルは薄く笑って言った。

（この人……っ。私が何者か知っているのね）

シアリエは唇を噛む。カルバハルは落ちくぼんだ目をアレスに向けた。

「先日の禁酒運動に居合わせた際は、ロセッティ子爵令嬢と共に行動されていたそうですな。陛下」

「何が言いたい」

「いえ、ロセッティ子爵令嬢はとても魅力的でお美しい方ですから、陛下が秘書官として重用している彼女の言葉に靡《なび》くのではないかと心配でして。共にいる時間が長い彼女に禁酒法を認めないよう乞われれば、つい頷いてしまうことも考えられましょう」

「カルバハル神官長、今の発言は不敬ですぞ。ロセッティはあくまで王宮に勤める秘書官。彼女の言葉によって陛下が判断を見誤ることはない」

カルバハルと年の近い宰相が、渋い表情でたしなめる。注意を受けたカルバハルは、恭しく頭を下げた。

「これは失礼いたしました。では陛下。どうか若く美しいロセッティ子爵令嬢の言葉に耳を傾けるだけでなく、我々の発言も聞き入れ、公明正大な判断を下してください。禁酒法の制定を拒むのは、彼女の私意です。それをお忘れなきよう。国民のためになる道をお選びください」

「――禁酒法の制定については一考する。ただし、一つ訂正しろ。シアリエの反対は、決して私意によるものではない。宰相の言った通り、シアリエは俺の秘書官だ。家業の利得は関係なく、国の行く末を憂えてのものだと俺は考えている」

アレスが冷静に告げると、カルバハルは猛禽類のような目を細めて嘲笑った。

「やれやれ。手遅れですか。この場に彼女を同席させた時点で、嫌な予感はしておりましたが」

「カルバハル神官長‼」

今度は宰相の声に、ジェイドの声が重なった。鋭い牽制にも物怖じしないのは、国教である教会の最高権力者だからだろう。カルバハルはどこ吹く風だ。

しかし、動じないのはアレスも同じだった。彼は肘掛けをカツンと指で叩き、皆を黙らせる。

「カルバハル、次の失言は許さない」

「申し訳ございません」

白刃のように鋭く苛烈なアレスの眼光が、カルバハルを貫く。これには老獪な神官長も、大人しく頭を下げた。

「禁酒法を制定するかどうかの決定は、改めて会議の場を設ける。それまでに草案を纏めろ。日時は決まり次第、臣下によって連絡させよう。カルバハル、お前は禁酒法推進派のメンバーと目的の詳細をジェイドに教えろ」

端的に告げると、アレスはカルバハルや神官に退室を命じる。彼らがいなくなると、アレスは細部まで凝った装飾の施された玉座にかけたまま、だらしなく姿勢を崩した。

椅子に深く沈みこんだ彼は、それから二言、三言、宰相とジェイドに指示を出す。と、彼らもすぐに謁見の間を出たので、シアリエはアレスと二人きりになった。

遠くでゴロゴロと雷鳴が聞こえる。まるでシアリエの心境を鏡に映したようだ。先ほどまでは大きな窓から陽が差しこんでいたのに、今は分厚い雲が空に横たわって太陽を隠していた。

アレスの耳元で揺れるピアスが、いつもより鈍く煌めいている。シアリエが階段の下からそれを眺めていると、視線に気付いた彼が人差し指を動かしてチョイと手招きした。

階段を上り、行儀悪く足を組んで座ったアレスの前に立つと、シアリエは胸の前で両手の指を組む。それから、恐る恐る尋ねた。

「陛下は、禁酒法についてどう思われますか……？」

アレスは禁酒法推進派の酒場での暴挙に対しては怒っていたが、禁酒運動自体は否定していなかった。今だってカルバハルに話し合いの場を設けると言っていたし、賛成でないにしても、場合によっては禁酒法を実現させる気なのではないか。

そう危惧するシアリエに、アレスはアッシュグレーの髪を掻きあげて言った。

「賛成なわけねぇだろ。過度な飲酒は褒められたものじゃねぇが、法律で縛りつけるべきものでもねぇ。それに、酒を禁じたところで、劇的に治安が回復するとも思えない。ならそんな人を抑圧するだけの法律は無意味だ」

アレスが禁酒法に乗り気でないと知り、シアリエは一瞬肩の力を抜いた。胸を撫でおろすシアリエに、彼は言葉を続ける。

「だからって、意見を伝えに来た奴らをないがしろにするつもりもない。あいつらは現状に不満があって、何かを変えたいと思ってここに来たんだ。なら言い分をしっかり聞いて、その上で納得させてやらなきゃな。それに、もしかしたら俺には見えていない何かが、禁酒法推進派の奴らには見えているのかもしれない。だからしっかりと聞いて、禁酒法を制定するかどうか判断する」

ああ、アレスはそういう人だ、とシアリエは思った。彼はいつも、誰かの意見や思考を軽んじない。実力があれば変わり者のロロやキースリーを登用するように。

(大変な状況だけど、そういうところも、好きだなって思う)

ならば、自分がすべきことは一つだ。

アレスが皆の意見に耳を傾けて物事を判断するつもりなら、自分は――――前世の歴史で愚策と名高い禁酒法の制定を阻止してみせる。

シアリエがそう意気込んでいると、ふとアレスの表情が陰った。切りたった頬に長い睫毛の影を落としながら、彼はシアリエと目を合わせずに言う。

「ただ、シアリエ、この件からお前は手を引け。しばらく俺の公務に同行する秘書課のメンツも、ジェイドとキースリーに固定してお前は外す。禁酒法についての会議にも臨席するな」

「え……、何故ですか?」

(何をおっしゃるの、陛下!)

シアリエは納得がいかず、アレスに詰め寄る。前世の知識で禁酒法が愚策と知る自分がこの件から手を引くなんてありえないと思うシアリエだったが、アレスは焦れったそうに言った。

「分かるだろ。禁酒法問題は、お前の実家の事業と相性が悪すぎる」

「先ほどのカルバハル神官長様の発言を気にしてらっしゃるのですか？　陛下は私が実家の事業のために禁酒法に反対しているわけではないと庇ってくださったじゃないですか。なのに……」

焦燥が身を焼き、シアリエは早口で訴えた。

「やはり、酒類のバイヤーの娘である私が陛下のおそばにいると、禁酒派の方々からの評判が悪いからですか？　私が陛下の足手まといになるから？」

「違う。いいから引けって」

「では何故！　理由を説明してください。陛下が悪く言われるなら、私も考え――」

アレスは血管の浮き出た拳を、肘掛けにドンと打ちつけた。見る者を委縮させる鮮烈な紅の双眼が、真っ向からシアリエを射貫く。

「俺がどう思われようとどうでもいい」

「どうでもよくは……でも、では何故ですかっ？」

食い下がるシアリエに、アレスは細く長いため息をつく。

その仕草が気に障りつつも絶対に引く気のないシアリエは、彼の大きな手に腕を引かれる。急なことにバランスを失った身体が傾ぎ、アレスの膝に倒れこみそうになった。

「きゃ……っ」

けれど背もたれに顔を強《したた》かに打ちつけそうになったところで、アレスによって細い腰を摑まれ、彼の膝に向かい合って座らされる。彼の大腿《だいたい》を尻に敷いているせいで、わずかにシアリエの方が、目線が高くなった。

まるで猫が擦り寄ってくるように、アレスは長い前髪に覆われた額をシアリエのそれにスリッと寄せてくる。吐息がかかる距離に動揺したシアリエの心臓が、不規則な音を立てた。

「あ、の……」

「何故、何故ってうるせぇよ。お前を禁酒法の件から外す理由なんて一つしかないだろ」

「へい……」

「お前を傷つけられたくないからだ。何人《なんぴと》からも。……傷つくシアリエの姿は見たくない」

「……っ！」

（私の、ため……？）

アレスが禁酒法の件からシアリエに手を引かせたいのは、自分が侮られるのが嫌だからではなく、先ほどのカルババハルのような禁酒法推進派の発言で、彼女が傷つけられるのを防ぎたいから。彼に言われて、シアリエはようやく理解した。

（守ってくれてるんだわ。陛下は私を。でも、私は……！）

「なら……傷つきません」

シアリエは唇が触れそうな距離で、啖呵《たんか》を切った。

「シアリエ」

「陛下が私を慮《おもんぱか》ってくださる限り、私は私を弄する他人の言葉に傷ついたりしません。でも、おそばに……」

シアリエは純白の制服の胸元を、しわになるくらいきつく握りしめた。

「陛下のおそばにいられないと思うと、胸が張り裂けたみたいに痛みます」

シアリエと一緒にいることで自分が侮られるのは耐えがたい、とアレスが言うなら、こちらも引いた。身を八つ裂きにされるみたいに辛く屈辱的ではあるけれど、彼の迷惑にはなりたくないから。けれど、シアリエのためを思って禁酒法の件から手を引けと言うなら、譲る気はない。たとえ一時でも、アレスのそばを離れる選択肢なんて、今のシアリエには絶対にない。

「────どうして」

頑ななシアリエに、アレスは心底理解不能だという顔をする。その表情がちょっぴり幼く見えて、シアリエはふわりと微笑んだ。

「どうしてって、そんなの決まってますよ。陛下のことが好きだからです。ですから、新たな法律を制定するかという大変な局面で、貴方のそばを離れたくありません」

ああ、結局、全然空気が読めていないとシアリエは内心苦笑した。本当はこんなタイミングで告白の返事をするつもりではなかったのだ。もっと今がベストという時に、応えたかった。

でも、もういい。アレスの隣にいられるなら、彼のために努力できるなら。

もし禁酒法が成立すれば、前世の歴史で知るような結末をなぞることになる。そうなった時、禁酒法を施行したアレスは、後世の人々から愚かな君主の烙印《らくいん》を押されてしまう。それは絶対に避けたいのだ。

(私の世界一大切で大好きな人が、後の世で悪く言われるなんて絶対に嫌)

シアリエは菫色の瞳に決意の色を滲ませて言った。

「だから陛下、引き続きおそばに……っん」

元々吐息が触れあうような距離だったけれど、突然アレスから奪うように口付けられて、続きの言葉が舌の上で溶けてしまう。驚きで震えるシアリエの睫毛が、彼のきめ細やかな肌に触れてしまいそうだ。

「陛下⁉　あの……っちょ、んん……っ、まっ、ねぇ……っ」

（い、いきなり何……⁉）

角度を変えて啄《ついば》まれるようなキスが止まらない。段々酸欠で白みはじめたシアリエの視界には、獲物を狙う猛禽類のように鋭いアレスの表情がうっすら見えた。

呼吸がままならない。シアリエが苦しさから逃げようとのけ反れば、後頭部と背中に回った手に引き寄せられ、さらには前のめりになったアレスに余計熱っぽく口付けられた。

「陛下、くる、し……」

「我慢しろ」

（え、横暴すぎないですか……っ⁉）

天井が高く音が反響しやすい広間に、ひたすら甘い吐息が木霊《こだま》する。それが自分たちから発せられていると思うと身体中が火照るくらい恥ずかしくて、シアリエは勘弁してほしいという気持ちを込めてアレスのピアスを引っ張った。

形のいい耳たぶが、涙の膜が張ったシアリエの視界の中で歪む。絶対に痛いはずなのに、アレスはおくびにも出さなかった。代わりに、抵抗されたことが不満なのか、最後に思いっきり下唇を甘く食《は》まれる。

「へい……」

「好きだ」

肩で息をするシアリエに向けて、アレスは窒息しそうなくらい重い愛をぶつけて言った。

「初めて会った時から好きで、好きで、どうしようもなくて、今もどうしようもねぇ。そんなお前が、俺に同じ気持ちを返してくれるなんて、夢でも見てるみたいだ」

「……夢じゃ、ないです……」

「ああ。そうだな。夢じゃないって、もっと確かめさせてくれ」

こちらを見つめるアレスの緋色の瞳が、とろりと溶けてしまいそうなくらい甘い。それにドキリとしたシアリエは、再び重なった唇を甘受してしまった。

国に暗雲が立ちこめている大変な状況なのに、大事な話の途中なのに。想いが通じ合って嬉しい気持ちが、消せない。

(どうしよう……。私のバカ、浮かれてる場合じゃないって分かってるのに……)

このひと時だけはどうか、想いが通じ合った喜びに酔いしれていたい。だってやっと、自分を受け入れて愛してくれる人と結ばれたのだ。前世からずっと、仕事だけが自分の拠り所だったけれど、ようやくそれ以外の居場所を見つけられた。与えられた。

(粉雪みたいに優しく降り注ぐ愛をくれる人と結ばれたんだって、今だけは浸らせて……)

大きな背中に目いっぱい抱きつきながら、シアリエは顔中を綻ばせた。


しばらくの間キスされていた唇が、甘く痺れている。

アレスの膝の上から降りたシアリエが腫れたような唇に触れていると、彼は気が重そうに言った。

「シアリエが傷つかないと言っても、お前が俺のそばに居続けて、おまけに禁酒法に反対していると知れば、推進派は反発するだろうな。仮に俺が禁酒法の制定を認めなかった時には、お前に籠絡されたからだと言いだすバカも出てくると思うぞ」

「それなんですが、会議に私も臨席させてください。反対派として、推進派の方々を説得してみせます」

「……会議に出席する秘書官には、発言の権利はあるが……」

アレスは顎に手を当て、考えるように言った。

「禁酒法に反対する理由をしっかりと用意しないと、お前の言葉は流されるぞ。俺も、国政のこととなればお前が反対しているからって簡単に頷くわけにはいかない」

「はい。分かってます。それについてはお任せください。陛下」

キスの余韻に浸っていたシアリエはどこへやら、すっかり秘書官の顔に戻って言った。

「私、昔からプレゼンは得意なんです」

シアリエは百合《ゆり》の花のような笑みを浮かべる。カルバハルに相対した時は焦りから頭が真っ白になったが、こちらに考えがないわけではないのだ。ただ……。

「問題は時間ね」

そう呟くシアリエを、アレスは不思議そうな表情で眺めていた。

禁酒法推進派との会議の場は、十日後に設けられることになった。

とにかく時間がない。アレスにも言われたが、禁酒法の制定を諦めさせるには推進派を納得させるだけの理由がいる。そのためには過去に禁酒法が施行された国の現状や、実際にその法が成された時シェーンロッドに起こる問題のシミュレーションを、資料として用意したい。

となると、情報集めに奔走する必要があるのだが……。

「時間が、ない……!!」

絶望的な声を上げるシアリエ。多忙な秘書官の身である彼女は、中々身体が空かなかった。

（禁酒法についての会議がまさかの繁忙期と重なるなんて……！）

「昼食はリンゴチップス一枚で結構だから食堂には行かないと……誰か陛下におっしゃってくださ

い……。今日だけでいいから昼休みも仕事をさせてくださいと……」

昼休みを知らせる鐘が鳴ったところで、シアリエは書類の山に埋もれながらげっそりと言った。

机にうずたかく積みあがった書類は、どれも今日中にこなさねばならない仕事だ。普段なら黙々と消化している仕事も、会議に使う資料集めやプレゼンの原稿作りと並行作業となれば進みが悪くなる。

それ故に、せめて休憩時間を削ったり残業をすることが許されていれば……と、つい以前にも考えていたことを思った。

往生際が悪く机に齧りついて仕事をするシアリエの前に立ったジェイドが、顔を覗きこんで言う。

「シアリエ、まもなく陛下が迎えにいらっしゃるよ。一旦作業の手を止めよう」

「今日だけはご容赦を……私、最近真面目に昼食を取っていたじゃないですか。だから今日だけは昼休みもお仕事をすること、大目に見ていただけませんかね……」

会議の資料集めはシアリエが勝手にしていることなので、普段の秘書官の仕事の方が優先順位は高い。けれど、そちらを優先していると会議の日までにプレゼンの準備が整わないのだ。一回くらい、昼食を抜いても許してほしいとシアリエは鳥のように唇を尖らせた。

大人びた顔つきに似合わぬ子供じみた表情を浮かべるシアリエに、ジェイドはクスクスと笑う。

「陛下から事情は聞いているよ。シアリエは教会や一部の貴族が推進している禁酒法の立案に反対しているそうだね」

「はい……まあ」

「私も禁酒法には賛成しかねる。秘書課にいる皆がそうじゃないかな。ストレス社会に生きる我々にとっては、アルコールは命の水だからね」

ジェイドはレンズ越しにお茶目にウインクしてみせた。彼は呆気に取られるシアリエに向かって、「だからね」と続ける。

「頼ればいいんだよ。君が一声、助けを求めてくれれば僕らは喜んで応じるんだ。言ってごらん、仕事を手伝ってくれって」

「仕事を……?」

その発想はなかった。今まで仕事は手伝うものであって、手伝われるものではなかったから。例外としてパージスの視察に向かう道中、体調不良のためキースリーに仕事を手伝ってもらったが、あれはシアリエの意思によるものではない。アレスが指示したものだ。

(自分から仕事を頼むなんて、したことがないわ……)

以前の自分だったら、顔を真っ青にして首を横に振っていたと思う。

他人に迷惑をかけて失望されるのが、ずっと怖かったから。けれど今は……。

シアリエは怖々と周囲を見回す。隣の席で机上を片付けていたロロも、その向かいで食堂に向かうべく立ちあがっていたキースリーも、それ以外のメンバーも皆、妹を見守るような温かい目でこちらを見つめていた。

「ハブルクルク・ジェス・ポーニア」

ロロが「何でも頼んで」と異国語で言いながら胸を張る。それに呼応するように、キースリーが腰に手を当てて偉そうに言った。

「言ってみなさいよ、シアリエ。ここにはこれまで、散々アンタに仕事を助けてもらった奴しかいないんだから、皆アンタに恩返ししたくてウズウズしてるはずよ」

「そんな……私は何も……」

机を回りこんでやってきたキースリーは、謙遜するシアリエの細い顎をクイと持ちあげる。シアリエの紫水晶の双眸に、蠱惑的《こわくてき》な彼の微笑みが広がった。

「あーら、それともなぁに？　王宮の官吏の中でも特に優秀なアタシたち秘書課のメンバーじゃ、頼りにならないかしら？」

「そんなことありません！」

シアリエは息を弾ませ、矢継ぎ早に否定した。するとキースリーは我が意を得たりと言わんばかりに、紅の引かれた唇で弧を描く。

「じゃあアタシたちに頼めるわね？」

皆からの見守るような視線に背中を押され、シアリエはカラカラに乾いた口を開く。

「……っ、お仕事、手伝ってください……。ご迷惑で、なければ……」

生まれて初めて口にする言葉は、ひどく緊張した。知らず握りしめていた手のひらが汗ばむ。前世で誰にも頼れず、熱で倒れても点滴を打って仕事していた自分を思い出した。

皆に負担を強いることに脇腹がしくしくと痛む。けれど、返ってきたのは同僚たちの満面の笑みだった。

「喜んで！」

「お昼ご飯食べたら、ちゃちゃっと片付けてやりますかー」

同僚たちは、袖を捲りあげて力こぶを作ったり、いそいそとシアリエの机から書類の束を貰っていく。まるで衝立《ついたて》よろしく積みあがっていた書類はみるみる彼らの手に渡り、シアリエは瓦礫《がれき》の山から青空が覗いたみたいに、周囲の様子が一望できた。ついさっきまでは、書類が壁となって視界を覆いつくしていたのに。

（……目頭が熱い……）

温かい飲み物でも飲んだみたいに、内側から身体が、心がポカポカする。

「誰かお一人くらい、嫌な顔をなさってもよろしいのに……」

「しないわよ！　そんなこと！」

シアリエの独り言を拾いあげ、キースリーは声を上げて笑った。

「言ったでしょ。恩返ししたくてウズウズしてるって。今はアンタの力になれることが嬉しくて、たまらないわよ」

「そうだよ。頼ってくれてありがと、シア」

シェーンロッド語で、ロロが同意しながら両手を握ってくれる。それにまた、シアリエは胸がじわりと温かくなった。

前世で優しい上司や先輩に囲まれる光景を、夢見なかったと言えば嘘になる。でも、諦めていた。決して手に入らないと思っていた。だけど今世では、ようやく手に入ったのだ。

シアリエは皆の温かさが薬のように身体の中で溶けて、自身を癒していくのを感じた。

「ありがとうございます。ロロ……キースリーさん、イクリス秘書官長……皆さんも……私……」

ほしくてたまらなかったものが、また一つ手に入った。

一つ目は、大好きで、いつだって自分の味方でいてくれる人。それから、陽だまりのように優しい人たちがいる場所。

(私にも、与えられるんだ……)

前世ではずっと、そういった温かな風景は、ガラスを一枚隔てた向こう側の世界だと思っていた。いくら手を伸ばしても、ガラスが邪魔をして、届かないのだと諦めていたのに。

「皆さん、大好きです……」

目元にうっすらと涙を浮かべて、シアリエは秘書課の仲間に向かって頭を下げる。すると逞しい腕が背中から回り、へそを曲げたような声が耳たぶをくすぐった。

「おい、シアリエ。俺以外に大好きって言うの、禁止な」

いつの間にか秘書室を訪ねてきたアレスが、シアリエを後ろから抱えこむように抱きしめて言った。こめかみが引きつっている。

「誰だ？　俺のシアリエといちゃついてるのは」

「へ、陛下⁉　あ、あの、皆さん、これは……！」

『俺の』発言をされてパニックを起こすシアリエだったが、秘書課の面々は驚いた表情を浮かべることなく受け入れていた。そのことに、より恥ずかしさを煽《あお》られる。

（もしかしてキースリーさんやロロだけでなく、皆さんにまでバレてた……⁉）

完熟トマトみたいに赤くなるシアリエを抱きしめたまま、アレスは機嫌悪く言った。

「シアリエ。食堂に行くぞ。もしかして、久しぶりに駄々こねてたのか？」

「……っ皆さんのお陰で、もうこねてませんよ」

アレスに対し色々言いたいことはあったが、今は秘書課の仲間への感謝の気持ちの方が上回る。

シアリエは深々と彼らに一礼してから、アレスと共に食堂へ向かった。


秘書官の業務以外にも、ロロとキースリーが調べ物を手伝ってくれたのはシアリエにとって幸運だった。

何せ仕事ができる二人だ。頼みごとをした次の日には、望む資料が手に入った。

休憩時間に凝り固まった背筋を伸ばしていたシアリエの肩を、隣席のロロが叩く。

「シア。ズニズニ・ネフネフ」

「ありがとうございます、ロロ！　頼んでいた資料を訳してくださったんですね」

相変わらずの異国語で「これあげる」と言ったロロから書類を受けとり、シアリエは破顔して礼を言った。彼には他国で禁酒法の前例がないか、もしあった場合はその現状が記された書物や新聞を訳してほしいとお願いしていたのだが、たった一晩で書類を揃えてくれるとは思わなかったので、感動してしまう。

「うわぁ……。資料、すごく沢山集めてくださったんですね。これを訳すのは骨が折れたでしょう？ 本当に助かります」

「スニスニ・メルメル？」

「纏めるのを手伝おうか、ですか？ ここまでしていただいたのにこれ以上なんて……お気持ちだけで十分です。この資料、絶対に無駄にはしませんから」

シアリエは赤子を抱きかかえるくらい大切な気持ちを込めて、資料を胸の前で抱きしめる。と、今度は誰かに、頭上にポスリと羊皮紙が載せられた。目線だけ斜め上にやれば、三日月のように美しい弧を描いた唇が視界に入る。この妖艶な口元はキースリーだと思うや否や、その唇から上機嫌な声が発せられた。

「じゃあシアリエ。このリストも無駄にしないでくれるかしら？」

「キースリーさんも、お願いしていたことをもうやってくださったんですか⁉」

「当然でしょ。アタシを誰だと思ってるの」

得意げに言ったキースリーは、座っているシアリエの頭に載せていたリストを手渡す。

「はいこれ。頼まれていた、禁酒法の立案に賛同している者の一覧表よ。カルバハル神官長が秘書官長に提出した名簿を、家格や身分ごとに細かく分類して新しくリスト化しておいたわ」

「ありがとうございます！ 元の名簿は賛同者の名が住んでいる地域ごとに纏められていたから、

知りたい情報が分かりづらくて……。これで読みとりやすくなりました。キースリーさん……さすが、仕事がとても早くて助かります……！」

「ふふん。そりゃアタシだもの。それで、禁酒法推進派の人間を家格ごとにリスト化した意図は？　もしかして上級貴族の弱みでも握って、反対派に寝返るよう揺さぶる気？　一応その可能性も視野に入れて、それぞれの仕事や女性遍歴、黒歴史まで明記しておいたけど？」

「わあ。弱みを握って脅す予定はありませんが、何かに使えるかもしれませんね。ありがたいです」

キースリーの情報収集能力の高さに脱帽しながら、シアリエは理由を説明する。

「推進派の人間の特性が知りたかったんです。教会側の意図は宗教的道徳を守るためという明確なものでしたが、では貴族や他の賛同者の意図や目的は何か共通点があるのかなって……ああ、やっぱり……貴族の名が並ぶと分かりやすいですね」

「なあに？　何か面白い情報でもあった？」

机に片手を突いたキースリーは、プレゼントを開ける前の子供みたいにウキウキした様子でシアリエの手中にあるリストを覗きこむ。今度はシアリエが得意げな顔をして微笑を浮かべた。

「はい。とっても。禁酒法の成立に賛成する方の中には、どうやら私情が絡んでいる方も多くいらっしゃるようです。これを利用すれば、禁酒法の制定を食い止められるかと」

「そう簡単に事が運ぶかしら？　『茶』を司るティゼニア神を崇《あが》める教会と、酒は相性最悪だもの。絶対に推進派は引かないと思うけど」

「あら、キースリーさん」

シアリエは目をパチクリとさせてから、悪戯っぽく笑った。

「そんなことはありません。教会と推進派の貴族は一枚岩ではありませんし、何より――お茶とお酒は、仲良くできるはずですよ」

シアリエはロロとキースリーから貰った大事な書類の角を机でトントンと整えると、同僚たちの席の間を縫い、ジェイドの事務室に向かう。ノックに対する返事を聞いてからシアリエが入室すれば、執務机の前に座って書類に判を押していた彼は、眼鏡の奥に光る目を丸めた。

「シアリエだったのか。何か用かい？」

「イクリス秘書官長。突然で申し訳ありませんが、明日、お休みをいただけませんか」

「明日？　スケジュールを確認してみないと分からないけど、どうしたんだい？　仕事中毒のシアリエが本来の休日でもないのに休みを希望するなんて……急用？」

槍《やり》でも降るのではないかと言わんばかりのジェイドに向かって、シアリエはニッコリと微笑む。

「ちょっと実家に用ができてしまいまして。明日片付ける予定だった仕事は、今日前倒しで済ませますのでご安心ください。皆さんが手伝ってくださったお陰で、ちゃんと終わると思います」

「それならいいけど……ご実家に？」

シアリエがユーインに婚約破棄をされて実家を出てから一度も帰っていないことを知るジェイドは、年頃の娘や姪を心配するような目を向けてくる。けれど彼は何も言わず、休暇の申請書をくれたのだった。

実家の門をくぐるのは、実に二カ月以上ぶりだ。

帰省したシアリエは自身の顔が強張っているのを感じながら、応接室で両親を待つ。使用人が淹れてくれたお茶に口をつけることなく、背筋を伸ばしたまま待ち続けていると、足音が三人分こちらに近付いてきた。シアリエがソファから立ちあがるのと同時に、応接室の扉が開く。

扉を開けたのはモネで、その後ろから両親が探るような目つきで入ってきた。挨拶もそこそこに、シアリエは切りだす。

「お久しぶりです、お父様、お母様。モネも、元気そうね。今日はお願いがあって参りました」

シアリエに面差しの似た母は、自分の夫の出方を窺う。ロマンスグレーがよく似合う父は、向かいのソファにどっかり腰かけるなり険しい口調で言った。

「いきなり実家に顔を出して何だ。お前の卒業パーティーの後、こちらはとても大変だったのだぞ。いや、それは、お前は気の毒だったが……」

すっかり頭の隅に追いやられていたが、そういえば自分は学院の卒業パーティーで婚約者のユーインから一方的に婚約破棄されたのだった。それだけならシアリエはかわいそうな被害者だったが、その後がまずかった。シアリエは侯爵令息であるユーインに代わって秘書官に推薦されたのだから。

シアリエが決めたことではなかったとはいえ、当然ユーインの実家であるシュトラーゼ家はいい顔をしなかっただろう。

「それは……」

「お父様、シアお姉様を責めないで。全部モネが悪いんですもの」

全くもってその通りではあるのだが、妹が自分の援護に回ったことにシアリエは驚きを隠せない。

一体何が起こっているのかと瞠目すれば、父親の隣に腰かけたモネは、きまりが悪そうに言った。

「モネも反省したんです。それに、この前王宮の寮を訪ねた時にシアお姉様に説教をされて、目が覚めました。私、シアお姉様の味方になる」

「モネ……」

甘え上手で、自分にはないものを持っている妹。彼女のことがずっと得意ではなかったシアリエだったが、味方になると心強いと思う。

「そもそもシアお姉様は、婚約破棄された被害者で、何も悪くないもの。そうでしょ、お父様」

「それは……そうだが……すまない。シアリエ。昨今の禁酒運動の激化で参っていてな。お前に八つ当たりをしてしまった」

「私もよ。ごめんなさいね、シアリエ。貴女が婚約破棄されて、泣き言も漏らさずに家を出てようやく、私は娘にとって泣きつけるような心を許せる存在でなかったのだと反省したの」

父に同意した母も、シアリエに謝ってくる。

「いえ……」

両親に謝られたことなんて、前世を合わせても初めてだ。明確な変化に、シアリエは打ち震える。

「あの、その禁酒の機運の高まりを受けて、禁酒法を制定すべきという声は王宮にも届いています。そこで、お父様にお願いがあるのですけれど……」

シアリエはゴクリと唾を飲みこみ、実家を訪ねた目的を父親に向かって語った。ここへ来たのは、彼に協力を仰ぎたかったからだ。

「お父様の目利きで、名酒を揃えていただけませんか。――――お茶との相性がいいものを」

「茶との相性だと？　そんなものを探してどうする？　飲み比べでもするつもりか？」

「この状況を打破するための一手として、使いたいんです。これに関しては、未成年の私ではなく、バイヤーとして数々のお酒と関わり、本当によいものの味を知っているお父様の舌が頼りなんです。どうか、力をお貸しください」

シアリエは頭を下げ、協力を仰いだ。家族から痛いほどの視線がつむじに刺さっているのを感じる。

ややあって、父から「顔を上げろ」と静かに声がかかった。

「お前に頼りにされるのは、初めてだな。シアリエ」

そういえば、そうだ。子供の頃から両親の機嫌を窺っていたシアリエは、我儘や頼みごとをしたことがない。

「放っておいても勝手に育っていくお前を、ないがしろにしてきた自覚はある。それでもお前は、私の仕事の手伝いを買ってでてくれた。役に立ってくれた」

「それは……」

自分の自己実現のためにやっていたことで、両親のためにやったことではない。子供の時の自分はとにかく、仕事を手伝うことで自分の存在価値を確立したかっただけだ。

けれど結果的に、それが家業を助けることになったのは確かだった。

「ありがとう。だから今度は私が、シアリエの役に立とう」

「……っ！　本当ですか……？」

こんな局面で、父との絆《きずな》が生まれるとは思いもしなかった。

（そっか、目の前にいる父は、前世の両親とは違う。忙しさから家庭を顧みることのない人だったけど、私も自分には愛情が注がれないものだと決めつけて、子供らしく甘えることをしなかった）

けれど今、絡まっていた誤解の糸が解けたことで、ようやく心を通い合わせることができた。

「シアお姉様！　モネには？　モネには何かできることありませんか⁉」

飛びださんばかりの勢いで、モネが挙手する。愛くるしい美貌を誇る妹を眺めたシアリエは、彼女にぴったりのお願いを思いつく。

「モネ、貴女、今まで出席した社交パーティーで沢山の貴公子とお知り合いになっていたわよね？」

パーティーに出席する度、愛嬌があり妖精のように可愛らしいモネの周りには、いつも貴公子が集まっていた。

（本当はイクリス秘書官長のつてを使って、適任者を選ぶつもりだったけど……）

「その方たちの中に、禁酒法に反対している方はいらっしゃらないかしら？　もしそんな方がいらっしゃったら、ぜひ紹介してほしいわ。この件で協力を仰ぎたいの」

「早速何人か当たってみますわ。モネが役に立てるなんて！　ワクワクしてきました！」

ソファから立ちあがったモネは、シアリエにガバリと抱きつく。それを受けとめながら、まさか妹と、いや家族と一丸となって何かに立ち向かうことになるなんて、昔の自分なら想像もしなかったなと、クスリと笑う。

（それもこれも、陛下と、彼の愛するこの国のために）

大変な状況に変わりない。けれど、家族との絆が結ばれて、心が満たされた気持ちになったシアリエだった。

第五章　頑張りたい理由があります

禁酒法についての会議が開かれることは、新聞や人の噂を通してあっという間に市井に広がった。

そして当日、秘書官の制服に身を包んだシアリエは、会場の前で大きく深呼吸をする。

会場に選ばれたのは、王都にある講堂だった。視界に収めるのが大変なくらい大きな建物の前には多くの馬車が列をなしている。そこから降りてくる人物たちの顔ぶれに圧倒されて、シアリエは頬の筋肉が引きつるのを感じた。

（分かってはいたけど、すごいメンツね。国会議事堂に入っていく政治家を見送っているかのようだわ……。どの顔も新聞やパーティーで目にしたことがある人ばかり……）

ビックネームが目の前を通り過ぎていく度に、ヒットポイントを削られていく気がする。会議を前にして、早くも気がくじけそうだ。

（でも、負けちゃいけない）

シェーンロッドでは新たな法律が立案された時、必ずこのような会議の場が設けられる。会議に出席する者は、立案者はもちろん、宰相や法務大臣をはじめとした各大臣、法務官や秘書官、高位貴族が主だが、騎士団によって厳重な手荷物検査を受けた一般市民も傍聴席に座ることができた。

そして傍聴席にかける者以外には、会議での発言権が認められている。つまり秘書官として会議に参加するシアリエにも、発言権は与えられていた。

「ロセッティ秘書官も、どうぞお入りください」

人がまばらになった講堂の入口で、警備を担当していた騎士に声をかけられる。ひどい緊張からもつれそうな足で何とか大理石の階段を上り、シアリエは講堂に足を踏み入れた。

「手荷物があれば預かります」

「会議に必要なものはすでに中にありますので、手ぶらです。ありがとう」

騎士にそう答えてシアリエが中に入ると、外側から扉が閉まり、鍵と一緒に南京錠《なんきんじょう》までかけられる音がする。これから会議が終わるまでは、誰の退室も許されない決まりだ。今頃講堂の外は、騎士団長のバロッドの指揮によりネズミ一匹の侵入さえ許さぬ警備が敷かれていることだろう。

シアリエは講堂の中にある会議の間へ向かう。もう皆入室した後なのか、廊下には警備の兵しかいなかった。

(……ここね)

会議の間の前まで来ると、金箔《きんぱく》で彩られた観音開きの扉が迫ってくるような、ひどい圧迫感を覚える。ここでシェーンロッドの今後の情勢を大きく左右する会議がまもなく開かれるのだ。そう思うと、胃が搾られているみたいにキリキリと痛む。

(落ちついて、シアリエ。これは前世の仕事でのプレゼンテーションと一緒よ。伊達に営業職も経験してないわ。先方を頷かせることができるかどうかは私にかかってる。いいわね？　これは私の得意な仕事よ！)

自分にそう言い聞かせていると、不意に背後から声をかけられた。

「シアリエ」

「陛下？　まだ入室されてなかったのですね」

「お前を待ってたんだよ」

時刻は午後の二時前。廊下の向こうから悠然と現れたのは、アレスだった。

暗色で統一された服には金の装飾が映えているが、彼の鋭角的で危険な美しさの前では霞《かす》んでしまう。いっそ冷酷に見えるくらい完成された美を持つ彼は、緊張で青ざめたシアリエを見下ろし、気遣うような口調で言った。

「……お前の元婚約者の父親の、シュトラーゼ侯爵も来ているぞ」

「存じています」

シアリエはケロリと答える。禁酒推進派のユーインの存在は気になるが、参加者名簿の中に彼の名前はなかった。侯爵自身は己の立場を表明していないので、今のところ推進派ではなさそうだ。

「それだけか？　気まずくないのか」

「もちろん気まずいです。ですが、それを我慢してでも臨席すべき会議ですので」

「……本当に同席するつもりか？　会議に参加する奴らは、お前の実家の事業についても調査済みのはずだ。前にも言ったが、きっと悪意を持って接してくる奴もいる。それでも」

「それでも参加します。陛下」

シアリエは揺らぐことなく宣言した。アレスは蒼白な顔で立ち向かおうとする彼女に向かって、怪訝そうに問う。

「……どうしてそこまで、頑張れるんだ？」

「何をおっしゃるんですか」

シアリエは目を丸め、「分かりきったことを」と言わんばかりの口調で囁く。

「私が頑張れるのは、陛下と、陛下の愛する国のためだからに決まっています」

今までは、仕事は自己実現のために頑張っていた。けれど今は違う。

「禁酒法の制定に反対するのは、それが陛下や国のためにならないと判断したからです。それに……カルバハル神官長様に言われっぱなしなのも悔しいので」

(私が禁酒法に反対した時、陛下が私を気に入っているから肩入れする気じゃないかと侮られたのが悔しかった。陛下を甘く見られたこともそうだし、私が陛下に媚《こび》を売っているだけの女だと見下された気もして)

だから、そうじゃないと証明したい。アレスと付き合っているのは事実だけれど、好かれているから意見が通るのではなくて、実力があるから認められてそばにいるんだって思われたい。

アレスの隣に並ぶのに相応しいと思ってもらえるくらいに!

「陛下は以前、家格が釣り合わないと悩む私に『身分差なんてどうとでもしてやる』とおっしゃいましたが、私自身も努力します」

「は?」

シアリエが決意のこもったアメジストの瞳で真っすぐに見上げると、アレスは虚を衝《つ》かれた顔をする。そんな彼に、シアリエは自信に満ちた笑みを浮かべた。

(陛下とも、仕事仲間とも、家族とも絆を結べたんだもの。だからパージスを視察した時の私とは違う。ウジウジ悩んでいた私は、もう捨てた)

アレスに釣り合わないなんて嘆いている暇があったら、釣り合う自分になれるよう努力すればいいのだ。

「子爵令嬢でも、陛下の隣に相応しいのは私だって貴族の方々や国民の皆さんに思っていただけるように、努力します。そのためには、まずは秘書官としての私の実力を見せないと。きっと今が踏ん張りどころですよね。……陛下？　お顔を押さえて、どうなさいました？」

「お前は本当に……」

アレスの頬に朱が差す。並びのよい歯を食いしばった彼は、唸るように言った。

「どこまで俺を夢中にさせれば気が済むんだよ」

「え？」

「会議の前じゃなきゃ、お前のこと押し倒してる」

シアリエは緊張が吹き飛ぶような発言に、「なっ⁉」と言葉にならない声を返す。ややあってから、アレスは真っ赤なシアリエの手を握った。

「風にさらわれそうなくらい華奢で儚げな見た目のくせに、誰よりも根性が据わってて、努力を惜しまない格好いい女。だけど、たまらなく可愛い女」

いつもみたいに抱きついたり、キスをしてくるわけでもない。けれど、触れあった指先が溶けてしまいそうなくらい熱くて、アレスの瞳も同じくらい熱っぽかった。

「シアリエが好きだ。お前に出会ってから、もう何千回、何万回もそう思ってる」

その言葉が後押しになり、シアリエは覚悟を決めた。

懐中時計の短針が二を指すと同時に、アレスは観音開きの扉を押し開ける。シアリエが彼の後に続いて中に入ると、豪奢なシャンデリアに照らされた広間の全貌が明らかになった。

（真っすぐ立っているより、跪いている方が楽なくらいの威圧感ね……）

値踏みするような視線が一斉に注がれ、シアリエは肺が押し潰されているかのような息苦しさを味わう。会議の間は石材ではなく欅《けやき》の木が柱や壁に使用されており、前世の日本の衆議院議場にそっくりの造りになっていた。

正面中央の高い場所にある席が、国王であるアレスの席だ。その左隣の席には、すでに宰相がかけている。

アレスの席を中心として、下段の左右にそれぞれ一列、欅の長テーブルがあり、そこには法務大臣をはじめ、ズラリと各大臣がかけていた。両端には法務官長と、ジェイドの姿も見える。

アレスの席からよく見える真下には、弁を述べるための演壇が設置され、そこを起点として階段状にせり上がった席が、半円形に広がっていた。

前方にはカルバハルや神官、高位貴族が並び、後方の木の柵で区切られた傍聴席には市民が落ちつかない様子で座っていたが、皆アレスが入場するなり軍隊のように立ちあがった。

彼らの中には禁酒法の制定に賛成の者もいれば反対の者もおり、当然――――まだどちらか決めかねている者もいる。禁酒法に反対するなら、会議の間にいる多くの人の心を掴む必要があった。

シアリエは秘書官として、席に向かうアレスの後ろに静々と付き従う。階段を上っていると、アレスの右隣の席から声がかかった。

「陛下。シェーンロッドに栄光の光あれ」

弦を弾いたように張りのある声が、会議の間を震わせる。挨拶を述べた美しい女性は、アレスの容貌によく似ている。彼女は彼の母であり、先王陛下の妻でもある王太后エレオノラだ。

「本日は、連日話題になっている禁酒法を制定すべきかどうかの会議を行います」

アレスが席に座ったタイミングを見計らって、進行役を仰せつかったジェイドが会議の間全体に向かい声を張りあげる。

ジェイドが話しはじめても、百人近くが詰めかけているせいかざわめきは中々止《や》まなかったが、それもアレスが片手を上げると不思議なほどピタリと止まった。

「飲酒を法で取り締まるべきと考える者たちは、まず禁酒法の草案をここで示せ」

アレスの後ろに立って控えるシアリエは、演壇を見下ろす。着席する皆を背に、カルバハルがそこに立ち、草案を手に演説を始めた。

最終的には一通りの審議を終えると、法案を可決するかどうかの投票が行われる。この結果はとても重要だ。それを踏まえた上で、アレスは法案を通すか決めるのだから。

もし彼が可決すると、法務官によって法案の修正や調整が入り、やがて禁酒法は公布されることとなる。

（陛下は禁酒法に乗り気でないとはいえ、国民の声を無視はしないわ。賛成派の意見が多ければ、法案を通す可能性も高い。彼は私が反対派だからって、公私混同をしないだろうから。これは……）

アレスのために、彼を完全に納得させることができるかどうかの戦いだ。

「――――以上、この禁酒法は飲酒による犯罪を抑止するために制定すべき法である。シェーンロッドのすべての領土において、飲用を目的としたアルコールの醸造や販売、運搬や輸送を禁じる」

禁酒推進派が作成した草案を、カルバハルは高らかに読み終えた。

まばらに拍手が湧く会議の間。傍聴席は、にわかにざわつきはじめる。

「醸造や販売がダメってことは、家庭内で酒を楽しむ分にはいいってことか？」

「病院でアルコールを処方してもらうのは有りなのかしら？　ほら、処方箋を書いてもらって」

「禁酒法、万歳！　治安の悪化を防ぐには、この法律しかない！」

様々な声が飛び交う会議の間に、ジェイドは机に置いていた木槌を打ち鳴らす。

「静粛に願います！　質問や法案に反対意見のある者は、挙手を！」

ここで、アレスは後ろに控えていたシアリエをチラリと見る。しかしシアリエはフルフル、と首を横に振った。まだ自分の出番じゃない。これから話すのは、私ではないと意思表示する。

（――――そう、まだ、私の時間じゃない。最初からロセッティ家の私が出て反論すれば、前回と同じようにカルバハル神官長に突かれてしまう）

てっきりシアリエがすぐに話しだすと思っていただろうアレスは、眉を吊りあげた。そんな彼から向かって斜め右の、若い紳士が手を挙げる。

「発言をお許しいただけますか、陛下。私、ミハイル・ストリープは禁酒法の制定に反対いたします。理由はこれからお配りする資料を使って説明いたします」

群青色の長い髪をリボンで束ねたミハイルが落ちついた声で発するのを、シアリエは見守る。

そう、今は彼のターンだ。シアリエは、先日モネに頼んだあるお願いを思い出す。

それは禁酒法に反対している貴族を探し、紹介してほしいというもの。何故って――――シアリエの代弁者として、禁酒法に対する反対意見を述べてもらうために。

(まさかモネが、高位貴族であるストリープ侯爵と仲がいいとは思わなかったけど……)

シェーンロッドの伯爵以上の高位貴族は、この会議への参加義務がある。一見シアリエと接点がなく、物腰が柔らかでクリーンなイメージの彼は、代弁者として最適な人物だった。

「……お前、考えたな。あいつに喋らせるつもりか？」

演壇に立ったミハイルに視線をやったまま、アレスが背後のシアリエに耳打ちする。

「陛下がヒントをくださったんですよ。『禁酒法問題は、お前の実家の事業と相性が悪すぎる』って。確かにその通りだと思いました。だから、別の方に代弁していただけるよう頼んだんです」

本音は自分が矢面に立ち、カルバハルをはじめとする推進派に意見をぶつけたいところだし、それによって悪く言われても傷つかない。ただ、どうしても酒で多くの利を得ているロセッティ家である限り、シアリエの発言には私欲が混じっているように受けとられてしまうだろう。

だから一見シアリエとは関係がなく、教会側にも軽んじられない代弁者が必要だと、ずっと考えていた。

アレスは頬杖を突いて言う。

「だからストリープ侯爵に自分の代弁者になるよう頼んだってか。……まさかあの侯爵と、二人きりで会ってないだろうな」

「へ」

「会ってたら浮気だぞ。俺は嫉妬深いんだ。仕事以外で男と二人きりで会うのは俺だけにしろ」

(今気にするところが、そこ……っ!?)

シアリエはずっこけそうになりながらも、平静を保って咳払いした。

「ご心配されずとも、妹のモネが一緒でした」

「はあ⁉　お前から婚約者を奪った妹と⁉」

解せないという顔をするアレスに「色々あったんです」と適当な返事をするシアリエ。ヤキモチを妬《や》いてくれるのは嬉しいけれど、今はストリープ侯爵の話に集中してほしいところだ。

会議に同席していたロロとキースリーが、事前にシアリエが用意していた資料をストリープ侯爵が準備したものとして会議の参加者に配る。ストリープ侯爵には先に渡して意見を頂戴し、それを元に修正もしたので、まあ嘘ではない。

多めに用意していたので、キースリーたちは傍聴席にも数十枚回していた。

「皆さん。飲酒による健康被害や治安の悪化、暴力事件が増えているという批判を受け、禁酒法を施行した国は過去にもありました。ではその国がどうなったか、末路はこの資料に書いてあります」

ミハイルは芝居めいた口調で演説を始める。

「かの国では禁酒法成立後、酒を求める者によって闇の酒場が繁盛し、密造酒が高額で売買され、以前よりも治安は悪くなりました。結局、三年後に禁酒法を廃止し、この政策は無駄に終わったのです。我々はそんな他国と同じような失敗の道を歩むのですか？」

「この国は取り締まり方が甘かっただけでしょう。いっそ酒を飲む行為自体を禁じればよいのではないですか？」

前方の席に座っていた神官の一人が提案する。そうなると、病院で薬として出されるアルコールもＮＧとなってしまうので、線引きが非常に難しい。

「お言葉ですが、禁じても飲む者は必ず出てきます。むしろ酒は禁じられるほど、かえって飲みたくなるものだ」

ミハイルは事前にシアリエに渡されていた質疑応答用のメモに視線を落として言った。

「ではそういった者たちが、アルコールが手に入らないと知った場合、どういう行動に出るか？　資料の五ページをご覧ください。工業用アルコールを原料に植物の油で希釈、味付けした粗悪な模造ウィスキーを飲み、多くの健康被害が発生しています」

資料には禁酒法が施行されてからの他国の入院患者の推移と、患者の診断書を載せてある。

「参考にした小国はシェーンロッドより後進国です。我が国の民はそんな轍は踏まないでしょう」

推進派の貴族の一人が言った。それに対し、ミハイル以外の反対派の貴族が嚙みつく。

「安易すぎる！　もっとあらゆる角度から禁酒法を制定することで起こり得る問題を想定し、それでも法を定めるのか考えなくては……」

「もうよいでしょう。否定ばかりより、まず舵を切ってみようとは思わぬのかね。行動する前から慎重になっていては、何も成すことができぬのではないか」

「失敗した時に取り返しがつかないから慎重になるのです！」

推進派と反対派で、段々と討論がヒートアップしてきた。語気が荒々しくなっていく議論を耳にしながら、シアリエは内心で嘆息をする。

（やっぱり、そう一筋縄ではいかないわね。警鐘を鳴らしても、大抵の人は目の前で起こっていないことに対して深く考えられないものだわ）

推進派の者からすれば、シアリエが用意した禁酒法を制定した際に起こった他国の問題は、対岸の火事なのだ。自国に影響が出ていないから、彼らはピンとこないのだろう。

シアリエの握った資料にしわが寄る。ふと視線を感じて顔を上げれば、アレスがこちらの様子を窺っていた。どうする気だ？　と目が訴えかけてきている。

（――――かくなる上は）

その時、講堂の隣に立つ鐘塔の鐘が鳴り、話し合いを始めてから一時間が経ったことをシアリエたちに知らせた。白熱していた空気は切り裂かれ、皆が手を止める。

「もう三時か……。お茶の時間ですな」

居住まいを正してそう言ったのはカルババハルだ。ティゼニア神を崇める彼は、会議の場でもティータイムを取ることを忘れない。

「陛下、休憩を挟まれますか？」

アレスの隣に座る宰相が質問するが、彼が答えるより先に口を開いたのは、それまで会議を静観していたシアリエだった。

「皆様、どうかそのままお寛《くつろ》ぎください。お茶は私共がご用意いたします。キースリーさん、ロロ、お手伝い願えますか？」

シアリエが声をかけると、二人ともお湯を沸かしに会議の間を抜ける。シアリエが後に続こうとすると、背中にカルババハルの声がかかった。

「ロセッティ子爵令嬢が？　てっきり君も反対派として意見を発するかと思ったが、今日はお茶くみに徹するだけかね？」

カルババハルが嘲笑を浮かべると、先日彼のお供として王宮に馳せ参じていた神官たちが追随して小馬鹿にしたように笑う。シアリエは皮肉には答えず、心地よい笑顔を心がけて切りだした。

「ところで皆様、この中にアルコールが苦手な方はいらっしゃいますか？　お酒が弱い方は？」

シェーンロッドの民は体質的に酒に強い。そのため無用な質問だとは分かっていたが、念には念をと思って尋ねたシアリエは、周囲を見渡しニコニコと言った。

「ああ、よかった。いらっしゃいませんね」

「……何故そのようなことを聞くのかね。今から我々がいただくのはお茶だろう？」

カルバハルは疑うような目でシアリエを見つめる。その視線を受け流していると、再びキースリーとロロが、ワゴンに載せたティーセットを持って会議の間に現れた。

二人には事前に打ち合わせ済みなので、シアリエが用意したものをすべてワゴンに載せてきてくれたが、彼らの表情には心配の色がありありと浮かんでいる。

「シアリエ、言われた通りのものを持ってきたけど、本当にこれでいいの？」

シアリエのそばに寄ったキースリーがコソコソと耳打ちする。シアリエは温められたいくつものカップとティーポット、角砂糖、砂時計、マッチ、それから――――ガラス瓶に入ったブランデーとウィスキーがワゴンに載っているのを確認した。

「おい、酒が用意されてるぞ。ティータイムじゃないのか？」

ワゴンに載っているものを目にした人々がざわつく。波紋のように広がる戸惑いを歯牙にもかけず、シアリエはティーポットの蓋を開けた。中には秘書課に配属された初日に淹れたのと同じ、癖のない紅茶『フィルルマリン』が入っている。

「カルバハル神官長様、ご安心ください。会場の皆様に、極上のお茶をご用意いたしますよ」

シアリエはそう言うと、トレイに必要なものを一式載せ、アレスの元に続く階段を上る。お茶請けにはシンプルな味のパウンドケーキを用意した。これから会議の間にいる皆に味わってもらう特別なお茶に注意を引きたいので、主役の座を持っていくような目立つお菓子は避けたいからだ。

「シア」

紅茶用の砂時計の砂が落ちきったのを確認し、ロロが声をかける。シアリエはそれに頷くと、まるで天使がハープでも弾くように滑らかな所作でティーカップに紅茶を注いだ。ほわりとした湯気が立ち上ると、会議の間にいる人々の表情が綻ぶ。この国の人は、本当にお茶が好きだ。

貴族たちはもちろん、傍聴席に座る平民も、自分たちの分もあるのだろうかとプレゼントを心待ちにした子供のように落ちつきがなくなってきたのを横目に、シアリエはシュガーポットを開けた。

「まずは陛下に」

「ああ。おい、シアリエ、砂糖の数がいつもと違うぞ。それに何で、カップに入れずにティースプーンの上に載せてるんだ？」

アレスはワイルドな見た目に反して、キャラメルティーが好きなくらい甘党だ。ゆえに砂糖も二個入れるのがお決まりなので、シアリエが角砂糖を一つだけティースプーンに載せたことに、疑問を覚えたようだった。

しかしシアリエは、奇術師のように企《たくら》みを含んだ笑みを浮かべると、角砂糖の載ったティースプーンに、ブランデーを数滴分注いだ。周囲のざわめきが大きくなる。

「何をしているのかね。それは酒だ」

カルバハルが硬い声を発する。しかし怖い表情を浮かべた彼に、シアリエは決して動じなかった。

「存じています。皆様、今から私が、皆様が一息つける魔法をかけます。先ほどからずっと深刻なお話が続いておりますので、今から淹れるお茶を飲んで、どうかリラックスしてください」

「それがお茶って……一体――……」

続きの言葉が、カルバハルから紡がれることはなかった。シアリエは彼が発言を終えるのを待つことなく、片手で器用にマッチを擦ったからだ。夕日みたいに温かな色の火が揺らめくのを、多くの目が不思議そうに見つめる。シアリエは皆の視線がそこに釘付けになるのを待ってから、マッチの火をティースプーンにかざした。

「まあ。素敵」

真っ先に歓声を上げたのは、アレスの右隣に座る王太后だった。彼女は息子に似た切れ長の目を子供みたいにキラキラ輝かせている。その視線の先には、妖精の光のように青白い炎を放つティースプーンがあった。

ブランデーに火が燃え移ったことで、幻想的な青い火が、ティースプーンの上で躍っている。高熱が角砂糖を炙《あぶ》るように溶かしていき、ティースプーンの先の部分から蕩けたそれがティーカップの中にある紅茶へと滴り落ちる。

蛍の光みたいに幻想的な炎が消えていくと、シアリエはティースプーンをカップに入れてかき混ぜた。するとたちまち、紅茶と混ざりあったブランデーの豊かな香りが、会議の間にいるすべての人の鼻腔をくすぐる。何人かが、ゴクリと唾を飲みこんだ。

「陛下、どうぞ召し上がってください」

シアリエは恭しく、アレスへと声をかける。

「ティーロワイヤルです。火をつけたのでアルコールが程よく飛んでいますが、芳醇な香りと味わいが格別なお茶ですよ」

シアリエの後に続いて、キースリーとロロも同じようにお茶を淹れていく。王宮から連れてきた使用人たちがぞろぞろと入室すると、彼らも見様見真似で再現した。

パフォーマンスにはうってつけの飲み物だ。前世では紅茶にお酒を入れて楽しむ飲み方は一般的だが、ティーロワイヤルは皇帝ナポレオンが愛飲したと言われる、フランス革命期生まれの飲み物。この世界の彼らは、ティーロワイヤルを知らない。

未知の飲み物に、多くの人が期待に胸を膨らませているようだった。

「何の真似だ」

推進派の伯爵が、鼻の頭にしわを寄せて言った。以前禁酒運動を扇動していたグリュート伯爵だ。

「ふざけているのか？　我々は禁酒法の法案を成立させるためにここへ来ているのだぞ。求めているのは茶だ！」

「ええ。ですからお茶を用意しております。お酒を混ぜた、新しいお茶を」

「貴様……っ、人を小馬鹿にするのも大概に……！　茶と酒を一緒に出す⁉　ふざけるな！」

「ふざけてなどいません。陛下、お口に合いますでしょうか」

シアリエがグリュート伯爵と言い争っている間に、アレスはティーカップに口をつけ、コクリと喉仏を上下させてティーロワイヤルを一口飲みこむ。と、アレスは紅蓮《ぐれん》の瞳を瞬き、勢いよく二口目を味わった。

ゴクリ、ゴクリと喉を鳴らす音が聞こえてくるような盛大な飲みっぷりに、周囲は驚く。

「何だ、これは……っ？」

一気に飲み干してしまったアレスは、空になったティーカップを見つめて声を漏らす。

「豊かな香りが鼻に抜けてたまらない……。気付いたら飲み終わってた……」

「まあ、本当によい香り。それに……舌の上に芳醇でまろやかな味わいが広がりますわね。この深みは紅茶だけでは出せないでしょう」

次に飲んだのは王太后で、彼女はティーロワイヤルを絶賛した。

「ぜひ、私の主催するお茶会でもこれを出したいわ」

アレスと王太后のリアクションを見た推進派以外の貴族たちは、我先にとお茶を飲みはじめる。一口味わっただけで、皆感動したように隣の席の者と感想を言い合っていた。

「神官長様も、どうぞ召し上がってください。お茶が冷める前に」

シアリエはいまだお茶に口をつけていないカルバハルに向かって勧めた。しかし彼や禁酒推進派の貴族たちは渋ってティーカップに手を伸ばそうとしていない。

「何という方だ。非難されることを恐れて黙って大人しくしているかと思えば、こんな……」

「アルコールはほぼ飛んでおりますので、本当にこちらはお茶ですよ。安心なさってください」

こちらはね、という含みを持たせて呟きつつ、シアリエはカルバハルに微笑む。彼らは渋々茶を飲むと、体中に電流でも走ったような顔をした。

「美味い……っ！」

「何だこれは……っ。茶と酒は、これほど相性がいいのか……っ⁉」

グリュート伯爵を含め推進派の貴族たちは、信じられない、と連呼しながらティーロワイヤルを水のようにガブガブと飲み干す。なんならお代わりをねだりそうな勢いだ。

あのカルバハルでさえ、驚嘆の表情を浮かべている。

「――――ええ、あまり知られてはおりませんが、お酒はお茶と本当に相性がよいのですよ」

シアリエは長い睫毛を伏せ、名残惜しむように言う。

「ですがこちらのティーロワイヤルも、禁酒法が制定されれば、飲めなくなってしまいますね。どうぞ皆様、今のうちに存分にお飲みください」

会議の間が、審議が始まって一番のどよめきを見せる。お茶を水のごとく毎日飲むシェーンロッドの民にとって、知ったばかりの美味しいお茶を取りあげられることは半身を失うような辛さに匹敵する。高い位置にいるシアリエからは、皆が分かりやすく絶望する姿がよく見えた。

「そんな……こんな美味い茶が飲めなくなるなんて……」

「大丈夫だ。禁酒法は酒の醸造や販売は禁止していたけれど、家庭内で飲むことは禁じてなかった。酒を買いだめしておけば問題ない！」

「法の抜け穴を探すくらいなら、禁酒法に賛成しなければよいのでは？」

そんな議論が交わされるのを耳にしながら、シアリエはニヤリと笑って追い打ちをかける。

「お酒にはお茶との無限の組み合わせがありますが、手に入らなくなれば、それも知らないまま終わってしまうことになりますね」

「まさか、このティーロワイヤルという飲み物の他にも、酒とお茶を組み合わせた飲み物があるのか？」

伯爵は愕然とした面持ちで言った。

「もちろんです。割合を変えれば、お茶を混ぜたお酒として楽しむこともできますから。一応ご用意はありますが、皆様、お試しになられますか？」

シアリエは愛想のよい笑みを浮かべて、会議の間にいる人々に尋ねる。多くの人が目の色を変えて大きく頷いた。

「ぜひ試したいものだ。陛下、よろしいですよね」

宰相が身を乗りだして言う。

それに否やを唱えたのは、教会側の神官たちだった。平服の袖を振り乱し、彼らは声を荒らげる。

「反対いたします！　陛下、我々は禁酒法を制定するか否かの決議のためここへ集まったのです！それなのに、昼間から酒を飲んでいては何のための話し合いか分かりません！」

「そうでしょうか。我々が禁じようとしているものの価値を再認識するよい機会かと思いますが」

すかさず、ストリープ侯爵が口を挟んだ。

「どうでしょう、陛下」

「……幸いまだティータイムは続いている。酒と一緒に茶を飲むというのなら、まあいいだろう」

アレスの発言に、若い神官が悔しそうに歯噛みする。シアリエはアレスの元を離れ、階段を一段一段ゆっくりと踏みしめて下りると、準備に取りかかった。

使用人に声をかけ、あらかじめ準備しておいた酒を持ってきてもらう。ワゴンにズラリと並んだ酒は、すべてシアリエの父であるロセッティ子爵が各国から揃えた名酒だ。シアリエはこのために先日実家に戻り、父にお茶と相性がいいものを集めてもらったのだった。

（さすがお父様。どれもお酒と相性がいい一級品ばかりだわ。しかも……）

シアリエはガラス瓶に入った酒を手にする。

(焼酎《しょうちゅう》を持ってきてくれるなんて。舌が肥えてらっしゃる)

過去に酒類のバイヤーである彼の付き添いで世界各国を飛び回っていた時、大陸の東に位置する国で米や酒粕《さけかす》から作る蒸留酒の存在を見つけた。この世界に焼酎という名称はないが、作り方は同じだ。てっきり自国で生産されている名酒を用意してくると思っていたシアリエにとって、父親が外国の酒まで集めてくれたのは嬉しい誤算だった。

何故って、輸入を禁じる禁酒法が制定されてしまえば、手に入らない種類の酒だからだ。

「……見かけない色の酒だな。ワインでもエールでも、ラガーでもない……のか?」

ワゴンのそばに座っていたユーインの父である侯爵が、シアリエの持つ酒瓶を眺めて言った。会議が始まってから一度も話していなかった彼が自分と口を利いたことに驚きつつも、シアリエは平静なまま答える。自分にとってユーインに婚約破棄されたことは、もはや遠い過去のことだ。

(今はそれよりも……)

「こちらは遠い東の国から輸入したお酒です。今回使用するのは麦を使った蒸留酒で、フルーティーで軽やかな味わいが楽しめますが、こちらを……紅茶で割りましょう」

焼酎といえば、前世では烏龍茶《ウーロンちゃ》や緑茶で割るのがメジャーだったけれども、シェーンロッドの国民にはやはり紅茶が一番馴染み深い。シアリエはアールグレイによく似た、ベルガモットの香りがする茶葉を選んでお茶を淹れる。冷たいといかにもお酒という感じがし、今以上の反発を生みそうな気がしたので、紅茶の温度は高いまま割ることにした。

焼酎が三、紅茶が七の割合で、いわゆるお茶割りを作っていく。ティーカップから漂う爽やかな香りが、会議の間に満ち満ちていった。

「さあ、どうぞ。陛下」

赤い宝石を溶かしたような焼酎の紅茶割りを差しだすシアリエ。アレスは温かいティーカップを持ちあげると、舌の上で味わうように飲む。すぐさま、彼から恍惚《こうこつ》としたため息が漏れた。

「……この味を知らずにこれまで生きていたのが信じられないな。それくらい美味い」

先を競うように、他の者たちもキースリーとロロや使用人たちが淹れた焼酎の紅茶割りを飲む。間を置かずにあちこちから、酔いしれるような声が上がった。

「嘘だろ……酒と茶が、ここまで合うものなのか？」

これまでの常識が覆ったかのように呟いたのは、グリュート伯爵だった。

シアリエは表情に出さないよう努めながらも、心の中でガッツポーズをする。

「他にも様々な組み合わせが楽しめますよ。ですが、禁酒法が制定されればそれも叶いませんね。特に今お出ししたお酒は外国のものですので、輸入が禁じられてしまえば手に入れることはできません」

「そんな……！　こんなに美味しいのに……」

惜しむように声を上げたのは、禁酒法反対派の者ではなく、推進派の貴族だった。シアリエは獲物が餌に食いついた、と思いつつ、上がった口角をトレイで覆って隠す。

「これほどの素晴らしい飲み物が飲めなくなるのは残念だが、それ以上に……」

「ああ。我々の手がける茶の事業にとって酒は邪魔でしかないと思っていたが、これは金になる。酒とかけ合わせて飲む習慣を広めれば、長らく横ばいだった茶の消費量が跳ねあがるはずだ。これは我々にとっても利益が高いのでは？」

そう囁きあうのは、推進派の貴族たちだ。

「いい流れになってきたじゃない。この展開を期待してたんでしょ？　シアリエ」

近くに寄ってきたキースリーが、シアリエにしか聞きとれない声量でそっと呟く。

「キースリーさんもお気付きになりましたか」

そうだ。キースリーが推進派のメンバーを家柄ごとに纏めてリスト化したものを見せてくれた時、シアリエはとある共通点に気付いた。

それは――……推進派の貴族たちが、お茶の事業に携わっているということ。

シェーンロッドはティゼニア教の信徒が八割を占めているため、お茶の文化が盛んだ。そのためお茶の産業を生業にしている者がとても多いのだが、近年はシアリエの働きかけにより、ロセッティが世界各国の酒を買いつけてシェーンロッドに広めたため、以前よりも酒の消費量が増えた。

お茶については飽和状態で、消費量が横ばい状態にもかかわらずだ。当然、お茶を生業にしている彼らは、酒が市場を賑わせているのをよく思っていなかった。

そんな時に、教会が道徳を守るために禁酒運動に立ちあがったら？　それに乗っかって、商売敵を潰そうというのが、推進派の貴族の魂胆だ。

(そっちがその気なら、私にも考えがあるのよ)

キースリーが作成したリストを確認するなり彼らの企みを見抜いたシアリエは、それを逆手に取った計画を進めることにしたのだ。

禁酒法推進派は一枚岩じゃない。教会と貴族では目的が違う。ならば……。

（お酒と組むことで発生するメリットをちらつかせて、反対派に抱きこむ）

それがシアリエの作戦だった。そのためにティータイムを利用し、お茶とお酒を組み合わせた飲み物を皆に提供したのだ。

シアリエの本音としては、皆には禁酒法を施行することで起こる問題に目を向けて反対してほしいところだったが……。

（良心に訴えかけても響かない人は絶対にいる。そういう人は、自分に利のあることしか考えていないから。だから私も、彼らを利用するわ。さあ、どう出る？）

「いかがですか？　皆様。お茶とお酒を組み合わせた飲み物は、お口に合いましたでしょうか」

酒と茶が合わされば、さらに金になるぞ、とまでは言わなくとも、その場に居合わせた者たちは理解したようだった。

「とんだ策士のようだな。君は」

カルバハルはまだ、焼酎の紅茶割りに口をつけないまま言った。

彼をはじめ神官たちは、推進派の貴族の心の揺れを、しっかりと把握しているのだろう。先日の謁見に同席していた神官は焦りの色を濃くして訴える。

「茶番だ！　ロセッティ子爵令嬢は陛下のお気に入りだと噂で聞いています！　一介の秘書官が会議の場でこのように好き勝手振る舞うなど、彼女が優遇されている証拠では？　無礼を承知で申し上げますが、陛下は我々の意見を聞き入れる気がないとお見受けします！」

シアリエは反論のため口を開く。しかし、彼女よりも早く発言した人物がいた。

「好き勝手とは？　私の目には、彼女は秘書官としてお茶を淹れただけのように映りましたが」

手に持っていた扇をピシャリと閉じて厳しい声を発したのは、王太后だった。

「それに、重要な法律を定めるか決めかねている時です。禁酒法に賛成する貴方に発言権があるように、ロセッティ秘書官にも発言権があっても構わないのでは？　何より――彼女に淹れてもらったお茶もお酒も、とっても美味しいわ。飲まないのはもったいなくてよ」

王太后がそう言ってくれたことに勇気づけられたシアリエは、カルバハルが緩慢な動きでティーカップの取っ手に指をかける様子を見守る。

「……ロセッティ子爵令嬢、酒を飲めば我々の意見が変わると思うのかね？」

「カルバハル神官長様、道徳を守ることはとても大切だと私も重々承知しております。ですが、どうかお酒という自由を取り締まった時に起こる問題も見据えていただきたいのです」

（実際、前世の世界でも起きたことだわ）

「とはいえ、遠い国の話はピンときませんよね。対岸の火事だと思ってしまいがちですし、今シェーンロッドで起こっていないことを見通せというのは無理があるかもしれません。ならば、今貴方がたが禁じようとしているお酒の価値を、肌で感じていただきたいのです」

カルバハルは細い息を吐きだした後、紅茶で割った焼酎を呷る。ややあって、彼が呟いた「美味い」という一言は、囁き声だったにもかかわらず広い会議の間にやけに大きく響いた。

（……私にできることはやりきったわ）

人事は尽くした。シアリエはアレスの後ろに下がり、天命を待つ。

「これより、お配りした紙に無記名で禁酒法に賛成か反対かをご記入ください」

ティータイムの後。少々の審議を経てから、ジェイドの声が会議の間に響いた。

投票が終わると、いよいよ法務大臣が投票箱から一枚一枚、中身を読みあげながらの開票が進んでいく。彼が読みあげた紙を、そばに立つ部下の法務官が針金に通して数珠のように繋げていった。

「賛成……反対……反対……」

シアリエは拳を白くなるまで握りしめる。やがて開票が終わると、ジェイドが高らかに宣言した。

「集計が終わりました。投票の結果は、賛成が十五、反対が三十四です。この結果を加味した上で、陛下にご判断をお願いいいたします」

皆の視線が、会議の間で最も高い位置にかけるアレスへと向けられる。肘掛けに手を置いた彼は、ゆったりと薄い唇を開いて告げた。

「禁酒については、法律で禁じないものとする」

わっと歓声と共に、大きな拍手が生じた。しかしそれは、片手を上げたアレスに制される。

小さく喜びを噛みしめていたシアリエは、彼の言葉を待った。何を告げるつもりだろうと思いながら。

「禁酒法は制定しない。が、何も策を講じなければ、抜本的な解決にはならないのも分かっている。移民の増加によってシェーンロッドの治安が乱れつつあり、それを酒が助長しているのだとするなら、対策を取らねばならないだろう。禁酒法運動が発足したのは、そのためだからな」

（陛下……？）

アレスの斜め後ろから、シアリエは彼の横顔を眺める。凛とした雰囲気と威厳のある低い声は、聴衆を引きつける。

「根底にあるのは移民問題だ。ならば禁酒法ではなく、別の方法で解決に導く。一カ月半後、隣国レイヴンとの会談において、かの国の協力を得、移民問題の解決に取り組むことを約束する」

会議の間に衝撃が走る。教会側の人間が総立ちになった。

たまらず、シアリエはアレスを呼ぶ。

「陛下……⁉　本当ですか⁉」

「ああ。父上の時代に大量に流入した移民については、俺もずっと気になっていたからな。それが禁酒法問題にまで発展して、こうして教会や貴族、民がどうにかしたいと立ちあがった。なら、俺もそれに応えないといけないだろ」

ニヒルな笑みを浮かべるアレスに、シアリエは心臓のある位置を制服の上から押さえる。

（ああ。本当に……この人は……）

シアリエの心の闇を掬いあげてくれたみたいに、人の訴えに耳を貸していい方向に導いてくれる。

「手始めにレイヴン。そしてかの国の協力が得られるなら、その後は移民を多く受け入れている先進国を巻きこんで、世界的な所得格差を減らし貧困を減らすことで移民の増加を防ぐ。移民が発生する主な理由は、求職や貧困だからな。自国が潤えば、他国に移動しようという気もなくなるだろ。そのための策もいくつか考えている。もちろん、すでにシェーンロッドが受け入れている移民については安定した職と社会保障を与え、治安の悪化を防ぐ。酒量が増えるのは、困難な現実からの逃避行動だ。なら、暮らしやすい環境を整えてやるのが国王たる俺の義務だろ。ああそうだ、不法移民を減らすため国境周辺に壁を建設する手筈《てはず》も整えよう。どうだ？　これで少しは皆の憂いを取り除けるか？」

「陛下……そんな計画をいつの間に立てていらっしゃったのですか……」

カルバハルは驚愕を露にして呟く。アレスは肩を竦めて言った。

「パージスの視察中から、頭の中にはあったんだ。どのタイミングで踏みきるか悩んでたんだよ」

「そうですか。それは……それは本当に――――素晴らしいことです……。安心いたしました」

噛みしめるようにして、カルバハルは言葉を紡ぐ。大歓声と拍手、アレスを称《たた》える声が巻き起こる中、会議は終わりを迎える。

シアリエはうるさい心臓が早く鎮まることを願いながら、彼を熱のこもった瞳で見つめた。好きになった人は、こんなにも凜々しく、頼りになる人なのだと思いながら。

心臓が、まだドキドキしている。興奮が冷めやらない。アドレナリンが栓を失ったように出ている気がする。会議の間を出たシアリエが出口に向かって列をなしている人々を遠巻きに眺めていると、背後から声がかかった。

「シアリエ殿」

「ストリープ侯爵！　お力を貸していただき、ありがとうございました」

シアリエがミハイルに手を差しだすと、彼は快く握手に応じた。

「私も禁酒法の制定には反対側の立場でしたから、お役に立てて何よりです。それに……モネ様のお力になりたかったので」

年若き侯爵は、どうやら妹のモネに惚れているらしい。

（ユーイン様より、彼の方がずっと紳士的で好印象だけど……）

しかしそれは、モネとストリープ侯爵がこれから仲を育んでいくかの問題になるので、シアリエが口を出すべきことではないだろう。今はとにかく、彼らのお陰で禁酒法問題が丸く収まりそうであることに感謝しかない。

深々と頭を下げて彼を見送ると、次に話しかけてきたのは意外な人物だった。ユーインの父である、シュトラーゼ侯爵だ。身構えるシアリエに気付いた彼は、素早く謝罪してくる。

「婚約破棄の件では、愚息が迷惑をかけてすまなかった。だが貴女は、ユーインよりもずっと立派に秘書官としての職務を全うしているようだな。今日の貴女の振る舞いは素晴らしかった」

「……私をお恨みではないのですか？」

てっきり嫌みの一つでも零されると思っていたシアリエは、拍子抜けしたように尋ねた。

「まさか。ユーインの我儘に振り回された貴女を、私は悪く思ってはいないよ。それに引き換えアイツはもう……」

「もし？　彼女を称えるなら、ぜひ私も交ぜてくださるかしら」

自然と背筋が伸びるような、張りのある声が背後からしたため、シアリエは畏《かしこ》まって振り返った。

「……っ……王太后様……！」

（か、会議が終わった途端、どうしてこんなに話しかけられるの？　しかも王太后様にまで）

侍女を両脇に引きつれたアレスの母親が、扇子を片手にこちらへ歩いてくる。隣でシュトラーゼ侯爵が礼の姿勢をとるのに倣い、シアリエも頭を下げた。

「どうぞ、王太后様。私はもうお暇いたしますので」

「あら、もういいの？　シュトラーゼ侯爵。では遠慮なく――――シアリエ」

シュトラーゼ侯爵が去っていくのを見送ってから、王太后はシアリエに微笑む。

「まず、先日は素敵な誕生日プレゼントを選んでくれてありがとう。陛下からお聞きしたわ。貴女がデザインしてくれたガラスペン、とっても素敵」

「もったいないお言葉です……！」

王太后の滑らかな手が、シアリエの白い頬に伸びる。温かな手によって両側から掬うように顔を上げさせられたシアリエがキョトンとしていると、王太后はしわの寄った口元に笑みの形を作った。

「可愛い子ね。それに、ただセンスがいいだけじゃない。シアリエ、あの大人数の息苦しい会議の中、持てる力を尽くして反対を訴えた貴女のことを高く評価するわ。感情論ではなく他人の損得勘定を刺激するような弁も、強かで好きよ。貴女みたいな子が、秘書官としてアレスのそばにいてくれて嬉しいわ」

「ありがとうございます……！　嬉しいです、本当に……」

シアリエが恐縮しっぱなしでいると、今度は向かいからやってきた宰相が高らかに笑って言った。

「王太后陛下のおっしゃる通り。見事な手腕だったぞ、シアリエ」

「宰相閣下。私は何も……お茶を淹れたくらいで」

「何を言う。お前が用意した茶も酒も素晴らしかったが、この資料――纏めたのはお前だな」

宰相はストリープ侯爵が弁論の際に使用した資料を顔の前に持ちあげて言った。

「これまで散々お前の用意した資料を見てきた私だ。気付かぬわけがあるまい。実に分かりやすく、よく纏められていた」

「秘書課の皆さんに手伝ってもらったお陰ですが……ありがとうございます、宰相閣下」

シアリエはくすぐったく思いながら、礼を述べた。手放しで褒められるのは照れくさいが、やはり実力を認められるのは嬉しくてたまらない。

「本当に素晴らしいわね。才覚に溢れている。ねえ、シアリエ」

王太后は扇をパッと開くと、口元を隠し、シアリエにしか聞きとれない声量で言った。

「貴女がもしアレスと今以上の関係を望むのなら、私が後ろ盾になりましょう。子爵家だろうとも、誰にも文句は言わせないわ。ああでもきっと、私以外にも貴女の味方になりたい方は沢山いるでしょうね。今回の禁酒法に反対していた貴族たちや、推進派から寝返った方々だって」

思わず息を止めるシアリエを見下ろし、王太后は紅の引かれた唇を吊りあげる。アレスから聞いたのか、それとも彼とシアリエのやりとりを見て気付いたのか――二人の関係は王太后にバレているのだと察し、シアリエは言葉が出てこなくなる。しかし同時に、彼女に認められた喜びも感じた。

「あの、王太后様、私……っ」

「いつか来る『その時』を楽しみにしているわ」

深いグリーンのドレスを翻した王太后は、シアリエに優しく囁いてから侍女を連れて去っていく。

『その時』とは、結婚を指しているのでは？　と思うと、シアリエは会議の最中よりもアワアワとしてしまう。宰相が去ったため、王太后を追いかけるか迷い右往左往していると、またしても別の者から声がかかった。今日は千客万来だ。

「ロセッティ秘書官」

「……っカルババハル神官長様」

王太后と入れ替わりで話しかけてきたのは、神官を従えたカルバハルだった。

（あれ、神官長様はこれまで私のことを、子爵令嬢とお呼びになっていたのに……。役職で呼ばれたのは初めてだわ）

何となく秘書官として認められた気がして、シアリエは頬が緩む。

カルバハルはというと、どこかすっきりした表情でこちらに歩み寄った。しわの多い手を差しだした彼に緊張しながらも、シアリエはその手を握り返す。

「ロセッティ秘書官、勝負のつもりはなかったが、君には負けたよ。禁酒法に反対するために、ここまで周到に用意をするとは思わなかった」

「私は……過度な飲酒に賛成しているわけではないんです。酒は身を滅ぼすこともあるって理解しているつもりですから」

（前世の両親も、ギャンブルと酒に溺れて借金を作り、家庭を崩壊させていた。でもそれは、酒が悪いのではなく、両親の心が弱かったからだわ）

「ただそれでも、酒を禁じれば何もかもが上手くいくとは、思えなくて。かといって、このまま治安の悪化を野放しにするわけにもいきませんし、難しいと感じていました。ですが陛下が解決の糸口を示してくださいましたから、今は少しホッとしています」

「そうだな。その道を、陛下が示してくださった。この会議には意味があったということだ」

「神官長様……」

「散々失礼なことを申し上げた非礼をお詫びする、ロセッティ秘書官。君のように国の行く末を憂える者がいるからこそ、陛下は移民問題の解決を模索してくださったはずだ。――――そうでしょう？　陛下」

そう投げかけたカルバハルの視線の先には、近くの柱にもたれるアレスの姿があった。柱から背を離しこちらへ歩いてきた彼は「俺を置いて楽しそうに語ってるなよ」と不満を口にしたが、その口元は愉快そうに弧を描いている。

「俺の秘書官はどうも大人気みたいだな」

「その通りです。では、私はこれで失礼しますよ」

カルバハルは喉で笑いを転がすと、顎髭を撫でてから神官を連れてその場を後にする。彼の後ろを追いかける神官の一人――会議でシアリエが特別扱いされていると叫んでいた者は、特に大きくお辞儀をして去っていった。

「何だ。シアリエに暴言を吐いた神官に嫌みの一つくらい言ってやりたかったんだが、あんな態度をとられると言う気が失せるな」

ようやく人気がなくなった廊下で、アレスが呟く。二人きりになった瞬間、シアリエは膝から崩れそうになった。床に尻もちをつく前にアレスが腰を支えてくれたお陰で事なきを得たものの、膝が笑って立っていられない。

「おい……っ!?」

「も、申し訳ありません、陛下。気が抜けたら、急に足から力が抜けてしまって」

とっさに抱きとめてくれたアレスに、シアリエは弱々しく笑って言った。

まるでピンと張りつめていた糸が切れたみたいだ。会議の最中も、終わってからも代わる代わるやってくる大物たちに弱みを見せてはならないと気を張っていたから、心を許したアレスと二人になった途端に安心してしまったのだと思う。

彼はそんなシアリエを見て、目元を和らげて笑った。

「気を抜くのはまだ早いだろ。禁酒法で縛らなくても人々の治安が守られるとカルバハルたちや民が安心できるように、まずその一歩を踏みだす準備が必要だ」

「そうですよね。レイヴンとの会談までに色々と準備しなくては……お手伝いします」

秘書官としてできることをしなくては。まだ移民問題解決のスタート地点にいるのだから。

「その意気だ。でも……よく頑張ってくれたな。お前が用意した資料に目を通せば通すほど、禁酒法が危ういものに見えて、そしてそれを食い止めようとしているシアリエの行動意図を考えた時に、国の行く末を憂える気持ちと……指導者である俺が後の世で暗愚な王だと言われないように必死になってくれたんじゃないかって……すごく嬉しかった。なあ、シアリエ」

アレスの節くれだった指が、シアリエの柔らかく細い髪をそっと耳にかける。

「俺のために頑張ってくれたって、少しは自惚れてもいいよな？」

「……はい！」

シアリエは屈託のない笑みを浮かべて頷いた。その通りだ。もちろん国の未来のためでもあるが、一番はアレスのために努力したのだから。

花が咲いたように微笑むと、アレスの逞しい腕が背中と後頭部に回る。広い胸板に抱き寄せられたシアリエは、頭上から降ってくる彼の言葉に耳を澄ませた。

「本音では、最初からお前の味方がしたかった。会議の最中、何度もシアリエのフォローに回りたいって思った。お前に嫌みを言う奴らを黙らせたかったたし、一番の味方だって、高らかに宣言したかった。国王っていう立場さえなかったら……」

「陛下……。いえ、アレス様」

シアリエが名前で呼びかけると、抱きしめる腕の力が緩み、アレスが整った顔に驚きを浮かべて覗きこんでくる。

「お前、初めて俺の名前……」

「ふふ。今はもう会議が終わったので、名前で呼ぶのをお許しください。——アレス様、大丈夫です。ちゃんと伝わっていました。アレス様が私の味方だって。でも会議の場では、公正な立場でいてくださったことに感謝しています。私が禁酒法に反対しているからではなく、ご自身の判断でお決めくださったことを。だって、恋人の言うことに左右されて国を混乱させるような方は、私の好きなアレス様ではありませんから」

(貴方はいつだって物事をよく見定めていて、人々や私の心の機微に敏感で、そして救ってくれる人なんです。そんな貴方が、私は大好きなんですって、伝わればいいのに)

シアリエはアレスの両肩にするりと手をかけると、ヒールのあるブーツで背伸びをし、彼の頬にそっと口付けた。

花びらが頬を掠めるような感覚を受けたアレスの切れ長の瞳が、真ん丸に見開かれていく。それを眺めてから、シアリエは真っ赤になった顔を俯《うつむ》けた。今の行動で、自分の気持ちが伝わればいいと思いながら。

(ちょっと……稚拙すぎたかな……。でも私からするのは、頬にキスが精一杯で……)

俯いたことで髪が横に流れ、薄紅に染まった項が露になる。そこに、アレスから悩ましげな吐息がかかった。いや、ため息の方が正確だろうか。

「……可愛すぎるのも考えものだな」

「可愛……っ？　わっ」

不意に腰を摑まれたと思うと、グンと視界が高くなる。抱きあげられたのだと遅れて理解した時には、いつもの色気のある笑みではなく、子供のようにまっさらな笑みを浮かべたアレスがシアリエを見上げていた。

「世界一可愛いだろ、こんなの。俺の恋人は天下一だって、皆に言って回るか？」

「ご、ご冗談はおやめください」

「冗談じゃねぇよ。……移民問題にカタがついたら、その時はお前を俺の……」

その先を、アレスは口にしなかった。けれど言葉にされなくても、求められていることは分かる。

誰も見ていないのをいいことに、シアリエは彼の頭を抱きこむようにして腕を回した。

（ああ。日本におわす八百万《やおよろず》の神様、シェーンロッドのティゼニア様……まだここは、スタート地点に過ぎないと分かっています。これから努力を重ねないといけないことも、承知しています。ですが今だけは……）

大きな問題を一つ乗り越える希望が見出されたことに、そしてアレスから妃となることを求められている事実に、酔いしれたい。

雨季に入ったというのに今日は珍しく晴れているので、ガラス張りの廊下には日差しが降り注いでいる。それがまるで、自分たちの行く末を照らしだしてくれているみたいだとシアリエは思った。

禁酒法が制定されないこと、会議の間であった出来事、移民問題についてのこれからの取り組み。すべてが新聞記事となり、国民の知るところとなった。

「ちょっとこの見出しを見てよ。『秘書官が淹れた奇跡の一杯が禁酒法制定にストップをかける』『王太后と神官長様をも魅了する神の茶』『麗しの秘書官が、茶と酒の文化を結ぶ』……全部シアリエのことを絶賛する記事が書かれてるのよ！　やーん、可愛がってる後輩が評価されて鼻が高いわぁ！　間違いなく禁酒法会議の立役者はシアリエね！」

いくつもの新聞を秘書課のデスクに並べて、キースリーは得意げに言う。彼の斜め向かいの席に座るシアリエは、会議に必要な書類を用意すると立ちあがった。

「記事は大袈裟《おおげさ》なんですよ……。私がやったことは微々たるもので、皆さんの協力があったからこその結果なのに」

「皆聞いた？　謙虚なんだから、もー！　やっちゃってよ、皆！」

キースリーが声をかけると、仕事中の仲間たちがわらわらとシアリエの周りに集まり、頭を撫で回していく。配属された初日には考えられなかった光景だ。

ミルクティーブラウンの髪を乱されながらも、シアリエははにかむ。最近は家族とのわだかまりも解消したし、多くの人に認められて、同僚との関係もますます良好だ。アレスとの交際も順風満帆だし、何もかもが順調に感じる。

前世では望んでも手に入らなかった居場所が、すべて手に入ったのが、信じられないくらい嬉しい。

「では、時間なのでレイヴンとの首脳会談に向けての打ち合わせに行ってきますね」

「もう？　少し早いんじゃない？」

キースリーは腰に下げた懐中時計を見ながら言った。

「五分前行動を心がけているので」

「そういやアンタが遅刻したことってないわね。昼食に行くのと定時で帰るのを渋るくらい？」

「そ、それも最近は改善しましたから！」

近頃は社畜ぶりも鳴りを潜めているはずだと訴えて、シアリエは秘書室を後にした。


王宮の会議室での打ち合わせは時間通り始まり、円卓の席にかけたアレスは、参加する宰相や高官に向けて計画を話しだす。

「レイヴンとの会談では移民問題についての協力を仰ぐ際に、発展途上国の生産物を公正な価格で継続的に取引し、生産者や労働者を支援する仕組みの確立を目指す」

（それって、前世でいうところの、フェアトレード……⁉）

アレスの席の後ろに控えていたシアリエは、前世で実際にあった仕組みを思い出す。

途上国からの輸出は適正価格での取引が行われていないことが多いのが現状だ。途上国の生産品は先進国に安く買い取られるため、人々は十分な所得を得ることができないでいる。

しかし、公正な価格での貿易が継続的に行われれば、途上国の経済は成長し、その国で暮らす人々は十分な収入を得られることができるため、移民という選択を取らなくて済む。

「移民問題に頭を抱えているのはレイヴンも一緒だからな。むしろあちらの方が不法移民問題は深刻だ。つい最近には国境に鉄条網を設けたって話だし。レイヴンをはじめとして大陸全土にこの仕組みを広めれば経済的協力関係が安定し、戦争や紛争も減る。つまり移民や難民が減る」

「ですが、レイヴンの国王は老獪な狸《たぬき》のような方ですよ。そう簡単に協力を仰げますかな。それに事業者に負担がかかるプランは、自国民からも非難が起きそうですが」

懸念を述べるのは宰相だ。そんな彼に、シアリエは提案する。

「確かに金銭面では事業者にデメリットがありますが、社会的な貢献度という点でのイメージはアップします。陛下の提案なさった案を選ぶかどうかは各事業者に任せては？　あくまでこの仕組みを確立し勧めるだけならば強要にはなりませんから、国際社会から見てシェーンロッドは社会問題の解決に取り組む先駆者に見えます」

「だそうだ。レイヴンの国王は手強《てごわ》いが、協力者に回れば心強い。それに、うちにはレイヴンの国王すら納得させられるほどの資料を作れる強者がいるだろ？」

アレスはニヤリと笑い、シアリエの細腕を引いて会議室にいる皆に見せた。

「え……私、ですか？」

「おお。確かにそうですな。シアリエがいれば心強い」

宰相はもちろん、会議室にいる皆からお墨付きを貰い、シアリエは恐れ多くて赤面する。困ったようにアレスに視線を投げかければ、自慢の恋人を見守るような目でこちらを眺めていたため、シアリエはやる気がみなぎって「頑張ります……！」と答えたのだった。

とはいえ、やることは山積みだ。会談当日の警備態勢の打ち合わせや参加者の席次、当日の進行やスケジュール調整と並行して、アレスと共に会談用の原稿と皆に配る資料を作成する。

秘書課総出でも中々終わらない準備はとにかく大変で、まずロロが倒れ、キースリーは雄叫《おたけ》びを上げ、ジェイドに至っては幻覚に襲われ、多くの仲間たちが過労によって正気を失い王都の薬局に売っている栄養ドリンクを買い占める事態になった。

けれど、その努力の甲斐《かい》あって、何とか会談前日には万事用意が整う。

「皆お疲れ！　当日の陛下の原稿と資料は、保管室の金庫に仕舞っておこう」

連日の疲れで目の下に大きなクマを作ったジェイドが、明るい声で指示を出す。と、シアリエは共に準備に勤しんだメンバーと歓声を上げる。

後は二人の騎士団員の立ち会いの下、書類が改ざんされないように封筒に入れ、シアリエは蜜蠟《みつろう》で封をする。

それから王宮の貴重な書物や機密文書が眠る保管室に入ると、壁一面を埋めつくすような大きな棚の引き出しを一つ開け、中に書類を仕舞った。一連の行動を見守っていたジェイドが、仕上げに手に持っていた鍵を引き出しの鍵穴にさして回す。

「さあ、書類の警備は騎士団の方々に任せて、明日に備えて帰ろうか」

「はいっ」

いよいよだ。ジェイドの言葉に、シアリエは高揚と緊張から弾んだ声で返事をする。何もかもが順調だったせいか、この時はまだ、まさか当日に待ち受ける困難など想像してもいなかった。

第六章　譲れないから働きます

会談当日。早朝にもかかわらず、寮のエントランスが騒がしくてシアリエは目を覚ました。ネグリジェにカーディガンだけ羽織ってから部屋を出ると、階下にロロの姿を見つけて驚く。どうやら朝の六時から寮を訪問してきた彼に対して、寮母が怒っているらしい。急いで階段を下りたシアリエは、揉めている二人の間に割って入った。

（どうしたのかしら。普段のロロは少し変わってるけど、非常識な時間に訪ねてくる人じゃないのに）

「ロロ？　女子寮にまで訪ねてきてどうしました？」

「大変だよ、シア……っ。保管室に仕舞っていた会談用の原稿と資料が、誰かに盗まれたんだ！」

いつも異国語で話すロロが、そんな余裕はないとばかりに自国語で早口に捲し立てる。たちまち、シアリエは胃が一段下がったような心地を味わった。寝起きのため温かかった身体が、一気に冷える。

（────嘘でしょ？）

「な……っ。どうして？　一体誰が何のために⁉」

「分からない。とにかく、早くついてきて！」

ロロに急《せ》かされたシアリエは慌てて部屋に戻り制服を着ると、寝起きで乱れた髪を高い位置で一つに束ねながら王宮の保管室に向かう。混乱する心の中には嵐が吹き荒れていた。

(盗まれたって、どうして？　今日の会談には、陛下の原稿と資料がないとダメなのに……！)

今までの努力が水の泡どころの話じゃない。せっかく移民問題を解決に導く糸口の会談が、台無しになってしまう。

(一体どうしてそんなことに……)

「ねえ、ロロ。保管室の前には騎士団の方が警備のために立っていたはずですし、書類を仕舞った引き出しには、鍵がかかっていたはずです。その鍵はイクリス秘書官長がお持ちですよね？　彼は今どこに……」

「イクリス秘書官長なら医務室にいるよ。夜明け前、秘書課近くの植えこみのそばで昏倒《こんとう》しているのを見回りの兵が見つけた。発見された時には、後頭部に殴打されたような痕があって出血していたみたいだ」

保管室に続く空中庭園を走り抜けながら問うシアリエに、ロロは硬い声で言った。シアリエは言葉を失う。

「そんな……っ。イクリス秘書官長は大丈夫なんですか⁉」

「医師が言うには、命に別状はないって。でもまだ目は覚ましてない。おそらく昨晩の退勤時に何者かに襲われて、鍵を奪われたんだと思う。秘書官長の持ち物の中から鍵がなくなってたから」

「退勤の際に……昨日は一緒に秘書室を出たんです。廊下で別れた後すぐに襲われたのかしら……」

ジェイドが王宮を後にするまで一緒にいればよかったと、シアリエは後悔する。

「イクリス秘書官長を襲った人が、保管室に侵入して会談の書類を盗んだってことですか？」

「ロロ！　シアリエを呼んできてくれたのね」

話している途中で二人が保管室に辿りつくと、扉の前にはキースリーがすでにいた。中に入れば、額を寄せ合って話すアレスと宰相、バロッドの姿がある。それから騎士団員が数人、手分けして荒らされた形跡を調べていた。

シアリエが昨日書類を入れた棚を確認すると、秘書課用の引き出しが開いており、中身が空になっている。実際に目にすると本当に書類がなくなったのだと実感が湧き、目の前が暗くなった。

「あの、私、まだ状況を把握しきれていなくて……」

シアリエがふらつきそうな足を踏ん張って声を発すると、アレスは苦虫を噛み潰したような表情で答えた。

「見ての通りだ。会談に使用する原稿と資料が盗まれた。保管室の前には交代制で警備が二人立っていたが、そのうちの一人が倒れていたところを、朝方交代に来た団員が発見した」

アレスは頭に包帯を巻いた団員を、顎で指した。襲われたというのは彼のことなのだろう。ショックからか床に座りこんでいる。

「交代の二人が到着した時、先に警備に当たっていたはずのもう一人の姿はなかったらしい。そこに座りこんでいる奴の証言じゃ、一緒に警備を担当していたそいつに襲われたそうだ」

「その人は今、一体どこに……!?」

シアリエは顔色を悪くして問うた。

「さあな。バロッドの部下がさっき王都にあるそいつの家に突入したら、もぬけの殻だったそうだ」

「……事情は分かりました。でも、どうして見張りの団員が、陛下の原稿と会談の資料を盗んだのか理由が分かりません」

「おそらく金が理由だ。どうやらギャンブルにハマっていたみたいで、行方不明の団員の家から多額の借用書が出てきたそうだから」

歯噛みするシアリエに向かって、バロッドが悔恨を滲ませて説明した。

「大金でも積まれて何者かに雇われたのだろう。陛下、大変申し訳ございません。私の監督不行き届きによる失態です」

バロッドが不甲斐なさそうに頭を下げるのを尻目に、シアリエは額を押さえた。頭の中で銅鑼《どら》を叩かれたように、ガンガンと大きな音が鳴っているみたいな頭痛がする。

(見張りの団員が誰かに書類を盗むよう頼まれたなら……それは何のため？　盗んだ者の目的は何なの？)

大国同士の会談だ。レイヴンと協力関係を結ぶことをよく思わない者の犯行か。それとも王家を陥れようとする貴族の策略か。でなければ、禁酒法の制定を諦めていない者が教会にいるとか……。

どれも大いにありえそうで、でも心当たりのある人物がパッと浮かばない。

「どうしよう、シア」

シアリエの袖を引っ張って逡巡を止めさせたのは、珍しく表情を歪めたロロだった。

「一刻も早く団員を捕まえて書類を取り返さないと、このままじゃ会談が失敗に終わっちゃうよ」

「失敗なんて……！」

シアリエはつい声を張った。重たいその言葉が、鉛となって肩にのしかかる。それはシアリエだけでなく、保管室内にいる全員にとっても同じようだった。

「させません……会談は午後一時からですよね。まだ時間はあります」

「そうだな、シアリエ。陛下、それまでに必ずや、騎士団の威信をかけて逃げた者を捕まえます」

シアリエに同意したバロッドが、拳を握ってアレスに宣言する。怪我を負った部下は残し、他の部下を従えて捜索に向かうバロッド。その背を見送りながら、シアリエは半ば憑《つ》かれたように呟いた。

「……私は今からもう一度、原稿と資料を作成します」

焦りが胸の中で渦巻き、空っぽの胃は吐き気を催す。激しい動揺が呼吸を浅くしたけれど、諦めるという選択肢だけは浮かばなかった。

「ちょっと正気なの？　シアリエ！　今から書類をもう一度用意するなんて無茶よ！」

そう言うキースリーに向かって、シアリエはらしくもなく、噛みつくように言った。

「正気です。盗人を捕まえても、書類が無事に返ってくるとは限りません。なら、もしもに備えて新しいものを用意しておいた方がいいと思います」

自分でも無謀なことを言っていると思った。けれど、せっかく移民問題が解決に繋がるかもしれないのに、そのチャンスをむざむざ潰されて終わるなんて絶対に嫌だ。何より、アレスが困るかもしれないのに何もしないでいるなんて。無力に打ちのめされるだけなんて、我慢ならない。

（突っ立ってないで頭を働かせなさい、シアリエ。追いつめられた時こそ、丁寧に、そして迅速に仕事をするのよ！　もはや、できる、できないなんて問題じゃない。やるの！）

前髪をグシャリと鷲摑《わしづか》んで、自分自身に強く言い聞かせる。食いしばったせいで奥歯が軋《きし》んだ。

その時、アレスはシアリエの肩を摑んで呟く。

「一カ月近くかけて作成した書類を数時間で復元するって？」

アレスに話しかけられれば、不思議とそれまでの焦りが消え、シアリエは一瞬だけ心が凪《な》いだ気がした。

「できるのか？　やってくれるのか？」

紅蓮の瞳が、シアリエに問いかける。アレスの口元は弧を描いて余裕そうに見えるけれど、目は雄弁だ。初めて目にする、不安に揺れた彼の双眼。

シアリエは守ってあげたいと強く思った。役に立ちたい。アレスの。

シアリエは白くなるほど拳を固く握りしめる。大丈夫。絶対に会談は成功させてみせる。

「……やってみせます！　ですから、どうか陛下は先に会場に向かってください」

(私を信じて。絶対に何とかしてみせる)

シアリエの強い意志を受けとったのか、アレスはややあってから呟いた。

「……本当に最高だな。お前ほどいい女を、俺は知らねぇよ」

やっと、心からの笑顔をアレスが見せる。そのことに安心したシアリエの肩に、彼は額を預けた。

「――――頼んだぞ、シアリエ。俺も最善を尽くす」

「お任せください。会議が始まる三十分前には、陛下に原稿をお渡ししますよ」

「ありがてぇな。三十分もありゃ、演説の練習もできる」

顔を上げて、アレスは冗談を飛ばす。それにシアリエが笑うと、頰に彼の手が伸びた。輪郭を確かめるように撫でるアレスの手のひらから、シアリエは愛しさが流れこんでくるのを感じる。

「遅かったら、昼食の時みたいに迎えに行くからな」

「確かに休憩を取るのは遅れがちですけど……仕事は大丈夫です。時間厳守で貴方の元へ向かいますよ」

シアリエは細い小指を差しだす。そこにアレスの一回り大きな指が絡まり、二人は約束を交わして別れた。


通訳業務を担っているロロと宰相も、先に会場である大会議場へ向かうことになった。

騎士に守られながら出発するアレスたちを見送る余裕のないシアリエは、秘書室の机に向かい、必死に盗まれた原稿の内容を思い出す。ペン先が一瞬でダメになってしまいそうな筆圧と速さで原稿を書きなぐりつつ、もう一方の手で参考文献を捲る。朝早くから招集された秘書課のメンバーもそれに加わり、あちこちでペンを走らせる音や討論が行き交った。

(大丈夫。覚えている。一度書きあげた文章だもの)

問題は時間だけだ。秘書室の柱時計が一時間ごとに鳴る度、神経が削られていく。それでも……。

「引用した翻訳文はどこだよ⁉」

「陛下の提唱するプランのシミュレーションの図、差しこむ箇所はここだったよな？」

「王都の北にある大会議場は、最短ルートで馬車を飛ばせば一時間だ。タイムリミットは十一時半！何としても間に合わせるぞ！」

秘書課の仲間たちが互いに声をかけ合い、結束して手伝ってくれる。シアリエはそれがとても心強かった。時間に追われてくじけそうになる度に、彼らの努力が自分を鼓舞してくれるから。

それでもレイヴンの国賓を迎えに行く担当や、会場での受付担当者たちが、一人、また一人と抜けていく。激励を飛ばして去っていく彼らを最大限の謝辞で見送ると、最後には留守を預かるメンバーと三人だけで頑張ることになった。


「できました……！」

シアリエは集中のしすぎで真っ赤に充血した瞳を輝かせて叫ぶ。

原稿と資料が再びできあがった時の歓声は、秘書室を揺らすほどだった。隣の部署はきっと地震が起きたと思ったに違いない。しかし大きな雄叫びが上がったのは一瞬で、留守番組の二人は、早く出発するようシアリエを追い立てる。

「さっさと行け！」

「成功を期待しているよ！」

大事な書類の入った封筒を抱えたシアリエは、勢いよく頭を下げる。

「ありがとうございます！　行ってきます！」

シアリエは踵を返し、逸《はや》る思いで馬車の用意された広場まで走る。するとそこには、馬車の手配やスケジュール調整に奔走していたキースリーが待っていた。

タラップを踏んで馬車に乗りこむシアリエの背へ、彼は言葉を投げる。

「シアリエ！　一番速い馬車を用意させたからね！　後は頼んだわよ！」

「キースリーさんは？　私とロロとキースリーさんが、陛下に同行する予定でしたよね？」

「ついさっき医務課から、うちの秘書官長様が目を覚ましたって報告があったのよ。アタシはあの人の様子を確認してから別の馬車で向かうわ。だから会談の開始時刻には間に合わないと思うけど、アンタはアタシがいなくてもちゃんとやれるわよね？」

「イクリス秘書官長が目を覚まされたんですね……！　よかった……！　承知しました。会場でお会いしましょう」

シアリエは安堵《あんど》から涙腺が緩む。しかし泣いている場合ではないと思い直し、キースリーに馬車の扉を閉めてもらってすぐに出発した。

（何もかも、すべてが上手くいってから喜ぼう。今はまず会談を成功させなきゃ）

馬車には御者の他に、騎士が二名護衛として同乗している。今日はレイヴンとの会談のため、王都はいつもより騎士団の目が光っているし、会場周辺にも多くの人員を割いている。なので一介の秘書官相手に従士どころか二人も騎士をつけるのは贅沢だと思ったが、抱えている書類はそれほど重いということだとシアリエは納得する。

彼らはシアリエに、それぞれウィルとノクトと名乗った。

「シアリエ殿。キースリー殿より預かった化粧道具です。馬車が揺れているので不便だとは思いますが、会場に着くまでの間にどうぞ身支度を整えてください」

向かいの席にかけた精悍《せいかん》な顔つきの騎士、ウィルから、小箱を渡されたシアリエは羞恥に頬を染める。化粧をする暇もなかったため、ずっと素顔のまま仕事をしていたのだと、言われて初めて気付いた。

（陛下の後ろに控えて、他国の元首と相まみえるのだもの。ちゃんと整えないとね）

膝の上に書類の入った封筒を置くと、シアリエは邪魔になるからと括っていた髪を下ろし、櫛《くし》を通す。緊張でかさついた唇には、色白の肌に映える淡いピンクの口紅を塗った。それから窓の外を眺める。馬車を飛ばしているため、車窓を流れていく景色の移り変わりは激しい。それでも、王都の様子はよく観察できた。

イデリオンにはレイヴンの一団を歓迎するムードが流れ、かの国の国旗のカラーである黄色と水色の花吹雪が舞い、街頭や建物にもそのカラーのリボンや布がかかっている。露店の並ぶ歩道を走る子供たちは、シェーンロッドとレイヴンの旗をマントに見立ててはしゃいでいた。

華やかに装飾された街並みから国民の期待値も高いのだと伝わり、シアリエはますます気を引き締める。そんな活気に溢れる王都の馬車道を、王宮の紋章が車体に入った馬車は猛スピードで駆け抜け、やがて人気の少ない森に入った。

砂利道になると、王家の所有する大きな馬車でもそれなりに揺れる。生憎大会議場は森を抜けた先にある小高い丘の上に建っており、道が整備された迂回ルートもあるのだが、そうすると森の縁をなぞるように進まなければならないので大幅なタイムロスとなる。急いでいる今はとにかく一分一秒が惜しいので、森を突っ切ることになった。

シアリエは腰から下げた懐中時計に視線をやる。時刻は十二時過ぎ。森さえ抜ければ、大会議場まで五分もかからない。十二時半には間に合いそうだと思って顔を上げたところで、ウィルの表情が厳しいことに気付いた。

「あの……？」

「……シアリエ殿、何かに掴まっていてください」

ウィルがそう言うや否や、隣にかけていた黒髪の騎士ノクトが、馬車の急ブレーキに備えて助手席の荷物を庇うように左手をシアリエの前にかざす。もう一方の手は剣の柄に手をかけていた。

「お二人とも、どうなさったんですか？」

突然の肌が切れるような空気に戸惑い、シアリエは騎士二人に問う。

「市街を走っていた時からずっと後ろをついてくる馬車がいて……段々距離が詰まってきています。おい、速度を上げろ！」

シアリエの向かいに座るウィルが、連絡窓を開けて御者に命令する。

「それって――――きゃあっ⁉」

シアリエが声を発したのと同時に、御者が馬を鞭《むち》打ち、馬車のスピードが上がる。車輪が石に乗り上げてガタンッと大きな音を立てる中、シアリエは窓の外を覗きこんだ。

「シアリエ殿、危険です！」

ノクトの制止を無視して顔を突きだし後方を見やると、確かに馬車が追いかけてきていた。さらには、フードを被って顔を隠した何者かが五人、両側の茂みから馬に乗って現れる。彼らのうちの一人はシアリエたちの乗る馬車に追いつき並走すると、車体に身を寄せてきた。男の手にはクロスボウが握られている。それを視認した瞬間、シアリエは鼻先が冷えた。

「シアリエ殿、伏せてください！」

シアリエが今の今まで顔を出していた窓から、車内にクロスボウの矢が撃ちこまれる。ノクトにとっさの判断で頭を押さえつけられたお陰で、矢はシアリエの頭上スレスレを通過し、反対側の窓に抜けていく。

突然のことに呆然として動けないでいると、ウィルが立ちあがって扉を開け、身を乗りだした。

シアリエが顔を上げた時にはちょうど血しぶきが飛び、ウィルが襲撃してきた馬上の人物を切り捨てたのだと分かる。

「………っ仕留め損ねたか。致命傷は負わせられませんでした！　……ん⁉」

シアリエが両手で口元を押さえていると、頬に返り血を付けたままウィルが叫んだ。

「衝撃に備えてください！　馬車がぶつかってきます！　シアリエ殿、右側に寄って！」

今度はノクトに肩を抱かれ、左側に座っていた身体を右側に寄せられる。次の瞬間、車体の左側にドシンッと衝撃が走った。左の車輪が浮いたのと同時に、馬車を引っ張る馬が高くいななく。

後ろから迫っていた馬車が隣に並び、シアリエたちの馬車に衝突してきたのだ。

「止まるな！　走り続けろ‼」

精悍な顔に返り血を滴らせたウィルが、御者に向かって怒鳴る。先ほどの衝突で車軸が歪んだのか、真っすぐに進めないいながらも、シアリエの乗る馬車は必死に森を疾走する。

「どうやら、どうあっても会談を失敗させようと目論んでいる輩がいるようですね……」

ノクトが黒髪を掻きあげ、額の汗を拭いながら言う。

シアリエもそれに同意だった。会談場所へ向かう道中で襲撃を受けるなんて、王宮の保管室に盗みに入った者やその仲間の犯行に違いない。

シアリエは奥歯を噛みしめる。

「狙いは原稿と資料でしょうか。ですが……」

（そうだとしたら犯人は何故、私が新たに書類を作り直したと知っているの？）

保管室から書類を盗みだすことに成功したのだから、今頃会談が失敗に終わるだろうと高みの見物をしていてもおかしくないのに。それでも追ってきたということは、シアリエが書類を作り直したことを嗅ぎつけて襲撃してきた可能性が高い。でも、どうやって？

（王宮の保管室にいたのは、まず陛下と宰相閣下とロロ……彼らはもう大会議場にいるはずだし、キースリーさんはイクリス秘書官長と王宮にいる。バロッド騎士団長は、部下の方々と一緒だし……じゃあ……あれ……？）

保管室の警備中に襲われたという包帯を巻いた団員は、今どこにいるのだろう。座りこんでいた彼も、シアリエたちの話を聞いていたはずだ。まさか……。

（保管室の警備に立っていた二人は、グルだった……？　裏切り者は二人いたの⁉）

ドン、ドン、ドンッ‼

シアリエの思考を遮るように、重たい銃声が森を揺らした。音に驚いた鳥が、木々から一斉に飛び立つ。襲撃犯の誰かが発砲したのだろう。シアリエは車窓から、前方の何かがグラリと落ちていくのを確認する。物言わぬ人形のようなそれは、たった今まで自分たちの乗る馬車の手綱を握っていた御者だ。

シアリエは蒼白になって立ちあがり、窓辺に縋る。しかしノクトに腕を摑んで止められた。

「ダメだ！　御者が撃たれました‼　シアリエ殿！　何を……」

「だって、戻って助けなきゃ……っ！」

「馬鹿言わないでください！　貴女まで撃たれますよ！」

「でも……きゃあああっ⁉」

御者を失った馬は銃声に取り乱したのか、荒れ狂いながら右に左にと走る。まるで洗濯機の中に投げこまれたタオルのように、シアリエは身体を振られた。左右に揺さぶられて平衡感覚がおかしくなる。そんな中、次の衝撃が来た。

砲弾を受けたような振動が、馬車の横っ腹に走る。またしても、襲撃犯の馬車が体当たりしてきたのだ。今度は道から押しだすようにぶつけてきたので、シアリエの馬車は、右側を森の木々に、左側を襲撃犯の馬車によって挟まれる。

ギギギッと耳を劈くような摩擦音が続き、擦れた場所から火花が散った。両側からプレスされた車体はメシメシと悲鳴を上げる。窓枠がずれたところで、シアリエの視界が反転した。片側の車輪が浮き、身体が椅子から投げだされる。浮遊感は恐怖と一緒にやってきて、シアリエは書類の入った封筒を胸にしっかりと抱えこんで目を瞑った。その直後、叩きつけられるような衝撃と痺れが全身を襲う。

シアリエの乗る馬車が横転し、それを受けとめた木々が激しく折れる音が森を満たした。

馬の弱い呼吸音と、カラカラと弱々しく回る車輪の音。なぎ倒された木々の悲鳴が止むまでの数秒間、シアリエは気を失っていたように思った。

「う……っ」

馬車が横転させられたせいで、扉が頭上にある。シアリエが呻きながら周囲を見回すと、自分を守るように二人の騎士が覆い被さっていた。

シアリエは冷たくなった指先で、折り重なるように倒れている二人を慎重に揺する。

「お二人とも、庇ってくれてありがとうございます……っ。無事ですか⁉　ねぇ……っ」

二人とも、息はある。けれどノクトは頭から流血しているし、ウィルは目が開いているものの、ぐったりとして口を利けないようだった。

（なんてことなの……！）

「早くお医者様に診せなくちゃ……ああ……」

絶望が目の前を黒く塗り潰す。先ほどの御者は死んでしまったのだろうか。自分を守ってくれた騎士たちの具合はどれほど悪いのだろう。大切な仕事を預かってここまで馬車で駆けてきたはずなのに、どうして人の命が危険にさらされなければならないのか。

（何が起きているのよ。陛下の元に原稿と資料を届けさせたくない人……会談の失敗を目論んでいる黒幕は誰なの……っ⁉）

シアリエは唇を噛みしめ、ギュッと目を瞑る。けれど、闇夜に一人投げだされたような絶望はまだ続いた。

声が、したのだ。産毛を逆立てるような声が。

「シアリエー？　出てこい。この時間に王宮から出てきた馬車は一台だけだ。お前が乗っているのは分かっている。聞こえないのか？　相変わらず僕を立てることを知らない女だな」

弾かれたように目を開ける。見えない手で、心臓を乱暴に握られたような不快感がした。シアリエは、この声を知っている。こんな無遠慮で、横暴な言葉を吐く人間が誰かも。

鼓動が速くなり、喉が渇く。頭の中で大きな警鐘が鳴った。

「……ユーイン、様……？」

（そんな、まさか？）

頭上にある扉が、外側から乱暴に外される。車内に陽光が差しこんだけれど、それは決して希望の光ではなかった。逆光で見えづらいはずなのに、シアリエはこちらを覗きこむ相手がほくそ笑んでいる様子が手に取るように分かった。童話の王子様を彷彿とさせる金髪と明るい碧眼なのに、底意地の悪い表情を浮かべている。そんな彼を見間違えるはずもない。

元婚約者が、そこにはいた。

「人を使って会談の原稿や資料を盗ませたのは、貴方ですか……？　私たちの乗る馬車を襲撃したのも……」

「はっ！　相変わらず賢しい女だ。僕がお前を助けに来たとは思わないのか？」

そんな楽天的なことを、思えるはずがない。シアリエが襲撃を受けたと知っているのは、この場に居合わせた者か、襲撃犯のどちらかしかいないのだから。

ユーインは腕を引っこ抜くような力加減で、乱暴にシアリエを馬車の外に引っ張りだす。シアリエが視線を巡らせれば、馬に乗った粗暴な男たちに周りを囲まれていた。皆馬上でボウガンを構えている。衝突してきた馬車からは、王宮の保管室で見かけた見張りの団員が降りてきた。

「貴方……！　やっぱりグルだったんですね……！」

シアリエの視線の先に気付いたのだろう、ユーインはおかしそうに笑う。

「随分間抜けな顔だな、シアリエ。いいぞ、ずっとお前のそんな表情が見たかったんだ。そうだ、僕が騎士団のメンバーを金で雇い、会談に必要な書類を盗ませた。お前が新しい原稿を陛下に届けるつもりだと教えてくれたのもそいつだ。お陰で妨害するために、慌てて馬車を用意する羽目になったぞ。お前らの馬車にぶつけたせいで、身体のあちこちが痛い」

ぶつかってきた馬車に、ユーインも乗ってきたのだろう。彼は首を傾けて鳴らす。

シアリエは唇をわななかせて言った。

「一体何の目的でこんな真似を……」

必要な書類がなければ会談は苦戦を強いられるし、最悪失敗に終わる。が、それを盗むことが、ユーインにとって何の得になるのか分からない。

(聞きたいことは山ほどある……けれど……)

四面楚歌《しめんそか》だ。ユーインに金で雇われただろう男たちのボウガンの矢は、シアリエの心臓をしっかりと狙って向けられている。馬車から出た際にいきなり発射されなかった様子を見るに、ユーインの合図なくして射られる心配はなさそうだが――切れやすい彼の性格をよく知るシアリエは、呼吸が浅くなるのを自覚した。この場を切り抜ける方法を考えなくてはと、気持ちばかりが焦る。

「……どうやって騎士団のメンバーと繋がったのですか？　偶然知り合うなんてことは」

「ああ？　王都の酒場で馬鹿みたいに陽気に酒を呷っている奴がいたから、身分を隠して近付き、警戒が解けたところで大金をちらつかせて雇ったんだ」

「そんな、たまたま……？」

得意げなユーインに、シアリエは愕然として呟く。するとその発言が気に障ったのか、彼は鼻の穴を膨らませて「たまたまだぁ？」と言った。

「偶然じゃないぞ！　僕はもう三カ月もの間、利用できそうな王宮の人間を探していた！　お前に繋がる情報を得るために！」

「私の……？　何故ですか」

片手に持った封筒を胸の前で抱え直し、シアリエは困惑の色を強くする。すると察しの悪い子供に苛立つような素振りで、ユーインは唸った。

「分からないのか？　お前に復讐《ふくしゅう》するためだ！　会談に必要な書類を盗んだのもすべてな！」

ユーインの怒鳴り声に、肺腑がビリビリと震える。シアリエがジリ、と一歩下がると、横転した馬車からウィルたちの呻き声がした。ハッとして馬車から出ようとする彼らに手を伸ばそうとしたが、ユーインに肩を摑まれ阻止されてしまう。

「余所見をするな！」

「ユーイン様……いた……っ」

「お前のせいで僕の計画はすべて狂ったんだ！　お前にはそれを、一生をかけて償ってもらう！」

ユーインに乱暴に肩を揺すられ、視界がぶれて気持ち悪い。シアリエは動揺のままに口を開いた。

「何を……ユーイン様の計画が狂ったって……もしかして貴方が就くはずだった秘書官に私がなったことですか？　だから恨んでいると？　ですがそれはユーイン様が……」

「黙れ！　それだけじゃない！」

「じゃあ何を……」

「やれやれ。そこの綺麗なお嬢さんのせいで、坊ちゃんも俺らも大損したってもったいぶらずに教えてやれよ」

襲撃犯の馬車から新たに降りてきた男が、卑しい笑みを浮かべて口を挟む。髭に覆われた口から覗く八重歯は金色で、オールバックにした髪にはまばらに白髪が混じっている。危険な雰囲気を纏った男は、葉巻と酒がよく似合いそうな風貌だった。その手には拳銃が握られていたため、御者を撃ったのは彼だと、シアリエはすぐに察する。

「初めまして、お嬢さん。馬に乗っている奴らは俺の部下。そしてユーイン様は俺らの取引相手だった。が、お嬢さんが禁酒法の制定を阻止したお陰で、俺らはせっかく始めようとしていた商売が頓挫したんだ」

「商売……？　ユーイン様と貴方が……？」

とても堅気には見えない男に向かって、シアリエは呟く。男は吠えるような声で笑った。

「そうさ。禁酒法が制定されて容易に酒が手に入らなくなれば、もぐり酒場が増える。そう踏んだ俺らは密造酒を闇市に運ぶことで巨大な利を得、縄張りを拡大して裏社会を掌握するつもりだった」

シアリエの全身が総毛立つ。男の言うことはつまり……。

（それって、前世のアメリカで禁酒法によって巨額の富を得たギャングと、全く同じことをしようと目論んでたってことじゃない……！）

「貴方たち……まさか、ギャングなの……？　ユーイン様！　侯爵令息ともあろう方が、犯罪者集団と手を組んだのですか⁉」

開いた口が塞がらない。元々ユーインのことを自己顕示欲の強い男だと考えてはいたが、まさかブラックマーケットのトップに躍り出る計画を立てていたとは思わなかった。

（なんて愚かなのよ……‼　己の利得のためなら、世の中がどうなってもいいの⁉）

恐怖に混じって、怒りと嫌悪がこみ上げる。こめかみにズキズキとした痛みを覚えながらユーインの言葉を待っていると、彼は悪びれもせずに言った。

「何が悪い？　僕が三男だからと侮るシュトラーゼ家にもお前にも僕のすごさを分からせる、最高の方法だろう。僕の計画が素晴らしいからこそ、こいつらと協力関係を結べたんだ！」

ユーインはバッと大げさに両手を広げ、背後のギャングを従えて酔いしれる。その目がギロリとシアリエに向いた瞬間、攻撃的な色を秘めた。

「婚約破棄をし、お前に秘書官の座を奪われた僕は、父上にひどく叱責された。兄二人とは比べ物にならないほど愚か者だと罵られた。何故だ？　三男に生まれただけで、僕は兄上たちよりもずっと優れているのに、末の息子だから評価されない！　だから考えたんだ。シュトラーゼ家にもお前にも、僕の真の価値を分からせてやる計画を！」

ユーインの剣幕に、シアリエはゴクリと息を呑む。

彼は不気味な笑みを浮かべて続けた。

「復讐に燃える僕は、ある日神官たちが禁酒を広めたがっていると知り、教会側の道徳心を利用することを思いついた。禁酒法を制定させて酒類のバイヤーであるお前の実家を窮地に追いやり、ブラックマーケットのトップに立つという計画をな！　シアリエ、禁酒運動を先導したのはこの僕だ。まずは地方から、そして王都にじわじわと僕の策は浸透していったんだ」

シアリエは困惑して立ちつくす。

（ユーイン様が禁酒運動に参加していたのはモネから聞いて知っていたけれど、先導していた……!?）

ああ、でもこれで納得がいった。モネからユーインが禁酒運動に参加していると聞かされた時に覚えた違和感が、喉に刺さった小骨が取れたみたいにスッと消える。

少なくともシアリエの知るユーインは教会が唱えるような道徳心を持ち合わせていなかったし、

治安維持のために腰を上げるような人格者でもないのにと気になっていたけれど、そういうことか。禁酒推進派の彼がまだ禁酒法の成立を諦めていないなら、会談の失敗を目論んでいても何もおかしくない。

長年侯爵家の三男として両親から評価されない劣等感を抱えてきたユーインは、シアリエへの復讐を成就させ、裏社会を牛耳ることでシュトラーゼ家にも自身の実力を認めさせるつもりだったのだろう。

（迂闊《うかつ》だった……。どうして襲撃犯のことを考えた時に、彼のことが浮かばなかったの……）

禁酒法の会議にユーインの姿がなかったから、彼の禁酒法推進についての熱意はその程度だったのだろうと油断していた。いきなりモネを振って禁酒運動に参加しているという最大のヒントがあったのに、仕事に忙殺されて、せっかく覚えた違和感を頭の隅に追いやってしまっていた。

「計画は完璧のはずだった」

ユーインの瞳が暗くなり、声が一段低くなる。ざらついた声色は、次の瞬間烈火のごとき荒々しさを孕んだ。

「なのに、お前が禁酒法の制定に待ったをかけた。新聞で活躍が報道され、多くの人から称賛される気持ちはどうだった⁉　僕の計画を台無しにした気分はどうだ⁉　ああ⁉」

「私は……っ」

ユーインが計画していたことなど、シアリエは砂粒ほども知らなかった。まさか犯罪に手を染めようとしていたなんて、寝耳に水だ。それに、彼の計画を知っていても、自分のやるべきことは変わらない。裏の金でギャングが幅を利かせるような未来は絶対に阻止していた。

勝手すぎるユーインに吐き気がする。婚約を一方的に破棄したのも彼だし、秘書官の内定を取り消されたのも彼の振る舞いが悪かったからなのに、何が復讐だ。

怒りが血液のように全身を巡る。窮地に陥ったシアリエが拳を握ったタイミングで、不意に背後から声が轟《とどろ》く。

「シアリエ殿、お下がりください！」

多少は回復したのか、馬車から飛びだしたウィルとノクトがシアリエの腕を後ろに引く。ユーインから引きはがされたシアリエはたたらを踏んだ。疾風のような速さで、ウィルたちはユーインに斬りかかる。しかし、ボウガンの矢が彼らを襲う方が早かった。

「シアリエ以外は殺せ‼」

ユーインが片手を上げると、矢がウィルとノクト目がけて放たれた。二本は叩き切った二人だが、ウィルの肩とノクトの太腿にそれぞれ一本ずつ、鈍い音を立てて矢が突き刺さる。

「ウィルさん、ノクトさん！」

シアリエが傷の具合を確認しようとすると、膝をついた二人は手でそれを制した。

「シアリエ殿、我らは大丈夫ですから……。どうか早くお逃げください……！」

血の付いた手で、シアリエの袖口を掴んだノクトが言う。シアリエは大きく頭を振った。

凶器を手にした悪人たちに囲まれている中、怪我をしている彼らを置いていくなど考えられない。

「できません！　貴方たちを置いていくなんて……！」

「ならば原稿を届けてくださいっ！　陛下がお待ちです……！」

シアリエの手首を掴んだままのノクトは、軋むほどの力を込めて懇願した。陛下という言葉に、シアリエはしわになった封筒を抱く力を強める。

「貴方が届けなければ、会談は失敗してしまう！　我々のことを思うなら会談場所まで走って！　このままじゃ終われないでしょう！」

職務を全うしようとする騎士たちの心意気に、シアリエは胸がグッと詰まる。仕事人間の自分だからこそ、彼らの高潔な精神と仕事への真摯な姿勢が痛いほど伝わった。

（そうだ。こんなところでは終われない。卑劣な人間たちのせいで会談を台無しになんてさせたくない……！）

愛しい人の顔が浮かぶ。シアリエが原稿を届けると信じてくれたアレスの顔が。

「……分かり、ました……。どうか――どうか、ご無事でいてください」

シアリエは意を決して顔を上げる。視界の端で、騎士の二人がボロボロの身を押して無理やり立ちあがった。どうやら彼らは、シアリエがこの状況から逃げだす時間を作ってくれるらしい。

「おいおい、僕の話は終わってないぞ」

「陛下に書類を届ける方が先です」

嘲笑うユーインに向かって、シアリエは冷淡に告げた。その物言いが癪《しゃく》に障ったのか、彼はこめかみを引きつらせる。

「だから！　生意気なんだよ、お前！　僕の機嫌を取れよ！　こんな状況下でさえお前は僕を優先しないのか!!」

美しいブロンドヘアの生え際まで怒りで真っ赤に染めたユーインは、地団駄を踏む。彼は食いしばった奥歯から唸りを上げた。

「シアリエを陛下の元に行かせるな!!　ただし殺すなよ！」

馬に乗った男たちやギャングのボスが、シアリエを捕らえようとする。しかし悪党たちの行く手を、ウィルとノクトが阻んだ。ウィルが口笛を吹くと、横転していた馬車の馬たちが興奮した様子でいななき、手綱を引きちぎって悪党たちに立ちふさがる。

「止まらないで、シアリエ殿！　走ってください！」

騎士二人の声を背中に受けとめながら、シアリエは森を抜けるために走る。飛びだした枝や鋭い葉で肌を切りながらも、死に物狂いで駆けた。

ウィルたちのことは気がかりだが、とにかく今は会談を成功させることに意識を集中させる。戦闘の音が遠くなった。耳元でビュウビュウと風が鳴る。どれくらいの速さで走っているのか分からない。ただ前へ前へと足を動かす。身体が壊れてもいいと思った。アレスの元に辿りつきさえすれば。

しかし――――……。

ドンッと腹の底に響くような重低音を聞いたすぐ後、右の足首に焼けるような痛みが走った。膝から下に力が入らなくなり、シアリエはその場に倒れこむ。うつ伏せた身体を捻って足首を見れば、ブーツが裂けてそこから血が流れ出ていた。

「い……っ」

背後から革靴で砂利を踏む音が追いかけてくる。シアリエが上半身を起こすと、追いついたユーインがこちらを睥睨していた。手元に、いまだ煙の燻っている小銃を手にして。

「足を撃ちぬいたつもりだったが、掠っただけか。ふん、銃は扱うのが難しいな」

「ユーイン、様……っ」

痛みを押して立ちあがろうとするシアリエに、ユーインはせせら笑って言った。

「ああ、それ以上もがくな。余計な怪我をするぞ。お前に僕以外のつけた傷が残るのは虫唾《むしず》が走るからな」

銃身を左手にトントンと押しつけて弄びながら、ユーインはシアリエに馬乗りになる。そのまま彼は、銃口で彼女の顎を持ちあげた。ユーインの碧眼と視線が合うと、その奥に潜む禍々《まがまが》しい狂気にシアリエは心臓が搾られるような心地がした。

「なあ、シアリエ」

ユーインは、背筋に悪寒が走るほどの猫撫で声で囁く。

「知っていたか？　僕がお前に、一目惚れしていたこと」

「一目惚れ……？」

シアリエはアメジストの瞳を揺らして、オウム返しした。ユーインと出会ったのはずっと昔だが、彼から好かれていたと実感したことはない。婚約破棄されるほど嫌われていたとも感じていなかったけれど、とにかく好意を示されたことも、歯の浮くような甘言を囁かれたこともなかった。

ユーインは手に持った小銃の銃口で、シアリエの細い輪郭を確かめるように撫でていく。

「昔からお前は、顔だけは美しかったよな。一目見て、僕に釣り合う美貌だと思ったさ。なのに可愛げがなかった。お前の瞳はいつも、どこか僕を見下していた。いつだって澄まして、僕になんて一ミリも興味がないみたいな顔をしていただろ」

「見下してなんて……」

確かに、見栄《みえ》っ張りなユーインに対して好意的な感情はなかったし、興味もなかった。けれど、それを態度や表情には出さないよう努めていたつもりだ。しかし、その努力は彼には無意味だったようで。

制服の第一ボタンが弾け飛ぶほどの勢いをつけて、シアリエはユーインに胸倉を掴まれる。彼は憤怒の表情で、口角泡を飛び散らせながら怒鳴った。

「見下してただろ！　人形みたいに大人しくしていれば愛《め》でてやったのに。お前はいつからかロセッティ子爵の仕事を手伝うようになり、自分は利口だとひけらかすようになった！」

「そんなつもりじゃありませんでした！」

ユーインの声量につられて、シアリエも声を張りあげる。

実家にいた頃の自分はただ、今世でも孤独だったから、仕事でしか自己肯定感を見出せなかったから、父の仕事を手伝っただけだ。賢さを自慢したいなどと思ったことは断じてないけれど、鼻先が触れあいそうなほど至近距離にいるのに、ユーインにはシアリエの訴えが聞こえていないようだった。彼は憑かれたように暗く淀んだ瞳で、シアリエを射貫く。

「僕は父上からシュトラーゼ家の事業について助言など求められたことがないのに、お前は父親から必要とされ、彼を子爵の地位まで押しあげて浮かれていたじゃないか」

「浮かれてなんて……」

「口答えするな！　僕は優しいから、お前の目を覚まさせてやろうとしたんだ！　お前は愚か者なんだと。僕より劣っているんだと。僕こそが優れていて、お前は僕の隣にいるから価値があるんだと思い知らせてやるつもりだったんだ。だから身の程を知って僕の機嫌だけを伺い、尽くす婚約者であらねばならないと分からせるために、卒業パーティーの日に婚約破棄を告げてやった！」

「何言って……ユーイン様は、モネに惹かれていたから私をお捨てになったのでしょう？」

そうだ。そもそも彼は妹に惚れていたからシアリエを振ったはずなのに。ロセッティ家を窮地に追いやろうとするなんて、シアリエに復讐心を燃えあがらせる中で妹のモネまで憎くなったのか。

封筒を持ったまま訴えるシアリエに、ユーインは喚《わめ》き散らした。

「僕はお前の妹になんて惹かれていない！　お前を苦しませるためにあの女を利用しただけだ！」

「……は……？」

「お前が一番傷つき、苦しむ相手を、嫌がる方法を考えた時に、モネが最適だと判断したから利用したんだ。妹に婚約者を取られたお前が嘆き悲しみ、嫉妬して僕に縋ってくるのを待っていた！僕に従順に尽くすから捨てないでくれと泣いて懇願するなら、これからもお前を婚約者としてそばに置いてやるつもりだったのに！　なのに、秘書官だぁ⁉　ふざけるなよ‼」

「うっ」

掴まれていた胸倉を放され、シアリエは背後にある木に叩きつけられる。一瞬息が詰まって苦しむシアリエに、立ちあがり数歩下がったユーインは小銃を構えて言った。

「禁酒法の会議が行われた日の夜、父に呼ばれたよ。そこでお前の活躍を嫌というほど聞かされた。父上は、僕でなくお前が秘書官になって正解だったとまでおっしゃった。可愛げのないお前なんかをだ！」

「ゴホ……ッ。秘書官と、可愛げが関係ありますか？」

「黙れ！」

咳《せ》きこむシアリエを、ユーインは顔を真っ赤にして怒鳴りつける。

「その綺麗な顔で俺に媚び、俺を喜ばせる言葉だけを紡いでいれば可愛がってやったのに……秘書官を辞めさせてやる。もしお前が大事な会談の資料を届けられず、姿までくらましたら、陛下はきっとお許しにならない。秘書官をクビにするだろうな」

「は……」

「世間にはこう公表してやるよ」

ユーインは残酷に笑って言った。

「陛下に資料を届ける振りをして、シアリエはどこかに行方をくらました。お前は実は売国奴で、禁酒法の制定を阻んだのも、酒によってシェーンロッドの治安悪化を助長するためだった。そして大事な会談の書類を盗むよう騎士団員に命じたのもお前で、会談を台無しにし、国際社会からシェーンロッドの信頼を失墜させるのが目的だったんだろうってな。ああ、安心しろ。お前のことは――僕が鎖に繋いで、死ぬまで誰にも見せずに飼ってやる。この森で僕の手により消息を絶ったお前が、社会で反論する機会などない」

「……っ冗談はおやめください。私は貴方のペットじゃありません！　馬鹿な考えはよして！」

屈折している。歪んでいる。ユーインのシアリエへの気持ちは。

遠くで地を駆ける蹄の音がする。ユーインの唇が弧を描いた。段々近くなる音は、ウィルとノクトを倒して追いかけてきたギャングたちのものだろうか。

シアリエはユーインが口にした計画を想像し、唇を噛みしめた。強く噛んだせいで血の味がする。それでも決して屈しないという気持ちを込めてユーインを睨み据えれば、彼は愉悦に満ちた表情で言った。

「愛玩動物が偉そうな口を利くなよ。お前には散々煮え湯を飲まされたから、いっそ殺してやりたいと思いもしたが……お前のその美貌と身体を切り刻むのは惜しいんだ。これ以上傷つけたくないから、生意気な発言は控えろ。ああ、でもまぁ」

「逃げないように、足の腱《けん》を切りはするだろうけどな」とせせら笑うユーインに、シアリエは背筋が粟立《あわだ》った。彼はどうかしているとしか思えない。理不尽が大きな手のひらとなって横っ面を張ってきたみたいな感覚を覚える。ひどい憤りが、シアリエの胸の奥からせり上がった。

怒りで声が震える。

「煮え湯を飲まされたって……私が婚約破棄を言いだしたわけじゃありません。秘書官だって、ちゃんと試験に受かり正規の手続きを踏んで任に就きました。貴方が内定を取り消されたのは、ただ貴方の振る舞いがよくなかったからでしょう？　それに……っ」

ドンッと先ほどよりも近くで地を突きあげるような銃声が響き、シアリエは口を噤《つぐ》んだ。ミルクティーブラウンの髪から覗く左耳すれすれを、銃弾が通り過ぎてシアリエのもたれている木に直撃する。そのせいで鼓膜が破けたかと思った。

充血した双眼でユーインを睨むと、彼の構えた銃口から細い煙が上がっているのが確認できた。

「シーアーリーエー？　言っただろう。生意気な発言は控えろと。そんなに死にたいのか？」

「……っ」

心臓が暴れだしそうだ。銃弾の掠った足は鋭く痛むし、鼓膜はおかしい。そしてそれらを大きな布で覆いつくすくらいの恐怖心が、シアリエを苦しめる。

だけど、どうしても、諦めたくはない。

(悔しい……っ。こんな、こんなところで、こんな奴に……！)

シアリエはグシャグシャになった封筒を、さらにしわが寄るくらい抱きしめる。固く目を瞑れば、瞼の裏にアレスの姿が浮かんだ。優しい彼は、決してシアリエに我慢を強いたりしなかった。やりたいことを全部選んでいいと言ってくれた。何も諦めるなと。

恋人を立てるだけの人形めいた婚約者を求めているユーインとは違う。アレスは仕事をして輝くシアリエのことも肯定し、温かく見守ってくれた。

(陛下に会いたい……)

ウィスキーのようにワイルドで危険な色香を放っているのに、甘く微笑むアレスの姿が恋しい。小言を零しながらも見守ってくれる優しい横顔が、ゆりかごに揺られているよりも安心感を与えてくれる大きな手が恋しい。惜しみなく愛を伝えてくれる、整った唇に触れたい。

大好きなアレス。彼の力になりたい。シアリエや民の声を聞いて、何をなすべきか考えた末に会談に臨もうとしているアレスを支えたくて、ここまで馬車を走らせたのだ。

宝石みたいにキラキラとした光を与えてくれた彼に、自分も何か返したい。だから、こんなところで立ち止まっているわけにはいかない！

シアリエはいまだ血の止まらない足に力を入れて立ちあがった。恐怖で狭まった喉を、意識して広げる。どんなに恐ろしくても、絶対に屈しないと誓う。声を上げ続ける。

蹄が地を蹴る音はさらに近付いている。もうすぐ影が見えてもおかしくない。

でも、敵に囲まれたって、絶対に負けない。シアリエは熱くなった涙腺をそのままに叫んだ。

「私は……誰からも愛されないから、代わりに仕事で認められたくてもがいていました。世の中に貢献していると思いたくて。でも貴方は？　貴方は自分が不当に扱われていると嘆くばかりで、尊大で。挙句犯罪に手を染めることで富を得て承認欲求を満たそうとするなんて！　屈折してる！」

シアリエは封筒を片手に持ちかえると、空いた右手で拳を握る。そのまま腕を伸ばし、ユーインの胸をドンと叩いた。

睨み殺すようなすごみを利かせて、彼を見上げる。同時にユーインの後方から走ってくる馬と馬上の誰かが見えたが、視界が涙でぼやけ焦点を結べない。

すごい勢いで突進してくる馬に、シアリエはひき殺される気さえした。けれど、それより先に言っておきたい言葉がある。

「貴方をチヤホヤするために使う時間なんて、一秒たりともありません、ユーイン・シュトラーゼ。陛下の元に行かなきゃいけないのよ。そこをどきなさい！」

大地を震わせるほど冷厳な声で、シアリエは吐き捨てる。

儚げな見た目からは想像できない勢いに、ユーインは一瞬気圧《けお》されたようだった。しかしすぐさま、こめかみをピクピクさせて激昂する。

「……っ躾《しつ》けてやる！　口も利けないように舌を抜いてやろうか⁉　お前はもうずっと口を閉じていろ！」

ユーインが小銃を握った手を大上段に振りあげる。側頭目がけて振りおろされるそれをシアリエが睨んでいると、彼の背後に、後ろ足だけで立ちあがった白馬が見えた。

「え……っ？」

シアリエは瞠目して息を止める。激しくいななき、上げた前足を下ろす白馬。覆いかぶさってくる馬の影で視界が暗くなったユーインは、そこでやっと振り返る。その瞬間、馬の前足が彼の手にあった小銃を叩き落とした。その勢いで、ユーインは馬に引き倒される。

「何だ……っ!? うわぁぁぁっ」

驚倒したシアリエが瞬きを一つすると、頬に涙が伝ったお陰でクリアになった視界は、馬上の人物を映した。

形のよい耳たぶから下がった、木漏れ日を弾くシルバーのピアス。その耳にはらりとかかったアッシュグレーの髪と、紅蓮の業火を思わせる瞳、広い肩幅。

(ああ……)

「下種《げす》が、シアリエによくも手を出したな。口を閉じるのは貴様だ」

不快感を露に吐き捨てられた言葉。酷寒の森よりも冷たい声の持ち主を、シアリエは知っている。もっとも、自分に向けられる声はいつも深い愛情に満ちたものだったが。

誰よりも今、強く会いたいと願っていた人――――アレスがそこにはいた。

「陛、下……?」

菫色の目を何度も擦って、シアリエは馬上の人物を見つめる。真っ赤になった瞳で何度確認しても、そこには黒いマントを翻した、正装姿のアレスがいた。

矢のような速さで駆けてきたのか、髪は乱れ、首元のクラバットが歪んでいる。先ほどから聞こえていた地を蹴る蹄の音は、ユーインの仲間でなくアレスの乗った馬によるものだったのだ。

(どうして、ここにいるの……? 会談は……?)

会談を成功させなくてはいけない。だから必死だった。なのにシアリエは、アレスが駆けつけてくれて安心している自分に気付いた。その証拠に足の力が抜けて、背後の木にもたれてズルズルと再び座りこんでしまう。新たに盛りあがった涙がまたしても視界を歪ませたけれど、今度は安堵と喜びに起因するものだった。

（馬鹿ね、私……。聞きたいこと、沢山あるのに……陛下が助けに来てくれたことが嬉しくてたまらない……）

仰向けに倒されたままのユーインは、頬を引きつらせてアレスを見上げた。

「何で、貴方様がここに……？」

「何で、だと？」

颯爽《さっそう》と馬を下りたアレスは、マントで隠れていた剣の柄に手をかける。そのまま流れるような所作で抜刀し、研ぎすまされた刃の切っ先をユーインに向けた。

地獄の業火を彷彿とさせる瞳に睨まれ、ユーインは「ひっ」と情けない悲鳴を上げる。

「俺の優秀な秘書官は、仕事で遅刻をしたことがねぇんだよ。基本的に五分前行動を心がけているシアリエが、十二時半には書類を届けると言ったのに二十五分になってもまだ来ない。これは何か問題に巻きこまれたと思うだろ。まぁ……」

元々鋭いアレスの瞳が、血だらけになったシアリエの足首を見て、さらに鋭利さを増す。

「こんなクソ野郎に粘着されて、身体に傷までつけられたとは思わなかったけどな」

「陛……」

シアリエは涙声でアレスを呼ぶ。しかし声が喉で引っかかって上手く呼べなかった。そんなシアリエを真綿で包むように、彼は優しく囁く。

「シアリエ、迎えに来た。ごめんな、遅くなって。傷も……守ってやれなくて悪かった」

「そんな……！　怪我は大丈夫です。それよりも、来てくれて……ありがとうございます……」

本当は自分が原稿を届けに行かねばならなかったのに。やるせない表情を浮かべて怪我を心配してくれるアレスに、シアリエは胸が締めつけられた。

同時に、彼の圧倒的な存在感と広い肩幅に、緊張の糸がたわむ。いまだ緊迫した状況であるものの、アレスがいるだけで何もかも大丈夫だと思えるから不思議だ。安心感がシアリエの胸に広がる。

対して取り乱しているのはユーインだ。彼の碧眼は忙しなく動き、近くに転がった小銃で視線が止まる。うつ伏せで地を這ったユーインは、それを手にしてアレスに向け構えた。

しかしその手は、動きを読んでいたアレスに剣で斬りつけられる。自身から流れる血に驚いたユーインは小銃を取り落とし、悲鳴を上げながら胎児のように丸まった。

「ああ……っ!!」

「俺に殺される前に、一矢報いるつもりだったか？」

「ご、誤解です、陛下。僕は……っ、売国奴であるシアリエを捕まえようと……！　あいつが王宮から大切な書類を盗んだんです！」

「銃を俺に向けておきながら、そんな嘘が通じると思うのか？」

往生際悪く予定していたシナリオを紡ぐユーインを、アレスは言葉でも切り捨てた。

「裏切り者の騎士を使って書類を盗ませたのはお前だな？　でなければ、部外者のお前が書類を盗まれたと知るはずがない。ここにいるはずもな。シアリエを傷つけた上、名誉まで汚そうとするなんざ……俺の愛する女をどこまで愚弄すれば気が済む。よほど死にたいらしいな」

底冷えするような冷眼が、ユーインを震え上がらせる。屠《ほふ》られる時を待つ家畜のような彼に一切の哀れみも与えず、アレスは白刃の切っ先をユーインの顎先に突きつけた。

「あ、愛する女……？　シアリエが陛下の……？　くそっ、あいつらは何してるんだ！」

ギャングたちが追いついて加勢しないことに、ユーインは地に倒れたまま悪態をつく。その言動からユーインに加担した仲間の存在を察し、アレスは道の先を睨みつける。

「なるほどな、向こうに仲間がいるのか」

シアリエは残してきた騎士のことを、アレスに説明する。

「……っそうです。陛下、騎士団のお二人がこの先でユーイン様の仲間と交戦中です！　それから御者の方の安否が不明で……は、早く病院にお連れしないと……っ」

「心配するな」

力強い声が、シアリエの言葉を優しく遮る。ほどなくアレスが来た道から、大勢の馬が地を駆ける音が聞こえてきた。段々大きくなる足音。木立の向こうで、シェーンロッドの旗がはためいている様子が見える。

（騎士団の方々……‼　そっか、レイヴンとの会談場所には大勢の兵を配置していたはずだから、異変を察した陛下が彼らを動かしてくれたんだわ……！）

旗を手に持った先頭の騎士が、大勢の兵を率いてアレスの元に馳せ参じる。壮観な光景に、シアリエは胸が熱くなった。対して、加勢に来たのが自分の仲間ではなかったことに、ユーインは底なしの絶望に叩き落とされたような表情を浮かべる。

「陛下、ご無事ですか⁉」

土煙を上げて駆けつけた騎士団は、シアリエたちの前で急停止する。旗を持った騎士が、焦った様子でアレスに確認した。

「この先でお前たちの仲間が悪党と交戦中だ。加勢に向かえ。怪我人は一人残らずただちに搬送しろ」

「御意。陛下は……」

「構うな、行け」

アレスが命じると、騎士団の面々は再び馬を走らせる。またしても三人になると、ユーインはわずかに安堵の息を吐く。しかしそれを見咎《みとが》めたアレスは、彼の上下した喉仏を剣の切っ先で突いた。

一筋の血が首から流れ、ユーインは情けない悲鳴を上げる。

「ひ……っ！　お、お許しください、陛下……！　僕は、僕は――」

「詫びるならあの世でしろ。もっとも、貴様には死んでもシアリエのことを思い出してほしくはないがな」

本当に躊躇《ちゅうちょ》なく、ユーインの喉をかき切ってしまいそうな勢いでアレスが吐き捨てる。彼が剣を横に薙《な》ごうとするのを、シアリエは必死になって止めた。

「殺さないでください、陛下！　……陛下が手を汚すほどの価値もない人ですから」

何故庇うのだと非難するようなアレスの視線と、縋るようなユーインの視線を同時に浴びることになり、シアリエは慌てて付け足した。そうだ、ユーインを守りたいわけじゃない。ユーインは、アレスが手を汚すに値しない存在だと思ったのだ。

だから元婚約者に対して、シアリエは冷ややかに告げる。

「……誤解しないでください。最低な貴方を庇ったわけじゃありません」

シアリエは怪我した足を引きずり、いまだ倒れたままでいるユーインのそばに寄る。途中よろめいたが、駆け寄ったアレスが腰に腕を回して支えてくれたので、倒れずに済んだ。

童話の王子のような見た目のユーインはもういない。シアリエが見下ろした先にいたのは、屈辱と恐怖で顔を醜悪に歪めた男だ。

プライドが高く屈折したユーインに対し、どこかで暴走を止められなかったものだろうかと、シアリエは少しの後悔を抱く。もっと幼い頃に彼の危うさを見抜き、諭すことができればよかったが……当時の自分は、己のことで精一杯だった。

だから今は、彼が更生してくれるよう祈りながら言葉を届けるしかない。

「貴方のことは庇えないけれど、でも、元婚約者としての力不足は痛感しています。もっとできることがあったはずだと……」

シアリエの腰に回ったアレスの手に力がこもる。複雑そうな表情を浮かべた彼に微笑みかけてから、シアリエはもう一度ユーインに視線を戻す。

「ユーイン様、誰にも相手にされないのは辛いですよね。侮られているのかと猜疑心に囚《とら》われるのは、苦しいですね。誰にも認められていないのかと、思うのは……。それでも、いつか誰かに振り向いてもらえるかもしれないって、必要とされるかもしれないって、その時まで諦めずに努力し続けるしか、ありません」

ユーインの眉根が、苦しげに寄せられる。認められる努力を怠ったまま境遇を嘆いてばかりいた過去を思い出したのか、彼は持ちあげた腕で目元を覆ってしまった。シアリエは努めて優しい声を意識し、言の葉を重ねる。

「人を羨んで恨んでいる時間なんて、無駄です。そんなものは、貴方を輝かせてはくれないから。だから謙虚さを持って、正しいと思える道を歩いて生きていくしかないんです。……お願いですから、どうかもう二度と、過ちに手を染めないで」

「……うるさい……」

腕で目元を隠したまま、ユーインは弱々しい声を吐きだした。

「うるさいんだよ、お前……。知ってるんだ。婚約者時代のお前は僕に対して特別な感情も言葉もくれなかったけれど、他者から認められるには、必要とされるにはどうすべきか体現していた。だから、気に食わなかったんだ。置かれた環境を嘆いているだけで楽をしている僕との違いを見せつけられて」

身を起こしたユーインは、膝を抱える。ほどなくして、追加で加勢に来た騎士団のメンバーに捕縛されていく彼の背中はひどく小さく見えた。

どうか彼が更生して真っ当な道に戻れますようにと、シアリエは去り行く背中に祈る。

(今まで気付かなかったけれど、ユーイン様って、いつも自分が大きく見えるように肩をそびやかして歩いていたのかもね……)

元々背が高いとはいえ、圧倒的なオーラと存在感から実際よりも大きく見えるアレスとは正反対だ。そう思っていると、不意に浮遊感に襲われる。シアリエが短い悲鳴を上げるなり、厳しい顔をしたアレスと至近距離で目が合った。どうやら彼によって横向きに抱きあげられたらしい。

いつの間に剣を鞘に収めたのだろう。アレスはシアリエを抱えたまま、大人しく主人を見守っていた白馬の元に歩いていく。

「陛下……⁉」

「傷に響くから動くな。早く医者に診せるぞ」

「え……っ、結構です！　かすり傷ですから！」

「ああ⁉　大した怪我だろうが！」

白馬の背に乗せられたシアリエは、荒い口調のアレスに裂けたブーツを脱がされる。ブーツの紐を手綱に引っかけた彼は、白い足首から爪先にかけて伝っていく鮮血を一瞥し、苦い表情を浮かべた。何だか怪我をした自分よりもアレスの方が痛そうな顔をしていて、シアリエは申し訳ない気持ちに襲われる。

「すぐ来てやれなくて、本当に悪かった。安心しろ、痕が残らないように治療させるから」

そう言って、アレスはクラバットを解くとシアリエの足首に巻きつけて止血する。手際よく処置をする彼に、シアリエは首を大きく横に振った。襲撃されている間もずっと握りしめていたせいでよれよれになった封筒を、アレスにそっと差しだす。

「陛下、それよりも……遅くなって申し訳ありません、用意した書類です。さあ、一緒に会談に臨みましょう。今から馬を飛ばせば、一時にはギリギリ間に合いますよね？」

時刻は十二時五十分だ。正直間に合うかは怪しいところだが、シアリエはほぼ自分に言い聞かせるように言った。

「諦めてなかったのか……？」

「一度たりとも」

封筒を受けとりながら問うアレスに、シアリエは力強く答えた。

彼は薄く整った唇を少し開くと、すぐに閉じる。喉に熱いものがこみ上げて上手く喋れないような仕草の後で、アレスは切れ長の目を伏せ、噛みしめるように言った。

「そうか。ありがとうな、シアリエ」

「……原稿に目を通す時間が取れなくてすみません。ですが、陛下なら一発勝負でバッチリ決めてくれますよね？」

シアリエは痛む足を押して、茶目っ気たっぷりに笑う。それから両手で彼の頬を包みこみ、ダメ押しとばかりに言った。

「ねえ、アレス様。アレス様の勇姿を、後ろで私に見せてくれるでしょう？」

馬上のシアリエが柔らかく微笑んで見下ろすと、アレスは空いた方の手を、彼女の手に重ねた。

彼はそのままシアリエの手を引き寄せ、愛おしそうに甲へ口付けを落とす。

吐息のように優しい風が木々の葉を揺らし、葉擦れの音がシアリエの耳に心地よく響く。差しこむ木漏れ日で陰影の濃くなったアレスは、見たことがないくらい温かい表情をして囁いた。

「……後ろじゃなくて、隣で見てろ。今日だけじゃねぇ。この先の未来も、ずっと隣にいてくれ。お前は最高の秘書官だけど、この会談が無事に終わったら、俺の妻になってくれ。そのためなら何でもするから」

「……陛下……」

「お前の全部を愛してる。結婚してくれ、シアリエ」

大国を統べる王が、こちらを見上げて懇願している。シアリエは紫水晶の瞳を大きく揺らしながら、首を縦に振った。

「はい……！」

大事な会談という一世一代の大仕事を控えているのに、シアリエは泉のように湧きでる喜びが涙になって頰を濡らすのを止められない。

それを指で拭ってくれたアレスが、流れるように白馬に跨る。会談場所まで馬を飛ばして七分。到着するまでに泣きやまなくては。

手綱を握ったアレスは、後ろに乗るシアリエが落ちないよう自身の腹に腕を回させる。シアリエは彼の広い背中に額を寄せながら、まだ泣くのは早いと言い聞かせた。だって、仕事が残っているのだ。自分の大好きな仕事が。

森を抜け、小高い丘の先に見える大会議場を眺めながら、シアリエは気を引き締めた。

第七章　働き者の王妃になります

のちにシェーンロッドの歴史書に載ることとなる国際的な会談は、国王のアレスが開始時刻ギリギリに現れるという波乱の幕開けだったものの、彼の巧みな弁舌と未来のビジョンがしっかり描かれた資料により、レイヴンの国主の心を摑むことに成功した。

この会談が起点となり、最近では各国で移民問題に対する取り組みが広がって、治安が改善するにつれ飲酒による問題も減少傾向にある。

そして、その立役者になったのがアレスの秘書官であり王妃となる人物だという噂は、さざ波のように広がって。

シアリエは下級貴族の子爵令嬢でありながら、多くの国民から愛され、一躍王妃に相応しいと認められる存在になったのだった。

では、その間にユーインや悪党がどうなったかというと――――悪事が露見してから、シュトラーゼ家はその責任の一端を担い、領地の一部を没収された。当然ユーインは投獄。騎士団によって捕らえられたギャングのメンバーや共犯の騎士団員、それからバロッドが宣言通り捕縛した騎士団員も同じ末路だ。

けれど会談を皮切りに世界中が移民問題の解決に動きだしたことで、連日新聞の紙面を飾るのは世界情勢の話題ばかりだった。

そして、世界的な取り組みが大成功を収めた頃。秘書課に配属されてちょうど一年が経ったタイミングで、シアリエはアレスと無事に結婚式を挙げた。

本当は「会談後すぐにでも」とアレスにせっつかれていたが、ここ数カ月は二人とも山のような仕事に追われていたので断念せざるをえなかった。けれどその分、やっと式を挙げられた嬉しさは大きいとシアリエは思う。

「……あ、花びら」

そう呟くシアリエは今、繊細な花の刺繍《ししゅう》とロングトレーンが目を引く、マーメイドラインのウエディングドレスを纏っている。緩く巻いて左側で束ねた髪には、真っ白なアネモネや紫のラベンダーが髪飾りとしてあしらわれていた。

そんな彼女の白魚のような手には、開け放された窓から春風に乗って舞いこんだ、薄紅の花びらが載っている。部屋の中央から遠くのバルコニーを見やれば、外では牡丹雪《ぼたんゆき》のように花びらがはらはらと舞っていて、何とも幻想的で美しい。

「綺麗……」

「綺麗……！」

ふと、自分の声よりも一オクターブ高い声が重なって、シアリエは部屋の入口を振り返る。

すると樫の扉が開いていて、そこには男の格好で秘書官の制服を着たキースリーと、彼によく似た七歳くらいの子供が立っていた。声を上げたのはこの子だろう。

シアリエは一目見て、キースリーの娘だと察する。

「ごめんね、シアリエ。ユユがアンタのウエディングドレス姿を近くで見たいって聞かなくて……陛下が特別に、王宮に入れてくださったの」

ユユとは、キースリーの娘の名前だろう。シアリエは幼いゲストに微笑みかける。

「そうでしたか。さきほど結婚式も無事終わりましたし、後は国民の皆様に顔を見せて挨拶するだけなので、構いませんよ。初めまして、ユユさん。お父様にはいつもお世話になっています」

「お姉ちゃんが、働き者のお妃様なのね？　とっても綺麗……！」

宝石を初めて目にした子供のようにキラキラした眼差しを向けられ、シアリエははにかむ。

「働き者のお妃様、ですか。ありがとうございます」

それはここ最近、シェーンロッドで広まっているシアリエの愛称だ。親しみの込められた二つ名は、とてもくすぐったいが誇らしくもある。

しばらく小さなゲストと歓談を楽しんでいると、ロロとジェイドがやってきた。シアリエの花婿を連れて。

「シア、ルパーブ・シンシア」

「おい。ロロ、何俺のシアリエにシストリア語で『結婚してください』ってプロポーズしてるんだ。その言葉は通訳がなくても分かんだよ」

ロロをたしなめるアレスは、花婿に相応しい純白の正装姿をしている。片側の髪に耳をかけたことで端整なフェイスラインがよく分かり、凄絶なほど美しい。胸元を飾る飾緒《かざりお》や衣装の襟に施された金糸の刺繍、それから宝石にばかり目が行きそうなものだが、大輪の白薔薇みたいな彼の方がずっと輝いている。けれど、子供っぽい表情がせっかくの威厳を打ち消してしまっていた。

シアリエがそれに苦笑していると、ユユに手を引かれる。

「お妃様、それならうちのパパと結婚してください！　パパはいつもお家《うち》で、お妃様が可愛いってお話ししてるんです！」

「ちょっと～？　ユユ、『可愛い』の意味が違うからね？」

慌てたのはキースリーで、彼は娘をシアリエから引き離して注意した。

「妹みたいで可愛いって意味であって、恋愛対象として可愛いと思ってるわけじゃないのよ？　パ、パパはママ一筋だから！」

「いいなぁ。私ももう少し若ければシアリエの花婿に立候補したかった」

必死に弁解するキースリーとマイペースに状況を見守っているロロの隣で、ジェイドが悪戯っぽく笑って言った。

アレスは堪忍袋の緒が切れたのか、シアリエの細い肩を抱き寄せて部下たちに大人げなく叫ぶ。

「お前ら……シアリエは俺の妻だぞ‼　俺が最初に見つけて、俺が一番シアリエを愛してんだよ！　お前らの出る幕はねぇ‼」

「分かってますよ、陛下。皆悪ふざけしてるだけですから。冗談です、冗談」

ジェイドは口元に手を当ててクスクス笑う。もう結婚したのに何を心配しているのかと、シアリエも愛しい夫に笑いかけた。

「そうですよ、陛下。皆さんが私を恋愛対象として見るはずないじゃないですか」

「は？　お前がモテないはずがないだろ。今日だって世界一綺麗だ」

真顔で伝えられると気恥ずかしい。シアリエは頬を桜色に染めると、下唇をキュッと噛みしめた。

煮詰めた砂糖のように甘い空気が漂いはじめたところで、キースリーが咳払いをする。

「あーハイハイ。お腹いっぱいですって。陛下、シアリエも、そろそろ民に挨拶するご準備をお願いします」

「誰のせいだよ。ったく……シアリエ」

アレスが大きな手を恭しく差しだす。いつもシアリエを導き、支えてくれる大好きな手だ。シアリエは繊手をそこに重ねる。

「結婚式の時よりは緊張してなさそうだな」と軽口を叩いて、こちらが気負わないよう気持ちをほぐしてくれるアレスの優しさが愛しいとシアリエは思った。

長いドレスを踏まないよう気をつけながら、真っ白なバルコニーへと足を向ける。開け放たれた窓の前に立つと、耳を震わせるくらいの歓声が聞こえた。さらにバルコニーまで出れば、眼下にはシェーンロッドの旗を振って出迎える数多くの民が、王宮の敷地内に詰めかけている。

米粒みたいなサイズでしか確認できない人々が、シアリエにはどうしてか破顔しているように見えた。

「陛下ー！　王妃様ー！　お幸せにー！」

「おめでとうございますー！」

割れんばかりの拍手がまず巻き起こり、歓声と祝福が蒼穹の空まで轟く。右を見ても左を見ても、こちらに手を振ってお祝いの言葉を投げかけてくれる人ばかりで、シアリエは感動に打ち震えた。

遠慮がちに手を振り返せば、拍手が大きくなる。

（ああ……）

子爵令嬢の自分では認められないのではと、悩んでいた過去の自分がこの光景を見たら驚くに違いない。シアリエはそう思った。

祝福の声を上げる民の様子を眺めながら、アレスは感心したように囁く。

「すげぇな。身分差なんてどうにでもしてやるって言ったけど、俺が何とかするまでもなく、お前は自力で皆に認めさせた。そんなシアリエが、今俺の隣に立っていることがすげぇ嬉しい」

「……それは陛下がいつだって」

シアリエは涙腺が緩むのを感じながら、声を詰まらせた。

「私を見守ってくださっていたからです」

自分だけの力では決してない。アレスの支えがあったからこそ、何事も頑張れたのだ。

（……孤独に死んでいった前世の私に、誰かに必要とされたくて膝を抱えていた過去の自分に、教えてあげたい）

隣に立つ愛しい人が、自分を光の中に連れだしてくれたのだと。だから今、こんなにも。

「陛下、私……これ以上ないくらい幸せです」

晴れ舞台だ。どうせなら笑っていたい。泣くのを必死にこらえてシアリエが下手くそな笑みを浮かべれば、その気持ちを察しているかのように、アレスに優しく髪を撫でられた。

「そうかよ。でも残念だったな。これ以上を、この先ずっと更新し続けるぜ？」

「え……？」

驚いた弾みで、シアリエの菫色の瞳から一粒、真珠のような涙が零れる。それを指でなぞるように拭ったアレスは、自信たっぷりに囁いた。

「これから毎日、俺がお前を全力で愛して、今日よりももっと幸せにする」

「……っ！」

「だからずっと、隣で笑ってろ。何も諦めずにな」

「……恋も仕事も、ですか？」

何も諦めなくていいと以前言った言葉を違《たが》えずにいてくれるアレスに、シアリエはとめどなく愛しさが溢れだす。

笑みが零れた唇へ、アレスは唇を寄せて不敵に笑った。

「ああ。好きなことなら、全部選べよ」

唇が重なった瞬間、民からの祝福の声が一際大きくなる。どこからか真っ白な紙吹雪が舞い、花びらと交差してシアリエとアレスに降り注いだ。

「愛しています、アレス様。私を働き者のお嫁さんにしてください」

そっと離れていく唇の狭間《はざま》でそう呟けば、返事の代わりに逞しい腕がシアリエを抱きしめてくれる。麗《うら》らかな日差しと大勢の人々の優しい眼差しに見守られながら、シアリエはアレスの背中に腕を回す。その瞳には、幸せな未来への希望が満ち溢れていた。

あとがき

この度は『社畜令嬢は国王陛下のお気に入り』をお手に取ってくださり、ありがとうございます。

以前より「仕事と恋愛」がテーマのお話を書きたいと構想を温めていたので、皆様にお届けできる日を非常に楽しみにしておりました。

身近に仕事を頑張りすぎる友人や社会人経験の豊富な先輩が沢山おりますので、社畜エピソードには困ることなく、むしろ生々しくならないよう気をつけて書きあげましたが、いかがでしたでしょうか。

何故ヒロインが社畜設定なのかというと、実は、私は今まで書きあげたどの作品にも自分の中で決めたテーマを忍ばせておりまして……今作ではそれが「誰かの頑張りが報われること」だったからです。

私にとって一番身近なものが仕事だったので社畜のヒロインを描きましたが、仕事に限らず、日々の生活を送っていると、家事や育児、人付き合いや勉強、介護など、人によって種類は違えど頑張らなくてはいけないことが、とても多いように思います。

そして周囲の方を見ていると、辛いことばかりではないでしょうが、努力しても正当に評価されなければ感謝もされず、不安を抱えたり、悩みに押し潰されそうになることもあるのではないかと感じる時がありまして。

それなら「現実では努力が報われないことが多くとも、物語の中くらいは優しい結末を描きたい」と思い、困難な状況でも日々努力し、前を向いて過ごす方々の姿を、シアリエに投影して書きあげたのがこの作品です。

なので、シアリエのひたむきな頑張りに気付いて、大きな愛と包容力を持って見守るアレスの人物像は、すぐに浮かびました。人間味を持たせたかったので、言動がヤンチャでちょっとばかり嫉妬深くなりましたが。

そんな感じで、自分も彼のように心の機微に敏感で、誰かの頑張っている姿を見逃さないような人になりたいと願いつつ、恐れ多くも日々努力している方々へのエールを込めて書きあげた今作を、楽しんでいただけていれば幸いです。

そして私自身は、私生活でしょっぱい思いをすることもありますが、こうしてあとがきまで目を通してくださる読者様や、いつも作品をより良くしようと尽力してくださる担当編集様、世界観を魅力的に表現してくださるイラストレーター様、温かく見守ってくれる家族や友人、同僚から心強いエールをいただいて、日々奮起しております。

本当にありがとうございます。

一言ではとても感謝の気持ちを伝えきれませんので、どうかこれからも懸命に物語を紡いでいくことで、支えてくださる皆様にご恩を返させてください。

十帖

社畜令嬢は国王陛下のお気に入り

著者　十帖　　© JYUJO

2023年7月5日　初版発行

発行人　　藤居幸嗣

発行所　　株式会社 J パブリッシング
〒102-0073　東京都千代田区九段北3-2-5 5F
TEL 03-3288-7907　FAX 03-3288-7880

製版　　サンシン企画

印刷所　　中央精版印刷株式会社

定価はカバーに表示してあります。

万一、乱丁・落丁本がございましたら小社までお送り下さい。

本書のコピー、スキャン、デジタル化等の無断複製は著作権法上の例外を除き禁じられています。

ISBN：978-4-86669-582-2
Printed in JAPAN